KB036192

꿈을 꾸지 않는다

소악마 후배의

청춘 돼지는

모시다 하지메 지음
미구치 케이지♥**일러스트**
이승원 옮김

디자인 ❤️키무라 디자인 랩

사쿠라지마 마이

미나가하라 고등학교 3학년.
야역 시절부터 활약해온
초 인기 탤런트.

텔레비전을 쳐다보았다.
확실히 아는 사람이 나오고 있었다.
그것은 스포츠 음료의 CF였다.
그것도, 지금 사쿠타가 손에 들고 있는
파란 라벨이 붙은 음료수의 CF다.

꿈을 꾸지 않는 소악마 후배의 청춘 돼지는

카모시다 하지메 지음
미조구치 케이지 일러스트
이승원 옮김

―그 날, 아즈사가와 사쿠타가 잠에서 깨어나 보니,

어제 아침이 되어 있었다.

제1장

돼지에게는 내일이 없다

1

"일본 대표 팀이 해냈습니다!"

남성 아나운서의 흥분을 감추지 못하는 목소리로 아침 뉴스 방송이 시작됐다.

"안녕하십니까. 6월 27일. 금요일인 오늘은 축구 이야기로 시작해볼까 합니다!"

거실 텔레비전에 나오는 것은 지구 반대편에서 개최된 월드컵의 다이제스트 영상이다. 한밤중에 벌어진 그룹 리그 2차전의 영상 같았다.

전반전 종료 직전, 1점 뒤지고 있는 일본 대표 팀의 등번호 10번 선수가 과감한 드리블로 적진에 파고들다 상대 선수의 거친 수비에 막혀 쓰러졌다. 그 순간, 휘슬 소리가 스타디움을 가득 채웠다. 그리고 일본 대표 팀은 페널티 에어리어로부터 약간 벗어난 지점에서 프리킥 찬스를 얻었다.

공을 프리킥 위치에 놓은 등번호 4번 선수가 도움닫기를 하기 위해 한 걸음씩 물러났다.

화면을 통해서도 긴장감이 느껴졌다.

아즈사가와 사쿠타는 그 영상을 망연자실한 눈길로 쳐다보고 있었다.

"이건 본 거잖아."

한밤중에 이 시합의 생중계를 관전한 것은 아니다. 사쿠타는 이 다이제스트 영상 자체를 『어제 아침』에 본 것이다. 일본의 등번호 4번 선수가 찬 공은 상대 골키퍼의 예측과는 반대 방향으로 날아가더니 그대로 골네트를 흔들었다.

사쿠타는 숨을 삼키면서 텔레비전에 나오고 있는 다이제스트 영상을 쳐다보았다. 등번호 4번 선수가 찬 공은 사쿠타의 기억과 완벽하게 똑같은 궤도를 그리면서 골을 향해 날아갔다.

동점이 되자, 상대 선수는 분하다는 듯이 아랫입술을 깨물었다. 그 뒤편에서는 프리킥을 찬 등번호 4번 선수가 함성을 지르고 있었다. 그리고 그를 향해 일본 대표 멤버들이 몰려들었다. 응원단 또한 흥분의 도가니에 빠졌다.

이 득점으로 흐름을 바꾼 일본 대표 팀은 후반에 추가점을 얻는 데 성공했다. 그리고 1점을 리드한 상태에서 멋지게 승리를 한 것이다.

시합 결과가 자신이 기억하고 있는 것과 똑같다는 사실을 확인한 후, 사쿠타는 온몸을 지배하고 있는 의문을 불식시키기 위해 일단 자기 방으로 돌아갔다. 그리고 침대 옆에 놓인 자명종 시계를 쳐다봤다. 그 시계의 디지털 화면에는 날짜도 표시된다.

—6월 27일.

아나운서가 말한 날짜가 표시되어 있었다.

"……말도 안 돼."

사쿠타가 알기로, 오늘은 6월 28일이다. 하지만 텔레비전과 시계는 하루 전날인 6월 27일을 가리키고 있었다. 이래서야 오늘이 어제이고, 어제가 오늘이다.

"……아하, 꿈을 꾸고 있는 거구나."

침대에 들어간 사쿠타는 이불을 덮고 다시 잠을 청하려 했다.

오늘이 어제라면 내일까지 잠을 자면 된다.

그렇게 생각하며 눈을 감았을 때, 덜컹 하는 소리를 내면서 방문이 열렸다.

"오빠, 일어났죠?"

그리고 친여동생인 카에데의 목소리가 들렸다.

조그마한 발소리가 다가왔다.

"또 자는 거예요? 빨리 일어나세요."

카에데는 그렇게 말하면서 사쿠타의 몸을 흔들었다.

"나는 내일까지 자기로 했어."

"학교도 안 갈 건가요?"

"그래."

"그럼 카에데도 같이 잘래요."

카에데는 그렇게 말하더니 사쿠타의 침대 안으로 들어오려 했다.

"그럼 일어나야지."

사쿠타가 몸을 벌떡 일으켰다.

"어? 너무 순순히 일어나는 거 아니에요?!"

판다 그림이 그려진 잠옷을 입은 카에데가 누운 순간, 사쿠타는 몸을 일으켰다. 현실도피를 그만 하기로 마음먹으며 방을 나선 사쿠타는 거실로 돌아갔다.

아침 뉴스에서는 여전히 축구를 화제로 삼고 있었다.

잠시 후, 카에데가 종종 걸음으로 다가왔다.

"저기, 카에데."

"예."

"이상한 거 하나만 물을게."

"야, 야한 건가요?"

"아냐."

"오, 오빠, 그, 그런 건 안 돼요."

양손으로 얼굴을 가린 카에데는 몸을 배배 꼬면서 사쿠타의 이야기를 들으려 하지 않았다.

"이 뉴스, 어제도 봤지?"

"……축구 뉴스 말인가요?"

카에데는 손가락 사이의 틈으로 텔레비전 화면을 보았다.

"그래."

"으음, 못 봤는데요?"

카에데는 질문의 의도를 모르겠다는 듯이 눈썹을 찌푸리며 난처해했다.

"그렇구나……. 그럼 됐어."

카에데에게 그렇게 말한 사쿠타는 자신의 위 언저리에 존재하는 불온한 기운을 감지했다. 뭔가 골치 아픈 일에 휘말린 느낌이 들었다.

사쿠타는 여우에게 홀린 기분을 느끼며 아침을 먹은 후, 뭐가 어떻게 된 건지도 모르는 상태지만 일단 학교에 가기로 했다.

밖에 나가보면 뭔가를 알 수 있을지도 모른다. 그렇게 생각한 것이다.

"오빠, 다녀오세요."

미소 짓는 카에데에게 배웅을 받으면서 집을 나선 사쿠타는 엘리베이터를 타고 1층으로 향했다. 그리고 「휴우」하고 가볍게 숨을 내쉰 후, 역을 향해 걸음을 옮겼다.

사쿠타는 평소와 달리 주위를 유심히 살피면서 역으로 향했다. 맨션과 일반가옥이 몰려 있는 주택가의 공원 옆을 지난 후, 눈에 보이기 시작한 다리 하나를 건너 큰길로 나갔다. 역에 다가가자 비즈니스 호텔과 전자제품 판매점 같은 커다란 건물이 눈에 들어왔다.

그 사이에도 딱히 특이한 점은 발견하지 못했다. 사쿠타와 마찬가지로 역으로 향하는 사람도 있는가 하면, 쓰레기를 집 밖에 내놓고 있는 주부도 있었다. 가게 주변을 청소하고 있는 꽃가게 아저씨도 보였다.

10분 정도 걸어간 사쿠타는 카나가와 현 후지사와 시의 중심지인 후지사와 역에 도착했다. 그곳은 출근 및 통학을 하려는 회사원과 학생들로 북적이고 있었다. 도카이도 선으로 갈아타는 회사원. 오다큐 쪽 개찰구를 통과하는 학생. 사쿠타와 마찬가지로 연락통로를 통해 에노전 후지사와 역으로 향하는 사람들도 있었다.

다들 발걸음에서 망설임이 느껴지지 않았다. 목적지를 향해 서슴없이 걷고 있었다. 한눈을 파는 사람도 없었다. 사쿠타만 고개를 두리번거리면서 남들을 관찰하고 있었다.

"혹시 나만 이런 건가……."

에노전 후지사와 역의 개찰구를 통과할 즈음에는 그런 불길한 예감이 스멀스멀 기어 올라왔다.

사쿠타는 2분 정도 기다린 후, 플랫폼에 도착한 열차를 탔다. 고전적인 분위기의 4량 편성 열차였다. 출발을 알리는 벨소리에 맞춰 문이 닫힌 후, 열차는 움직이기 시작했다.

약 15분 정도 열차 안에서 흔들린 후 도착한 곳은 바닷가에 있는 시치리가하마 역이다. 여기서 몇 분 정도 걸어가야 하는 장소에 사쿠타가 다니는 현립 미네가하라 고등학교가 있었다.

사쿠타와 같은 교복을 입은 학생들이 플랫폼에 내렸다. 밖으로 나간 순간, 여름을 앞둔 바다 냄새가 코를 스치고 지나갔다. 열흘 정도 지나면 근처 해수욕장이 개장한다. 바닷가 일대는 해수욕을 하러온 손님으로 붐빌 것이다.

바다 쪽을 쳐다보니, 장마기간 중 날씨 맑은 날을 골라 찾아온 윈드서퍼들의 돛이 몇 개나 보였다.

눈에 익은 풍경이었다. 딱히 이상한 점은 없었다.

교문으로 이어지는 짧막한 길도 평소와 다름없이 미네가하라 고등학교의 학생들로 북적대고 있었다. 반 친구와 시시덕거리는 1학년 남학생도 있었고 참고서를 한 손에 든 3학년도 있었다. 어제 방과 후에 갔던 노래방 이야기를 하는 여학생들도 있었다…….

어디를 봐도, 일상적인 풍경처럼 보였다.

누구도, 「어이. 오늘, 두 번째 아냐?」, 「그렇지? 나도 그렇게 생각해!」, 「진짜 놀랄 노자네~」 같은 이야기를 하지 않았다.

두 번째 6월 27일을 맞이하고 당황한 나머지, 꿈속에 있는 기분으로 걷고 있는 사람은 사쿠타뿐이었다.

사쿠타가 교문을 지나 학교 건물에 들어서자, 그의 두 명밖에 없는 친구 중 한 명인 쿠니미 유마가 말을 걸어왔다.

"안녕, 사쿠타. 오늘도 머리카락이 엉망이네."

유마는 농구부의 아침 훈련에 참가했는지 무릎까지 오는 반바지 운동복에 티셔츠 차림이었다. 수입도 저 옷차림으로 받고 방과 후까지 교복을 입지 않는 학생도 많다. 유마도 그런 학생 중 한 명이었다.

"이건 자다 눌린 게 아니라, 원래 이런 헤어스타일이라고."

"참신한걸."

그렇게 말하면서 웃는 유마 또한 평소와 다름없…… 아니, 이 대화는 기억 속에 존재했다. 사쿠타의 기억 속에 존재하는 『어제』와 완벽하게 일치했다.

"……."

"사쿠타, 왜 그래?"

"……그게 말이야."

"응?"

"쿠니미는 짜증날 정도로 미남이네."

"뭐? 무슨 소리를 하는 거야?"

오늘이 두 번 반복 됐다는 소리를 하지 못한 사쿠타는 대충 둘러댄 후 교실로 향했다.

오전 수업은 수학, 물리, 영어, 현대 국어, 이렇게 네 과목이었다. 수업 내용 또한 어제 받은 것과 완전히 똑같았다. 수학 교사의 「여기는 기말 고사에 나올 거다」도, 물리 교사의 썰렁한 개그도, 영어교사의 「미스터 아즈사가와, 리슨 투 미~」도, 현대국어 교사의 와이셔츠 옷깃에 립스틱이 묻은 것도, 사쿠타의 『어제』와 똑같았다.

시간이 지날수록 사쿠타의 마음속에 존재하는 의혹은 확신으로 변해갔다.

—내 기억 이외에는, 전부 어제로 되돌아간다.

그 생각이, 언뜻 보기에 평화로워 보이는 교실 안의 일상적인 풍경을 섬뜩한 공간으로 바꾸었다.

세상이 이상해진 것일까. 아니면 사쿠타가 이상해진 것일까.

"뭐, 세상이 이상해진 거겠지."

몸의 감각은 평범하기 그지없었다. 그저 현실감만이 존재했다. 이게 꿈이라고 의심할 여지는 눈곱만큼도 존재하지 않았다.

그런 와중에 점심시간이 찾아왔다.

"오늘이 어제라는 건……."

사쿠타는 점심시간에 중요한 약속이 있었다. 사쿠타는 그것을 확인하기 위해 2학년 1반 교실을 나섰다.

10분 후, 사쿠타는 이 건물 3층에 있는 빈 교실에 있었다. 바다가 보이는 창가 자리에 책상을 놓고 앉은 그의 맞은편에는 3학년 선배인 사쿠라지마 마이가 앉아 있었다.

당당하면서도 아름다운 얼굴을 지닌 그녀는 연예인 뺨치는 미인…… 아니, 마이는 진짜 연예인이다. 아역 시절부터 활약해온 실력파 여배우인 그녀는 국민적 지명도를 자랑하는 엄청난 유명인이다. 최근 2년 동안 활동을 쉬었지만 그녀는 최근 들어 활동을 다시 시작했다.

그런 마이가 사쿠타를 위해 만들어온 도시락이 책상 위에 놓여 있었다. 반찬은 사쿠타가 어제 먹은 것과 동일했다.

닭 간장 튀김, 달걀말이, 톳과 콩을 넣어서 만든 조림, 그리고 감자샐러드와 미니 토마토도 들어 있었다.

하나씩 젓가락으로 집어서 맛을 보았다. 조금 싱거운 편이지만 건강에 좋을 듯한 간이었다. 겉보기뿐만이 아니라 맛도 사쿠타가 기억하고 있는 것과 똑같았다.

"......"

대체 무슨 일이 일어나고 있는 것일까. 전혀 감이 오지 않았다.

"맛없어?"

"예?"

그 말을 듣고 고개를 들어보니, 마이는 통명스러운 표정을 짓고 있었다. 그녀는 불만을 감출 생각이 없다는 듯, 사쿠타를 향해 전력을 다해 불만을 표출하고 있었다.

생각에 잠긴 나머지 도시락에 대한 감상을 말하는 것을 깜빡했다. 아니, 이미 한 번 말했었기에 사쿠타는 말했다고 여기고 있었다.

"엄청 맛있어요."

"맛있어 하는 것처럼은 보이지 않는데?"

"진짜예요. 매일 먹고 싶을 정도예요."

"20세기의 프러포즈 같은 소리를 해도 안속아. 내 도시락을 먹으면서 무슨 생각을 하고 있는 거야?"

역시 마이는 날카로웠다.

"마이 씨가 직접 만든 음식을 맛보는 행복을 곱씹었을 뿐이에요."

사쿠타는 이 시점에서 마이에게 사실대로 이야기하면 안 된다고 생각했다. 자신 또한 무슨 일이 벌어진 것인지 알지 못하는 상황에서, 애매한 이야기로 마이에게 괜한 걱정을 끼칠 수는 없었다.

　"흐음."

　마이는 전혀 납득하지 않은 태도를 어필했다.

　"마이 씨, 이상한 거 좀 물어봐도 돼요?"

　"야한 거야?"

　카에데도 그렇고 마이도 그렇게 왜 계속 그런 쪽으로만 생각하는 것일까. 정말 어처구니가 없었다.

　"속옷 색깔은 안 가르쳐 줄 거야."

　"안 궁금해요. 그걸 상상하는 것 자체를 즐기고 있거든요."

　"우와, 역겨워."

　사쿠타는 농담 삼아 그렇게 말했지만 마이는 진심으로 질색했다.

　"그런데, 대체 뭘 물어보려는 건데?"

　"마이 씨에게 있어 나는 뭐죠?"

　"뭐긴 뭐야. 건방지기 그지없는 평범한 후배지."

　마이는 머뭇거리는 기색조차 보이지 않은 채 주저 없이 그렇게 대답했다. 『평범』이라는 부분을 사쿠타가 의식하도록 강조하는 것도 잊지 않았다.

　"······그렇군요. 그럼 나에게 있어 마이 씨는 뭐일 것 같아요?"

"짝사랑 중인…… 엄청난 미인에, 엄청 상냥한, 진심으로 동경하는 선배."

"딩동댕."

사쿠타는 그렇게 말하면서 달걀말이를 입에 넣었다. 그리고 꼭꼭 씹었다.

매우 유감스럽게도 마이와 사쿠타와 관계는 원래대로 되돌아갔다. 한 번은 사귀기로 했었는데 말이다.

마이의 애인에서 건방진 후배로 되돌아가버리다니, 정말 슬프기 그지없었다.

하지만 영문 모를 현상이 사쿠타의 사랑을 방해한다면 전력을 다해 저항하면 된다. 한 번 더 마이에게 교제 신청을 해서 오케이를 받아내면 되는 것이다.

이 정도 방해공작으로 주저앉을 수는 없었다. 포기해버리는 건 당치도 않다.

"대체 왜 그런 이상한 질문을 하는 거야?"

마이는 미심쩍은 눈길로 사쿠타를 쳐다보았다.

"앞날에 대비하여 현재 상황을 정확하게 파악해둘까 싶어서요."

사쿠타는 그럴 듯한 이유를 대며 얼버무렸다. 거짓말은 하지 않았다. 현재 상황에 대해 좀 더 자세하게 알고 싶은 것은 사실이니까.

"왠지 수상하네."

눈을 가늘게 뜬 마이는 사쿠타의 얼굴을 쳐다보았다.

"그것보다 마이 씨."

"이야기 돌리지 마."

사쿠타는 그 말을 듣지 못한 척 하면서 말을 이었다.

"좋아해요. 나와 사귀어주세요."

사쿠타는 그렇게 말하면서 마이를 지그시 쳐다보았다.

"그러니까, 이야기 돌리지 말라구."

"내 고백을 무시하지 말아줬으면 좋겠는데요."

"하지만 이미 질릴 정도로 들었단 말이야."

마이는 지겹다는 투로 중얼거렸다.

"아아…… 차였구나. 그럼 새로운 사랑을 찾아봐야겠네."

"잠깐……."

"지금까지 고마웠어요."

그렇게 말하면서 고개를 꾸벅 숙인 사쿠타는 「하아~」 하고
실연의 아픔으로 가득 찬 깊은 한숨을 내쉬었다.

"시, 싫다고는 말 안했는데…… 왜, 왜 포기해버리는 거야!"

마이는 삐친 눈빛으로 사쿠타를 노려보았다.

"그럼 내 고백을 받아주는 거예요?"

"으…… 사쿠타 주제에 정말 건방지네."

"받아주는 거죠?"

사쿠타는 한 번 더 물었다.

"……응."

그러자 마이는 작게 고개를 끄덕이더니…….

"좋아."

……하고 작은 목소리로 중얼거렸다.

마이는 부끄러움을 감추려는 것처럼 달걀말이를 아무 말 없이 먹었다. 그런 그녀는 정말 귀여웠다. 보고만 있어도 온몸에 전류가 흐를 것만 같았다.

"마이 씨."

"왜, 왜?"

"안아 봐도 돼요?"

"이유가 뭐야?"

마이는 경계심 섞인 눈길로 사쿠타를 올려다보았다.

"마이 씨가 너무 귀여워서요."

"그럼 안 돼. 절대 안 돼."

"에이~."

"그대로 나를 덮칠 것 같으니까……. 그리고 그런 말을 듣고 오케이할 리가 없잖아."

그 후에도 마이는 불평불만을 계속 늘어놓았다.

점심시간이 끝났다는 사실을 알리는 벨소리를 듣고, 점심 데이트를 끝낸 사쿠타는 마이와 헤어진 후 교실로 향했다.

그러던 사쿠타는 계단 층계참에서 아는 사람을 봤다. 요즘 유행하는 쇼트 보브 타입의 멋진 헤어스타일을 지녔고, 볼에는 옅은 화장을 했으며 얼굴 전체가 부드러운 인상을 지닌 소녀였다.

코가 토모에다.

한 달 전, 사쿠타를 변태로 오해했던 한 살 연하의 1학년이다. 꽤나 인상적인 만남을 가졌기에 이름을 외우고 말았다. 그때 사쿠타는 미아가 된 여자애의 어머니를 찾아주려고 했었다. 그것은 순수한 친절에서 우러나온 행동이었다. 하지만 토모에는 「죽어, 로리콤 변태!」 하고 외치면서 사쿠타의 꼬리뼈를 향해 날카로운 발차기를 날렸던 것이다.

그런 토모에는 얌전한 태도를 취한 채 고개를 숙이고 있었다. 유심히 보니, 토모에의 앞에 누군가가 서있었다. 키가 훤칠한 남학생이었다. 몸 또한 다부졌다. 아마 운동부 소속일 것이다. 머리카락은 갈색이며 실내화를 구겨 신고 있었다. 교복이 꽤나 낡은 걸 보니 3학년 같아 보였다. 참고로 미남이다.

"마에사와 선배…… 할 이야기가 뭔가요?"

토모에는 긴장한 표정을 지으며 고개를 들었다. 아무래도 저 남학생의 이름은 마에사와인 것 같았다.

"저기 말이야. 나와 사귀지 않을래?"

"예?!"

"싫어?"

"아, 아뇨. 저기, 그게…… 생각할 시간을 좀 주세요."

토모에는 필사적인 목소리로 대답했다.

"알았어. 생각해보고 대답해줘."

마에사와 선배는 그렇게 말한 후, 계단을 올라오려 했다. 마주치기라도 하면 골치 아플 것 같았기에 사쿠타는 복도를 따라 걸었다.

"저 녀석, 인기 좋네. 하긴, 꽤 귀엽게 생기긴 했지."

평소 같으면 불행해지라고 생각하겠지만, 오늘은 타인의 행복을 축하해주고 싶은 기분이었다. 그것도 그럴 것이 마이가 자신의 고백을 받아준 것이다.

"이제 내일만 오면 완벽해."

그것이 현재 사쿠타에게 있어 가장 큰 고민거리였다.

그날 밤, 또 같은 날이 반복되는 것은 피하고 싶은 사쿠타는 불현듯 생각난 작전을 실행에 옮기기로 했다.

그것은 바로 밤샘이다.

아침에 깨어났을 때 어제가 되어 있었으니, 잠을 자지 않으면 어떻게 될까. 즉, 잠을 자지 않고 내일이 올 때까지 버티는 것이다.

심야 두 시가 지났을 즈음, 사쿠타는 하품을 하면서 심심풀이 삼아 텔레비전을 켰다. 텔레비전에 나온 것은 축구 시합이었다. 한쪽 팀의 선수들은 진한 청색 유니폼을 입고 있었다. 그들은 사무라이 블루, 즉 일본 대표 팀이었다. 그것도 국가 대표였다.

"맙소사, 이틀 연속으로 경기를 하는 거야……?"

아무리 일정이 촉박하더라도 사흘 이상의 간격으로 시합이 치러질 텐데…….

"응?"

뭔가 이상했다.

시합을 보던 사쿠타는 어떤 사실을 눈치챘다.

"이거, 본 거잖아."

시간대는 전반 종료 직전……. 필드 중앙에서 동료의 패스를 받은 등번호 10번 선수가 스피디한 드리블로 적진에 파고들었다. 그리고 두 명을 제치자, 참다못한 상대 팀 선수가 등 뒤에서 거칠게 부딪혔다. 그 순간 휘슬이 울렸다. 그리고 일본은 페널티 에어리어로부터 약간 벗어난 지점에서 프리킥 찬스를 얻었다.

오늘 아침 뉴스에서 본 다이제스트 영상과 똑같은 장면이었다. 하지만 화면 오른쪽 위편에는 『LIVE』라는 글자가 존재했다. 즉, 화면에 나오고 있는 것은 위성 생중계. 이 시합은 지금 이 순간, 지구 반대편에서 벌어지고 있는 것이다.

"……재미있는 농담이네."

부리나케 방으로 돌아간 사쿠타는 시계를 보았다. 오전 2시 10분이라는 글자와 『6월 27일』이라는 날짜가 표시되어 있었다.

"……."

사쿠타가 이미 다음날이 됐을 거라고 생각하며 방심한 사이, 어제로 되돌아간 것이다.

거실에 돌아간 사쿠타는 생중계되고 있는 시합을 봤다. 심판이 휘슬을 부르자 도움닫기를 한 등번호 4번 선수가 공을 걷어찼다.

그 공은 그대로 골대 안으로 빨려 들어……가나 싶더니 아쉽게도 골대에 정통으로 꽂혔다. 그리고 튕겨난 공을 상대 국가의 장신 수비수가 필드 밖으로 걷어냈다. 결국 일본은 득점을 올리지 못했다.

"어? 왜"

시합은 사쿠타가 알고 있었던 것과는 다르게 전개되었다. 그 순간, 사쿠타는 친구인 후타바 리오와 나눴던 대화를 떠올렸다.

—그건, 그러니까…… 일본 축구 대표 팀의 시합이 있는 날, 스포츠 뉴스로 결과만 봤을 때는 이겼지만 내가 시합을 관전했을 때는 꼭 진다, 같은 이야기야?

—앞으로 아즈사가와는 축구 대표 팀을 위해 축구를 관전하지 마. 두 번 다시 하지 말라구.

그것은 관측이 결과에 영향을 끼치느냐 마느냐……에 관한 이야기를 하다 나눴던 대화였다.

"에이, 거짓말이겠지……."

자신이 시합을 봤기 때문에 일본 대표 팀이 질 리가 없다.

사쿠타는 기도하는 심정으로 시합이 끝날 때까지 일본 대표 팀을 응원했다. 하지만 일본 대표 팀은 전반전에 내준 1점을 만회하지 못한 채, 그대로 0-1로 지고 말았다.

실황을 담당하는 아나운서와 해설가는 아쉬운 순간이 몇 개나 있었다면서 시합을 되짚어보고 있었다. 결정적인 순간에 점수를 내지 못한다…… 몇 번이나 들었던 일본의 고질적인 문제점을 또 지적했다.

이제 그룹 리그를 돌파하기 위해서는 축구 강호국과의 다음 시합에서 반드시 이겨야만 한다. 아나운서는 힘든 상황에 처했다는 사실을 사쿠타에게 가르쳐줬다.

"이건 내일…… 아니지. 오늘이라고 할까, 어제이기도 하지만…… 아무튼 후타바와 상의해야겠어."

사쿠타는 한밤중에 거실에서 머리를 감싸 쥐며 중얼거렸다.

2

결국 밤샘 또한 무의미하다는 사실을 알고 잠에 빠져든 후…… 다음날 아침을 맞이한 사쿠타는 찝찝한 기분으로 텔레비전을 켰다. 그러자 일본 대표 팀이 아쉽게 지고 말았다는 뉴스가 텔레비전에 나왔다.

"진짜로 내 탓은 아니겠지?"

사쿠타는 이 찝찝한 마음에서 벗어나려는 것처럼 평소보다 30분 일찍 집을 나섰다.

30분 일찍 집을 나섰을 뿐인데 주위의 경치가 이상할 만큼 달라보였다. 공기가 조금 더 맑은 것처럼 느껴졌고 후지사와 역 주위를 오고가는 사람들의 흐름 또한 미묘하게 달랐다. 회사원이 많은 느낌이 들었다. 평소 시간대였으면 교복 차림으로 돌아다니는 중고등학생이 더 많았을 것이다.

익숙한 에노전 열차 안은 그런 느낌이 더 두드러졌다. 아니, 승객 자체가 적었다.

당연하다면 당연한 거지만 시치리가하마 역에서 학교로 향하는 길 또한 한적했다. 역에서 내리는 승객 또한 손으로 꼽을 수 있을 정도였다. 통학시간이었다면 미네가하라 고등학교의 학생이 줄지어 서서 행진하고 있었을 것이다.

마치 다른 장소에 와있는 느낌이 들었다.

사쿠타는 아무도 없는 건물 입구에서 실내화로 갈아 신었다. 사람이 없으니 공기 자체가 다른 느낌이 들었다. 정적이 흐르고 있었다. 평온 그 자체라고 할까.

사쿠타는 평소와 다른 공기를 느끼면서 계단 앞을 지난 후

물리실험실로 향했다.

"후타바, 있어?"

사쿠타는 그렇게 말하면서 문을 열었다.

사쿠타가 찾는 인물은 칠판 앞에 있었다. 그 사람은 교복 위에 흰색 가운을 걸친 조그마한 여학생이었다. 사쿠타의 두 명 밖에 없는 친구 중 한 명인…… 후타바 리오다.

리오는 사쿠타를 쳐다보지도 않은 채…….

"하아."

……하고 우울함 섞인 한숨을 토했다.

그걸 개의치 않은 사쿠타는 책상을 사이에 두고 리오의 정면에 앉았다.

두 사람 사이에는 비커 위에 놓인 토스트와 김이 나고 있는 커피 잔이 있었다. 토스트에는 구운 자국이 뚜렷하게 나있었다. 이제부터 아침 식사를 하려는 것 같았다.

부원이 리오 뿐인 과학부의 활동은 꽤 자유로웠다.

리오는 양손으로 쥔 토스트를 덥석 베어 물었다. 바삭한 소리가 들렸다.

"저기 말이야."

"싫어."

"아직 아무 말도 안 했다고."

"이런 시간에 일부러 찾아온 걸 보면, 또 골치 아픈 일이 벌어진 거지?"

역시 날카로웠다. 아니, 누구라도 이런 상황이면 무슨 일이 벌어졌다는 걸 눈치챌 것이다.

"흥미 깊은 현상이 벌어져서 보고하러 온 거야."

"그런 걸 보고 골치 아픈 일이라고 하는 거야."

리오는 빨리 나가라는 듯 사쿠타를 향해 손을 내저었다.

말을 붙이기도 힘들었다.

"빨리 돌아가."

리오는 언짢다는 표정으로 토스트의 가장 자리를 씹었다.

리오는 평소 담담한 편이지만 오늘은 가시가 돋친 것 같았다. 기분이 꽤 나빠 보였다.

"후타바야말로 무슨 일 있었어?"

신경이 쓰인 사쿠타는 그렇게 물었다.

"왜 그런 걸 묻는 거야?"

드디어 리오와 시선이 마주쳤다. 안경 렌즈 너머로 보이는 리오의 눈동자에는 경계심이 어려 있었다.

"기분이 나빠 보이거든."

"그렇지 않아……."

말은 그렇게 했지만, 리오는 딱히 숨길 생각은 없는지 체념 섞인 한숨을 내쉬었다.

"하아……."

리오는 창밖을 내다보면서 혼잣말을 하듯 중얼거렸다.

"뭐, 혼자서 끙끙 앓는 것보다 아즈사가와에게 털어놓고 비웃음을 사는 편이 낫겠지."

"그건 또 무슨 소리야?"

긍정적인 건지, 부정적인 건지…… 판단이 서지 않는 태도였다.

"아까, 아침 훈련 때문에 일찍 등교하는 쿠니미와 한 열차에 탔어."

"성희롱이라도 당한 거야?"

사쿠타의 시선은 자연스럽게 리오의 끝내주는 가슴을 향했다.

"쿠니미가 그런 짓을 할 리 없잖아."

"마치 그 녀석은 나와 다르다는 눈빛으로 쳐다보지 마."

"그럼 너도 그만 쳐다봐."

리오는 가슴을 숨기려는 것처럼 몸을 옆으로 돌렸다. 싫어하는 것 같으니 가능한 한 쳐다보지 않도록 노력해야겠다.

"그래서? 쿠니미와 무슨 일 있었던 거야?"

"딱히 그런 건 아냐……. 그저, 애인 있는 남자가 말을 걸어줬다고 기뻐하는 나 자신이 싫어진 것뿐이야."

리오는 자조 섞인 쓴웃음을 지었다.

"그거 참 여자애다운 고민이네."

"아즈사가와가 나한테 말을 걸 때는 억섭기만 한데 말이야."

"그 말을 꼭 할 필요는 없지 않아?"

분명 할 필요는 없을 것이다. 뭐, 자신에게 화풀이를 해서 리오의 기분이 풀린다면 얼마든지 들어줄 수 있지만 말이다.

"나, 왠지 상태가 점점 더 나빠지고 있는 것 같아."

리오는 마지막 남은 토스트 귀퉁이를 입에 집어넣은 후, 커피를 홀짝였다. 그리고「하아~」하고 깊은 한숨을 토했다.

"그냥 확 말해버리는 건 어때?"

"뭘 말이야?"

리오는 방금 그 말이 무슨 뜻인지 알면서도 시치미를 떼며 물었다.

"좋아하다고 말이야."

"……누구한테?"

이번에는 약간 주저했다. 이 말을 하면 사쿠타가 그 이름을 입에 담을 것이라는 사실을 알고 있기 때문이다.

"당연히 쿠니미한테지."

"저기, 아즈사가와."

"좋아한다고 말해버려."

사쿠타는 리오가 도망칠 곳을 봉쇄하듯 그녀의 눈을 쳐다보면서 말했다.

"……"

그러자 리오는 입술을 삐죽 내밀었다. 의자 위에서 무릎을 꼭 끌어안은 리오는 몸을 옆으로 돌리더니—

"지금은 맞는 말 같은 건 듣고 싶지 않아."

삐친 말투로 그렇게 말했다.

"잘못했어."

"잘못한 건 아나 보네."

"하지만 언제까지 후타바 혼자 끙끙거릴 생각이야? 더 골치 아파지기 전에 솔직하게 밝히는 편이 좋지 않아?"

리오가 이른 아침부터 부활동을 하러 온 것은 아침 훈련을 하러 온 유마와 만날 수 있을지도 모르기 때문에 그런 것이라는 사실을 사쿠타는 알고 있었다. 하지만 만나게 되면 요 모양 요 꼴이 되고 만다.

"아까도 말했지만, 맞는 말 같은 건 듣고 싶지 않다구."

바로 그때, 리오는 한 번 더 한숨을 내쉬었다. 풍선도 불 수 있을 것 같은 깊은 한숨이었다. 그런 리오의 얼굴은 우울 그 자체였다.

"그런 소리를 하면, 쿠니미가 곤란해 할 거야."

"그딴 시원시원남은 왕창 곤란하게 만들어주라고."

"나도 아즈사가와만큼 매사에 무신경하면 좋겠어."

"부끄러우니까 너무 칭찬하지 마."

"역시 무신경하다니깐."

"남자는 여자에게 휘둘릴 때 즐거워하는 생물이거든."

"아마 돼지 꿀꿀이인 아즈사가와만 그럴 걸?"

"쿠니미의 애인도 마찬가지라고 생각하는데 말이야."

일전에 사쿠타는 쿠니미의 애인에게, 반에서 고립되어 있는 아즈사가와와 같이 다니는 유마가 불쌍하다는 투의 이야기를 들었다. 솔직히 말해 친구 애인에게 그런 말을 듣는 자신이 불쌍하다는 생각이 들었다. 카미사토 사키라는 이름의 그녀는 사쿠타와 같은 반인 2학년 1반 소속이다. 사쿠타의 타입은 아니지만 남자들 사이에서 인기가 좋고, 꽤 귀엽다는 평판이다. 반에서 가장 밝고 화려한 메인 그룹의 중심적 존재이기도 했다.

아무도 없는 물리실험실에서 홀로 과학부 활동에 힘쓰고 있는 리오와는 정반대였다.

"아즈사가와."

"왜?"

"쿠니미의 애인 이야기를 하는 건 너무 무신경한 짓 아냐?"

"후타바에게는 충격요법이 잘 통할 것 같거든. 그게 싫으면 빨리 차이고 와."

"아즈사가와 주제에 맞는 말 좀 하지 말라구."

리오도 그게 유일한 해결책이라는 것은 알고 있다. 알고 있지만, 실행에 옮기지 못하고 있었다. 말하면 그걸로 끝이기 때문이다.

"이런 쓴 소리를 해주는 사람은 나뿐이잖아?"

"그런 소리를 자기 입으로 하는 게 아즈사가와의 문제점이야."

리오는 약간 즐거운 듯한 웃음을 흘렸다. 조금은 기분전환이 된 것 같았다.

"그런데 아즈사가와는 무슨 이야기를 하러 온 거야?"

"내일이 오지 않아서 문제야."

"어차피 아즈사가와에게 밝은 미래가 찾아올 리가 없으니 잘된 거 아냐?"

사실을 솔직담백하게 말했다가 끔찍한 소리를 들었다.

"하나도 잘되지 않았거든? 그리고 나한테는 장밋빛 미래가 기다리고 있다고."

오늘 낮부터 마이와의 교제가 시작된다. 그때부터 장밋빛 미래가 시작된다고 해도 과언이 아닌 것이다.

"아무튼, 오늘이 어제고, 어제가 오늘이라 문제야."

"사람이 알아들을 수 있게 말해줄래?"

"나도 사람이거든?"

"돼지 꿀꿀이잖아?"

"인마…… 아, 뭐, 됐어. 으음, 그러니까……."

반론하는 것을 포기한 사쿠타는 자신에게 일어난 불가사의한 사태에 관해 리오에게 차근차근 설명했다.

5분 후, 이야기를 다 들은 리오는…….

"하암~."

……하고 하품을 했다.

"후타바, 어떻게 생각해?"

사쿠타는 진지한 눈빛으로 리오를 쳐다보며 의견을 구했다.

"아즈사가와, 그건 중2병이야."

"나는 고2야."

"그럼 고2병이네."

"완전 될 대로 되라네."

귀찮아 죽겠다는 태도를 취한 리오는 커피를 한 잔 더 끓이더니 혼자서 홀짝이면서 말했다.

"아니면 아즈사가와가 좋아하는 사춘기 증후군 아냐?"

리오는 또 될 대로 되라는 말투로 말했다.

"눈곱만큼도 좋아하지 않는다고."

사춘기 증후군.

인터넷에서 화제가 되고 있는 불가사의한 현상의 총칭이다. 『타인의 마음속 목소리가 들렸다』든가, 『사물의 기억을 읽을 수 있다』 같은 오컬트스러운 뜬소문들이다.

아무도 그걸 진짜로 믿지는 않았다.

하지만 사쿠타는 사춘기 증후군과 관련된 현상을 몇 번이나 경험했다. 이번도 그럴 것이다. 틀림없다.

"그러니까 어떻게 좀 해봐."

"그런 건 아즈사가와가 어떻게 할 수밖에 없어."

"이유를 말해봐."

"보아하니 나를 비롯한 다른 학생들, 아니, 70억 명이나 되는 인류 중 그 누구도 오늘이 세 번이나 반복됐다고는 생각하지 않아."

리오가 곁눈질하고 있는 운동장에서는 야구 부원들이 러닝을 하고 있었다. 열심히 땀을 흘리고 있는 그들은 오늘이 세 번이나 반복되었다고는 생각하지 않을 것이다. 만약 그렇게 생각한다면 느긋하게 부활동에 힘쓸 리가 없었다.

"그렇게 생각한다면 지금쯤 엄청난 패닉이 벌어졌을 거야."

스마트폰을 조작해 뭔가를 검색한 리오는 검색 결과 화면을 사쿠타에게 보여줬다. 검색 단어는 『6월 27일』, 『세 번』, 『반복』이다. 유감스럽게도 눈에 띄는 검색 결과는 없었다.

"그러니 이건 아즈사가와가 일으킨 사춘기 증후군이라고 봐."

그리고 리오는 더 짜증나는 소리를 했다.

"나는 사춘기 특유의 불안정한 정신 상태가 아니고, 강렬한 스트레스를 느끼고 있지도 않아."

인터넷 상에서는 그런 게 사춘기 증후군의 원인이라고 일컬어지고 있었다. 원하는 대로 되지 않는 현실에 대한 과도한 스트레스. 그것이 보여주는 환영이라는 해석이 가장 유력했다. 즉, 현실도피의 산물인 것이다.

"뭐, 자각은 없는 것 같네."

아무래도 리오는 사쿠타가 원인이라고 단정 지은 것 같았다.

"요인이 뭐든 간에, 지금 일어나고 있는 사태에 대해 아즈사가와는 다른 견해를 밝힐게."

"그게 무슨 소리야?"

"아까 설명을 듣자하니, 아즈사가와는 시간이 루프하고 있다고 생각하지?"

"뭐, 그래."

SF소설에서 흔히 볼 수 있는 루프 전개다.

"그 생각에 사로잡히지 않는 게 좋을지도 몰라."

"왜?"

"과거로 돌아가는 건 여러모로 어렵거든."

불가능하다고 말하지 않는 것을 보면 이론 자체는 존재하는 걸까.

"아즈사가와가 몇 번이나 경험한 『6월 27일』은 그것보다 예전의 시간에서 본 미래일지도 몰라."

뭐랄까, 엄청난 발언을 듣고 말았다.

방금 과거로 돌아가는 것은 어렵다고 말한 인간이 한 말로는 도저히 들리지 않았다.

"마치 미래예지는 간단하다는 말처럼 들리잖아."

"한 때, 과거로의 타임 트래블보다는 가능성이 크다고 여겨졌거든."

"정말?"

"뭐, 양자역학이 등장하기 전…… 고전물리학 시대의 이야기지만 말이야."

"호오."

"라플라스의 악마라는 말을 들어본 적 없어?"

"미안하지만 친구 중에 악마는 없어."

"모른다면 됐어……. 이 세상에 존재하는 온갖 물질은 같은 물리법칙의 지배 하에서 평등해. 여기까지는 이해되지?"

"그래. 그게 물리학이라는 거잖아?"

"맞아. 그 법칙을 수식화해서 계산하면 미래의 상황을 알아낼 수 있어."

설명은 꽤나 간단했다. 하지만 사쿠타는 전혀 이해가 되지 않았기에 고개를 갸웃거렸다.

"무슨 소리를 하는 건지 전혀 감이 안 와."

"구체적으로 설명해줄게. 이 세상에 존재하는 모든 원자의 위치, 그리고 질량과 속도의 곱인 운동량을 알아내 그것을 고전물리학의 수식에 넣어 계산을 하면 미래의 상황을 알 수 있어. 이건 고등학교에서 배우는 내용이야."

매우 유감스럽게도 리오와 마찬가지로 고등학생인 사쿠타는 그녀가 무슨 소리를 하는 것인지 전혀 이해하지 못했다. 여러모로 질문을 좀 해봐야 할 것 같았다.

"이 세상의 모든 원자라면 엄청난 숫자겠네."

그야말로 무한하다고 해도 과언이 아닐 정도의 숫자가 아닐까.

"맞아."

"그런 것들의 위치와 운동량을 전부 조사하는 게 가능해?"

주먹밥 하나를 구성하고 있는 쌀알의 개수를 세는 것도 쉬운 일이 아닌데 말이다.

"적어도 당시…… 19세기의 물리학자들에게는 무리였어. 설령 위치와 운동량을 전부 파악하더라도, 방대한 데이터를 수식을 통해 계산하는 데는 엄청난 시간이 필요해. 즉, 1초 후의 미래를 계산하는데 1초 이상의 시간이 걸리니 미래를 알아낼 수가 없었을 거야."

"그랬겠지."

아마 현시대의 컴퓨터를 동원하더라도 불가능하지 않을까.

"그래서 그런 말도 안 되는 짓을 할 수 있는 공상 속의 존재를 물리학자인 라플라스 씨가 고안했어."

"그게 라플라스의 악마구나."

리오는 천천히 고개를 끄덕였다.

"그 악마에게는 순식간에 이 세상에 존재하는 모든 원자의 위치와 운동량을 파악하는 힘이 있어서, 그 수치를 이용해 눈 깜짝할 사이에 미래를 계산할 수 있대. 즉, 라플라스의 악마는 모든 미래를 내다볼 수 있는 거지."

"흐음."

"표정을 보아하니 납득이 안 되나 보네."

"그게 말이야. 미래를 계산할 수 있다고 해도, 그 경우에는 우리의 의지 같은 건 반영되지 않는 거잖아? 그걸 미래예지라고 할 수 있을까?"

"아, 무슨 말이 하고 싶은 건지 알겠어."

"감정까지 예측하는 건 무리잖아?"

"할 수 있어."

리오는 딱 잘라 단언했다.

"뭐?"

사쿠타는 어이없다는 목소리로 말했다.

"인간의 몸을 구성하는 건 원자야. 그 원자의 위치와 운동량을 파악하면 뇌가 어떤 판단을 내리는지, 뭘 느끼고 있는지도 계산을 통해 알아낼 수 있어."

"그렇구나……. 방금 그 말은 안 듣는 편이 좋았을 것 같아."

"끝까지 들으면 생각이 바뀔걸?"

"정말? 그렇지만…… 방금 네가 한 말처럼 감정도 파악할 수 있다면, 어떤 순간에서의 원자 위치와 운동량만 알면 제아무리 먼 미래도 계산할 수 있다는 이야기잖아?"

"맞아."

"그렇다면 미래는 결정된 거나 다름없지 않아?"

한 번만 원자의 위치와 운동량을 파악하면, 그 후에는 경과 시간을 바꾸기만 하면 되고 다른 수치를 변경할 필요도 없다. 즉, 시간 이외에는 변하지 않는다. 수학이나 물리에서 말하는 정수(定數)라는 운명이 결정되고 마는 것이다.

"그걸 눈치채는 걸 보니, 아즈사가와는 꽤 머리가 좋은 것 같네."

리오는 어린애를 칭찬하는 어조로 말했다.

"지금까지 내가 한 이야기의 결론은 아즈사가와가 방금 말한 것과 같아."

"그럼 뭐야. 시험 전에 내가 공부를 하든 말든, 다음 주 기말시험 결과는 이미 정해져 있다는 거네?"

"그렇지는 않아. 분명 점수는 정해져 있어. 하지만 아즈사가 와가 공부를 하느냐 하지 않느냐에 관한 해석이 잘못 됐어. 정확하게는 아즈사가와가 시험공부를 할지 말지도 정해져 있 거든."

"아, 그렇구나."

모든 미래가 정해져 있다는 것은 그런 뜻이다.

"오늘 내 이야기를 들은 아즈사가와가 『미래는 정해져 있는 거니까 노력해봤자 소용없다』고 생각하게 되었다고 쳐."

"그럴 경우, 내가 오늘 여기서 후타바의 이야기를 듣고 그런 생각을 가지게 될 거라는 걸 라플라스의 악마는 알고 있었다 는 거지?"

"그래."

좀 복잡하기는 하지만 이해는 됐다.

하지만 그렇다면—.

"운명은 결정되어 있다는 거야?"

바로 그런 것이다.

"내가 처음에 했던 말을 잊은 거야?"

"오늘, 쿠니미가 말을 걸어줘서 엄청 기뻤어."

"죽어."

"으음~ 『양자역학이 등장하기 전』말이야?"

"기억하고 있으면 쓸데없는 소리는 하지 마."

리오는 약간 삐친 표정을 지으면서 노려보았다. 평소의 털털한 태도만 봐서는 상상도 되지 않을 만큼 여자애다운 표정이었다.

"일전에 슈뢰딩거의 고양이에 관해 설명했었지?"

"상자를 열어볼 때까진 고양이의 생사가 결정되지 않았다는 거잖아."

그것은 약 한 달 전, 마이에게 일어난 사춘기 증후군을 어떻게든 하기 위해 리오에게 들었던 이야기다.

"뭐, 그걸 기억하고 있으면 충분해."

"더 칭찬해줘."

리오는 그 말을 무시한 후, 계속 말했다.

"양자역학의 세계에서는 입자의 위치가 확률적으로만 존재한다는 설명도 했었는데, 기억해?"

"아, 생각났어. 위치를 확정시키기 위해서는 관측할 수밖에 없다…… 그렇지?"

"응. 그리고 그 관측이 중요한데, 보기 위해서는 빛을 비춰보는 수밖에 없어."

리오는 서랍에서 꺼낸 손전등을 켜더니, 그 불빛으로 책상 위에 놓인 야구공을 비췄다.

"이걸로 입자의 위치는 안 거지?"

"그래. 하지만 입자는 매우 작기 때문에 같은 크기의 빛과 부딪히면 속도와 이동 방향이 변해."

리오는 빛을 쬐고 있는 공을 굴렸다. 책상에서 떨어진 공은 두 번 정도 튀더니 의자 다리에 부딪힌 후 정지했다.

"즉, 입자의 위치를 조사하면 속도가 변하고, 속도를 비롯한 운동량을 정확하게 알려 하면 위치가 확률적이 되어버리는 거야. 그러니까 양쪽을 동시에 알 수 없는 거지."

"그거 골치 아프네."

"자아, 라플라스의 악마는 양자역학에게 퇴치 당했어. 이걸로 미래가 결정되지 않았다는 게 증명된 거지. 안심이 돼?"

솔직하게 말해 안심은 되지 않았다. 사쿠타는 그 양자역학이라는 것을 잘 모르기 때문이다. 그런 상황에서 안심이 될 리가 없었다.

"하지만 양자역학이라는 건 인간의 관점에서 존재하는 이야기지?"

"당연하지."

"그럼……."

사쿠타가 무슨 말을 하려는 건지 눈치챈 리오가 먼저 입을 열었다.

"아즈사가와가 하고 싶은 말이 뭔지 알겠어. 확실히 라플라스의 악마는 인간을 초월한 존재니까, 위치와 운동량을 동시에 관측할 수 있을지도 몰라."

리오는 확인의 뜻이 담긴 시선을 사쿠타에게 보냈다.

"응. 그 말이 하고 싶었어."

"악마가 얼마나 우수한지는 아즈사가와가 정하면 되잖아."

리오는 지금껏 이 말을 하기 위해 이 이야기를 한 거라는 투로 말했다.

그리고 그와 동시에, 리오는 사쿠타가 라플라스의 악마라고 말하고 있었다.

"미안하지만 나는 그런 수상쩍은 악마가 아냐."

"해부 당하지 않게 조심하라구."

"후타바가 정체불명의 연구기관에 밀고하지 않는 한 괜찮을 거야."

"그럼 이제 만날 수 없을지도 모르겠네."

리오는 책상 위에 놓인 스마트폰을 쳐다보았다.

"네가 결백하다는 걸 증명하고 싶다면, 진짜 라플라스의 악마를 찾아봐."

"어디 있을 것 같아?"

적어도 학교 수업에서는 악마를 찾아내는 법을 배우지 못했다.

"악마만큼은 아즈사가와와 마찬가지로 반복되고 있는 『6월 27일』의 기억을 지니고 있지 않을까? 어디까지나 내 추측이지만, 그 기억이 있다면 일전의 『6월 27일』과는 다른 행동을 취하고 있을 가능성이 커."

"아~, 그렇구나……."

리오의 말이 옳다. 이 사태를 눈치챘다면 어떤 식으로든 대

처하려 하거나, 행동을 취하고 있을 가능성이 컸다. 아니면 당황하고 있으리라.

하지만 단서가 너무 없었다. 어디서부터 찾아보면 좋을까.

그 의문을 입에 담기 전에 조례 5분 전이라는 사실을 알리는 벨이 울렸다. 일부러 일찍 왔는데 지각하는 것도 좀 그랬다.

사쿠타는 가방을 어깨에 짊어지면서 자리에서 일어났다. 뒷 정리를 도우려고 했지만 「됐어. 먼저 가」라고 리오가 말했다.

"그럼 땡큐."

물리실험실을 나서려다 뭔가가 생각난 사쿠타는 문 앞에서 멈춰 섰다.

"아, 맞다. 후타바."

"왜?"

"또 오늘이 반복된다면, 아침에 쿠니미와 만나지 못하게 해 줄까?"

그러면 리오는 아침부터 이런 우울한 표정을 짓지 않아도 될 것이다.

"……."

리오는 한 순간 생각해본 후—

"쓸데없는 소리 하지 마."

—하고 가볍게 웃으면서 말했다.

"일단 내가 직접 어떻게 해볼 생각이야."

"혼자서는 어찌 할 수 없을 것 같으면 말해."

"그래. 아즈사가와는 나한테 빚을 잔뜩 졌으니까 이참에 돌려받으면 되겠네."

"이자까지 쳐서 돌려줄게."

사쿠타는 짓궂은 미소를 지은 리오에게 배웅을 받으면서 물리실험실을 나섰다.

3

—진짜 라플라스의 악마를 찾아봐.

리오에게는 그런 말을 들었지만 대체 어떻게 찾아봐야 할까.

누가 악마인지는 짐작조차 되지 않는데다, 가까운 사람일 거라는 보증도 없다. 어쩌면 지구 반대편에 살고 있는 인물일 가능성도 있었다.

"그렇다면 두 손 두 발 다 들 수밖에 없겠지……."

일개 고등학생에게 지구 반대편까지 갈 경제적 여유가 있을 리 없다. 여권도 없다. 그야말로 전도다난했다. 아니, 이럴 경우에는 앞날이 깜깜하다고 하는 편이 옳을지도 모른다.

절망적인 기분이 들었다.

그래도 점심시간에 교실을 나선 사쿠타는 3층으로 향했다. 빈 교실에서 마이와 점심을 같이 먹기로 약속했기 때문이다.

현재 사쿠타가 가장 관심 있는 것은 마이와의 교제다. 그것마저 백지로 돌아간 상태인 것이다. 지금부터 마이가 직접 만든 도시락을 먹으면서 고백 타임을 가질 것이다. 그 즐거운 시간이 사쿠타에게 있어 유일한 위안거리였다.

사쿠타는 약간 들뜬 기분을 맛보면서 빈 교실의 문을 열었다.

그러자 아무도 없을 줄 알았던 교실 안에서 소리가 났다. 고개를 돌려보니 교탁 뒤편에서 치마에 감싸인 엉덩이가 살짝 튀어나와 있었다. 그렇지만 본인은 완벽하게 숨었다고 생각하나 보다.

"……."

사쿠타는 강렬한 위화감을 느꼈다.

첫 번째, 두 번째 『6월 27일』에는 이런 일이 벌어지지 않았다. 점심시간이 시작되자마자 이곳에 온 사쿠타는 자신보다 약간 늦게 온 마이와 단둘이서 행복한 시간을 만끽했었다. 사쿠타는 남에게 방해를 받지도 않았고, 빈 교실에서 마이 이외의 인물과 마주치지도 않았다.

그러니 눈앞에 펼쳐진 광경은 첫 번째, 두 번째와는 달랐다. 예전과는 다른 행동을 취하고 있는 인물과 만난 것이다.

바로 그때, 사쿠타는 오늘 아침에 물리실험실에서 들었던 리오의 말을 떠올렸다.

—악마만큼은 아즈사가와와 마찬가지로 반복되고 있는 『6월 27일』의 기억을 지니지 않았을까? 어디까지나 내 추측이지만, 그 기억이 있다면 일전의 『6월 27일』과는 다른 행동을 취하고 있을 가능성이 커.

그리고 사쿠타의 눈앞에서는 그 말에 딱 들어맞는 상황이 펼쳐지고 있었다.

"라플라스의 악마를 찾았네."

사쿠타가 그렇게 중얼거리자, 교탁 뒤편에 숨어있던 인물이 머뭇거리면서 고개를 내밀었다. 자기 보금자리 안에서 밖을 살펴보고 있는 조그마한 동물 같았다.

사쿠타는 상대의 얼굴이 눈에 익었다.

요즘 유행하는 쇼트 보브 타입의 헤어스타일. 크고 동그란 눈동자. 부드러운 인상을 주는 귀여운 화장. 온몸으로 화려한 오라를 뿜고 있는 여고생다운 여고생. THE 여고생이다.

명란색깔 커버를 씌운 스마트폰을 한 손에 든 채 「아」라고 말한 사람은 1학년인 코가 토모에였다.

웬만한 여자애보다 체구가 작아서 전체적으로 아담한 느낌이 감도는 그녀의 용모는 악마라고 하기에는 너무 여려보였다. 잘 쳐줘도 소악마, 미니데빌이다.

열린 창문을 통해 불어온 바닷바람이 토모에의 머리카락과 치맛자락을 살며시 흔들었다. 두 사람 중 먼저 입을 여 이는 토모에였다.

"사토 이치로."

"그건 세상을 속이기 위해 사용하는 거짓된 이름이야."

처음에 말해줬던 가명을 아직도 기억하고 있을 줄은 몰랐다. 토모에는 사쿠타와 다르게 한 번 인사를 나눈 상대의 이름을 제대로 기억하는 타입 같았다.

"……아즈사가와 선배, 맞지?"

토모에는 약간 자신 없는 눈길로 사쿠타를 올려다봤다.

"아즈사가와 사쿠타. 2학년이야."

"코가 토모에. 1학년……이에요."

토모에는 무리하는 느낌을 팍팍 내며 존댓말을 사용했다. 분위기 또한 약간 부드러워졌다.

"그냥 반말해도 돼. 벌건 대낮에 서로의 엉덩이를 걷어찬 사이잖아."

"그, 그건 잊어줘!"

볼을 한껏 부풀린 토모에는 사쿠타가 저번에 받았던 것과 똑같은 인상을 지닌 여자애였다.

토모에는 그때의 고통을 떠올렸는지 양손으로 엉덩이를 감쌌다. 왠지 후배에게 해서는 안 되는 짓을 하고 있는 기분이 들었다.

"코가, 뭐 하나 물어보고 싶은데 말이야."

"뭔데?"

"너는 오늘이 몇 번째야?"

"윽?!"

사쿠타가 그런 질문을 던지자 토모에는 눈을 치켜떴다. 놀라움과 약간의 불안이 뒤섞인 눈동자가 좌우로 흔들리고 있었다.

"나는 세 번째거든?"

사쿠타가 그렇게 말하자 토모에는 고개를 한 번 끄덕였다.

"나도 세 번째야."

그렇게 말하면서 손가락 세 개를 세웠다. 그와 동시에 토모
에는 점점 울상을 지었다. 그리고 사쿠타가 놀라기도 전에—.

"나만 그런 게…… 아니었구나."

불안이 눈물이 되어 뚝뚝 떨어졌다. 토모에는 안심했는지
그 자리에서 무너지듯 주저앉았다.

"대체 뭐가 어떻게 된 거야~!"

"글쎄."

"왜 같은 날이 몇 번이나 반복되는 건데?!"

"몰라."

"왜 모르는 거야?!"

"그렇다고 모르는 걸 안다고 할 수는 없잖아."

아까까지의 안심은 곧 불안으로 바뀌고 말았다.

"이제 걱정은 끝난 줄 알았는데! 내 눈물을 돌려줘!"

"수돗물이라도 마셔서 보충해."

"이제 어떻게 할 거야?"

사쿠타야말로 그걸 묻고 싶었다.

"어떻게 할끼고?"

토모에는 사투리를 써가면서 같은 질문을 또 했다. 아무래
도 자신이 이 상황의 원인이라는 걸 전혀 자각하지 못한 것

같았다. 그런 생각은 눈곱만큼도 하고 있지 않은 것 같았다.

"선배는 왜 그렇게 태연한 거야?!"

토모에는 사쿠타의 멱살을 잡더니 앞뒤로 흔들어댔다.

"허둥댄다고 해결되는 거야?"

"해결은 되지 않지만 보통은 이럴 때 당황한다구."

"그래?"

"그렇다구. 선배는 제정신이 아닌 것 같네. 역시 전교생 앞에서 여자한테 고백한 괴짜는 달라."

"대놓고 타인에게 『제정신이 아니다』라고 말하는 녀석도 제정신은 아닐 것 같은데 말이야."

"시끄러워."

"혹시나 해서 묻겠는데, 코가는 짐작 가는 거 있어?"

"쥐뿔도 없대이."

"뭐?"

"저, 전혀 없어."

"진짜 쓸모없네~."

"서, 선배야 말로 쓸모없다구!"

"혹시 요즘 들어 싫은 일이나 고민 같은 게 생기지 않았어?"

"왜 그런 걸 선배에게 말해야 하는데? 아, 메시지 왔다."

토모에는 바로 스마트폰의 화면을 쳐다보았다.

"이 상황이…… 사춘기 증후군이라고 생각하거든. 이게 코가의 불안정한 정신 상태가 일으킨 현상이라면, 그 원인을 찾아내서 해소하는 수밖에 없어."

"사춘기 증후군…… 선배, 제정신이야?"

토모에는 바보 취급하는 목소리로 말했다. 그녀의 시선은 여전히 스마트폰을 향하고 있었다. 답장을 쓰고 있는지 화면에 닿은 손가락을 바쁘게 놀리고 있었다.

"그건 인터넷 상에서 돌고 있는 헛소문이잖아. 그런 걸 믿는 거야? 정말 믿기지가 않네."

사쿠타가 사춘기 증후군의 존재를 믿는 것은 이 믿기지 않는 현상을 과거에 경험했기 때문이었다.

사쿠타는 여동생인 카에데가 이 현상에 휘말렸을 때, 처음으로 목격했다. 반 친구들의 악의 섞인 문자와 메시지를 볼 때마다, 카에데의 피부에 두들겨 맞은 듯한 멍이나 칼날에 베인 듯한 상처가 생기는 것을 두 눈으로 똑똑히 봤다.

한 달 전에는 마이가 주위에 있는 사람들에게 보이지 않게 되더니 아예 기억에서 사라지는 일이 벌어졌다.

그리고 이 현상 또한 사춘기 증후군이 틀림없었다.

"네 마음은 알아. 하지만 같은 날이 사흘이나 반복됐으니 사춘기 증후군을 단순한 헛소문으로 치부할 수는 없을 텐데?"

"그, 그건 그렇지만……."

꿈을 꾸고 있는 거라고 생각하며 현실도피를 하는 것에는 한도가 있었다. 이렇게 같은 처지에 놓인 토모에와 만나면서 현실미가 더욱 강해졌다. 리오는 미래 예지를 하고 있는 것일지도 모른다고 말했지만, 그렇게 보기에는 몸을 통해 느껴지는 감각이 지나치게 현실적이었다.

"그것보다, 남과 이야기하면서 딴 짓 좀 하지 말라고."

사쿠타는 그렇게 말하면서 토모에에게서 스마트폰을 빼앗았다.

"아, 돌려줘~."

사쿠타는 체구가 작은 토모에의 손이 닿지 않도록 스마트폰을 쥔 손을 머리 위로 들어올렸다. 토모에는 껑충껑충 뛰면서 스마트폰을 되찾으려 했지만 아슬아슬하게 닿지 않았다.

"이야기하는 동안은 안 할게."

토모에가 그렇게 말하자 사쿠타는 그녀에게 폰을 돌려줬다.

"자, 받아."

토모에는 야생동물처럼 민첩하게 스마트폰을 채갔다. 그리고 아무 말 없이 화면을 조작하기 시작했다.

"......"

"......"

"폰질 하려고 이야기를 안 하는 거냐?"

"성가시니까 말 걸지 마."

"요즘 여고생은 정말 대단하네."

결국 사쿠타는 약 20초 동안 기다려야만 했다.

"그런데 무슨 일이야?"

토모에는 그제야 고개를 들었다.

"요즘 짜증나는 일이나 고민 같은 게 생기지 않았어? 만약 있다면, 그게 6월 27일을 빠져나갈 힌트가 될지도 몰라."

"……으음~."

토모에는 미간을 찌푸리더니 진지하게 생각에 잠겼다.

그리고 10초 동안 고민한 후―.

"약간 살쪘어."

볼을 살짝 붉히면서 진지한 목소리로 이실직고 했다.

"……."

언뜻 보기에 아담한 체구인 토모에는 매우 날씬했다. 몸 곳곳이 꽤나 슬렌더했다.

"왜, 왜 그런 눈빛으로 쳐다보는 거야?"

"걱정하지 마. 코가는 너무 말랐어. 너의 그 납작한 가슴에 살집이 붙도록 살을 좀 찌우는 편이 나을 거야."

"그게 전부 엉덩이나 배에 가서 문제라구."

그 말을 듣고 보니, 허리 주위와 배 쪽에는 확실한 안정감이 존재했다.

"주물러주면 커진다던데 말이야."

"그것도 이미 시도해봤어~."

토모에는 사쿠타가 보는 앞에서 양손을 가슴에 대며 그렇게 말했다.

"그럼 포기해. 남자라고 하나같이 가슴 큰 여자를 좋아하지는 않아. 그리고 다른 고민 없어? 그런 손쓸 방법이 없는 거 말고 말이야."

"수영 수업이 곧 시작되니까 엄청 심각한 문제라구! 가슴은 작은데, 허리에도 살집이……. 으으, 여름은 정말 지옥이야……."

여전히 계속 중얼거리던 토모에는 갑자기 눈을 치켜뜨면서 말을 삼켰다.

"앗."

토모에의 눈길은 사쿠타의 뒤편…… 복도 쪽을 향했다.

"수, 숨어!"

토모에가 팔을 잡아당긴 바람에 사쿠타는 그대로 교탁 뒤편에 숨었다.

"무슨 짓이야?"

"조용히 해!"

사쿠타의 뒤를 이어 토모에도 좁은 교탁 안으로 들어왔다. 교탁 안으로 굴러들어간 사쿠타의 몸 위에 토모에가 걸터앉다시피 했다.

요즘 들어 1학년 사이에서 유행하는 장난일까. 젊은 애들이 무슨 생각을 하는 건지 모르겠다.

의문을 느끼면서 밖을 힐끔 쳐다보니 열려 있는 문틈으로 남학생의 모습이 언뜻 보였다. 지난 번 6월 27일에 토모에에게 고백을 했던 3학년…… 토모에가 『마에사와 선배』라고 불렀던 학생이다.

"고개 숙여!"

토모에는 사쿠타의 볼을 양손으로 꼭 누르더니 교탁 밑으로 잡아당겼다.

"코가를 찾고 있는 거 아냐?"

"아마 그럴 거야……. 내가 점심시간에 다른 볼일이 있다는 투의 메시지를 보냈거든……."

"볼일~? 딱히 그런 게 있는 것처럼은 보이지 않는걸."

"그래서 있다는 투의 메시지라고 말한 거라구."

즉, 토모에는 마에사와 선배에게 거짓말을 한 것이다.

"영문 모를 소리하지 말고 빨리 고백 받고 와."

"어떻게 내가 고백 받은 걸 알고 있는 거야?!"

"지난번에 봤거든."

토모에의 조그마한 얼굴이 눈앞에 있었다. 촉촉한 핑크색 입술에서 새어나온 숨결이 볼에 닿았다. 실수로 이상한 곳을 만지지 않도록 자세를 바꾸자…….

"꺅!"

토모에가 몸을 배배 꼬았다. 실수로 그녀의 민감한 부분을 자극한 줄 알았지만 실은 그렇지 않았다. 토모에가 쥐고 있는 스마트폰이 진동한 것이다. 토모에는 백라이트 불빛에 의지해 또 메시지를 입력했다.

"이건 대체 무슨 플레이야?"

"……"

스마트폰에 집중한 토모에는 사쿠타의 말을 들은 척도 하지 않았다.

토모에가 메시지를 보내는 사이 시선을 살짝 숙여본 사쿠타는 그녀의 치맛자락이 말려 올라갔다는 사실을 눈치챘다. 오른쪽 허벅지 깊숙한 곳과 함께 새하얀 천이 슬머시 고개를 들고 있었다.

"어이, 코가."

"나중에 이야기해."

"팬티 보여."

"지금은 그런 걸 신경 쓸 때가 아냐."

토모에는 사쿠타의 충고를 깔끔하게 무시했다.

"나는 진짜로 요즘 여고생을 이해 못하겠어."

자신의 정조관념보다 누군가에게 메시지를 보내는 게 더 중요한 것 같았다. 결국 사쿠타가 말려 올라간 치맛자락을 내려 줬다. 그 덕분에 이제는 허벅지만 보였다.

그 사이, 토모에도 무사히 답장을 보낸 것 같았다.

"왜 숨은 거야?"

그리고 사쿠타도 같이 숨을 필요는 없었을 것이다.

"그야…… 레나가 마에사와 선배를 동경한단 말이야."

토모에는 작은 목소리로 그렇게 말한 후, 「무슨 소리인지 알지?」하고 말하는 듯한 시선을 보냈다. 하지만 사쿠타는 전혀 모르겠기에—.

"뭐?"

—라며 당연하기 그지없는 반응을 보였다.

"뭐?"

그러자 토모에도 똑같은 반응을 보였다.

"왜 모르는 거야?"

"그야 제대로 설명해주지 않았기 때문이지."

"그럼, 으음…… 나, 레나와 함께 농구부가 연습하는 모습을 자주 보러 갔어."

"그 레나라는 사람은 누구야?"

국민적 지명도를 자랑하는 연예인일까?

"카시바 레나…… 같은 반 친구야. 레나, 마에사와 선배가 멋지다며 보러간다고 해서…… 나는 같이 가줬을 뿐인데……."

토모에는 거기까지 말한 후, 말끝을 흐렸다.

"코가가 덜컥 마에사와 선배라는 사람의 마음에 든 거야?"

"……으, 응."

토모에는 고개를 끄덕였다.

"너도 그 사람을 좋아해?"

"음…… 인기 많은 사람은 별로대이."

"그럼 고백 받고 바로 차버리면 되잖아."

숨지 말고 정정당당하게 차버리면 된다. 문화제 시기가 되면 밴드를 하겠다고 떠들어댈 듯한 미남이 차인다니, 정말 고소했다.

"그런 짓을 했다간 반에서 고립되고 말 거야! 레나…… 친구가 좋아하는 사람이란 말이야."

"뭐? 그건 또 무슨 소리야. 딱히 사귄 것도 아니잖아."

"고백 받는 것도 안 된단 말이야."

"무슨 소리를 하는 건지 모르겠네."

"응원하겠다고 레나와 약속해놓고…… 내가 덥석 고백을 받아봐. 완전 분위기 파악 못하는 애잖아."

토모에의 목소리는 심각했다.

"정말, 어쩌지……."

토모에의 얼굴은 새파랗게 질린 것처럼 보였다. 토모에에게 있어 위기 상황인 것 같았다. 적어도 토모에는 진심으로 그렇게 생각하고 있었다.

"설마 네가 색기로 마에사와 선배를 꼬신 거야?"

"내가 그딴 짓을 할 리가 없잖아!"

"큰 소리 내면 들킬 거야."

화들짝 놀란 토모에가 양손으로 입을 감쌌다.

"아, 아무튼, 그렇게 된 거야. 알겠어?"

무슨 말을 하는 것인지는 알겠지만 토모에의 가치관은 역시 이해가 되지 않았다.

"전혀 모르겠어."

"정말~. 진짜로 말이 안 통하네!"

토모에는 감정에 몸을 맡기면서 그대로 벌떡 일어서려 했다. 하지만 그녀는 자신이 교탁 안에 있다는 사실을 깜빡한 것 같았다. 그녀는 교탁 안에 있었기에 머리 위를 주의해야 했다.

"아, 잠깐만……."

사쿠타가 바로 토모에에게 말을 걸었지만 한 발 늦었다. 토모에는 쿵, 소리를 내면서 교탁에 머리를 세게 부딪쳤다. 너무 충격이 강했는지 교탁이 반쯤 들리더니 칠판 반대편으로 쓰러졌다.

그 사실을 눈치챈 토모에가 손을 뻗었지만 이미 늦었다. 토모에의 손은 허공을 갈랐고, 교탁은 덜커덩 하는 큰 소리를 내면서 쓰러졌다.

토모에 또한 바닥에 앉아있는 사쿠타에게 다리가 걸려 균형을 잃고 말았다.

"꺄아!"

토모에가 비명을 지르면서 쓰러지자, 사쿠타는 그녀가 다치지 않도록 반사적으로 끌어안았다. 엄청 가벼웠다. 역시 체중 같은 건 신경 쓸 필요가 없을 것 같았다.

"너, 인마……."

좀 진정해, 하고 말하려던 사쿠타는 말을 끝까지 잇지 못했다. 말을 하던 와중에 누군가가 시야에 들어왔던 것이다.

입구에 서있는 남학생과 시선이 마주쳤다. 아까 봤던 3학년이다. 농구부에 소속되어 있다는 마에사와 선배다.

마에사와 선배는 당황이 묻어나는 애매한 표정을 짓고 있었다. 무리도 아니었다. 그의 시선은 빈 교실 바닥에서 꼭 끌어안고 있는 사쿠타와 토모에를 향하고 있었다.

"볼일이라는 게 이거야? 남자 취향 한 번 독특하네."

아무래도 말도 안 되는 착각을 한 것 같았다. 게다가 무례하기 그지없는 말까지 들었다.

"아니, 그게 아니……."

사쿠타는 사실을 밝히고 싶었지만, 그의 목소리는 교실 뒷문이 열리는 소리에 가려지고 말았다.

그 순간, 사쿠타의 심장이 크게 뛰었다.

초조함을 동반한 무의식적인 반응이었다. 본능이 「큰일 났다」면서 경종을 울려대고 있었다.

사쿠타는 확인해보지 않아도 누가 온 것인지 짐작이 되었다. 아니, 확신할 수 있었다.

사쿠타는 머뭇거리면서 뒷문을 돌아보았다.

아니나 다를까, 그곳에는 마이가 서있었다.

마이는 한손에 종이봉투를 들고 있었다. 안에는 사쿠타를 위해 마이가 직접 만든 도시락이 들어있을 것이다. 반찬이 뭔지도 안다. 닭 간장 튀김과 달걀말이, 톳과 콩을 넣어서 만든 조림, 그리고 감자샐러드 위에는 미니 토마토가 토핑되어 있을 것이다…….

이렇게 잘 알고 있지만 사쿠타는 마이와 시선이 마주친 순간, 오늘은 그걸 맛보지 못할 거라는 확신을 가졌다.

마이는 문 앞에서 한 걸음도 움직이지 않은 채, 차가운 시선으로 사쿠타를 쳐다보고 있었다. 토모에와 포옹하고 있는 사쿠타를…… 한심하기 그지없다는 표정으로…….

"오, 오해예요."

그렇기에 사쿠타는 차분하기 그지없는 표정으로 사실을 말했다. 인간의 본질은 궁지에 몰렸을 때 드러난다. 이 상황에서는 허둥지둥 변명을 할 게 아니라, 자신의 결백을 솔직하게 밝힐 수밖에 없다.

"……."

사쿠타는 올곧은 눈동자로 마이를 응시하면서 자신이 무죄라는 사실을 호소했다.

"……."

하지만 마이는 아무 말 없이 돌아섰다.

"아~, 기, 기다려줘요, 마이 씨!"

사쿠타는 토모에를 밀쳐낸 후, 벌떡 일어났다. 그 탓에 바닥을 구르면서 머리를 찧은 토모에가 「우왓, 아얏!」 하고 말했지만 이번에는 무시했다.

"자초지종을 설명할 기회를 주세요."

"로리콤이 옳을 것 같으니까 말 걸지 마."

마이는 그렇게 말한 후 가버렸다.

"우와~, 큰일 났다. 엄청 화났잖아."

도저히 함께 도시락을 먹을 분위기가 아니었다. 고백을 한 뒤에 「응, 좋아」라는 말을 듣는 것은 불가능해 보였다.

"하아……."

사쿠타의 입에서 자연스럽게 한숨이 새어나왔다.

앞문을 보니 마에사와 선배도 어느새 사라졌다.

토모에가 여전히 바닥을 굴러다니고 있었기에 사쿠타는 그녀의 손을 잡고 일으켜 세웠다.

"고, 고마워."

사쿠타는 토모에의 머리에 손을 얹더니 화풀이 하듯 엉클어뜨렸다.

"앗! 잠깐만!"

토모에는 허둥지둥 사쿠타에게서 도망쳤다. 엉망이 된 머리카락을 양손으로 서둘러 다듬은 토모에는 원망 섞인 눈동자로 사쿠타를 노려보았다.

"매일 아침 여섯 시에 일어나서 세팅하는데!"

멋쟁이 여고생은 아침에 일찍 일어나나 보다.

"휴우……."

그런 토모에를 무시한 사쿠타는 일단 심호흡을 했다.

허둥대봤자 아무 소용없다. 그리고 이미 벌어진 일을 후회해봤자 아무런 의미도 없다.

이 상황을 있는 그대로 받아들이면 자연스럽게 해결책을 찾을 수 있을 것이다.

"뭐, 됐어. 어차피 내일도 오늘이 반복될 거잖아. 그때 잘하면 돼."

토모에가 라플라스의 악마인 것은 틀림없었지만 사태는 눈곱만큼도 파악하지 못했다. 당연히 해결 수단도 찾아내지 못했다. 그러니 내일…… 정확하게는 네 번째 6월 27일에 마이에게 오해를 사지 않도록 조심하면 된다. 실수로 토모에를 끌어안지 않도록 조심하면 되는 것이다.

정말 끝내주게 멋진 해결책이다.

하지만 지금 이런 판단을 내린 걸, 사쿠타는 내일 아침에 깊이 후회하고 만다…….

제2장

내일은 내일의 바람이 분다?

1

다음날 아침, 사쿠타는 망연자실하게 거실에 서 있었다.

아침 식사인 토스트가 다 구워질 때까지의 짧은 시간 동안 말이다. 그리고 텔레비전을 켜고 몇 초 후의 일이었다.

텔레비전에서는 일본 축구 대표 팀의 시합 결과가 나올 거라고 생각했는데, 화면에 나온 것은 민가 정원에서 천만 엔이나 되는 돈다발이 발견되었다는 유쾌한 이야기였다.

"안녕하십니까. 오늘은 6월 28일. 토요일입니다. 놀라운 뉴스부터 전해드릴까 합니다."

아침을 알리는 얼굴로 정착된 40대 초반의 남성 아나운서의 목소리가 들렸다. 차분하면서 시원시원한 이 아나운서의 말투를 사쿠타도 싫어하지 않았다. 정보가 쏙쏙 귀에 들어왔다.

그렇기 때문에 사쿠타는 몇 초 후에야 텔레비전 속의 아나운서가 한 말의 의미를 이해할 수 있었다.

"……방금, 6월 28일이라고 했지?"

"그렇게 말했어요."

어느새 사쿠타의 옆에는 판다 그림이 그려진 잠옷을 입은 카에데가 서 있었다. 카에데는 이상하다는 듯 사쿠타의 얼굴을 쳐다보고 있었다.

"토요일이라고 했지?"

"그렇게 말했어요."

"……."

"그게 뭐 어쨌다는 거죠?"

"카에데, 내 볼을 꼬집어줘."

"예. 알았어요."

카에데는 손을 뻗더니 사쿠타의 볼을 꼭 꼬집었다.

"아프네."

"죄, 죄송해요."

"아니, 괜찮아."

실은 전혀 괜찮지 않았다. 이것이 꿈이 아니라면 현실일 것이다. 그리고 볼이 따끔따끔한 걸 보면 아마 현실이리라.

그렇다면 진짜로 6월 28일이 온 게 된다. 게다가 단순한 6월 28일이 아니다. 원래라면 마이에게 교제 허락을 받고 연인 사이가 되어서 오늘이라는 날을 맞이했을 것이다. 하지만 마이와의 교제는 물 건너간 걸로 모자라 이상한 오해마저 사고 말았다. 이런 최악의 상황에서 6월 28일이 찾아온 것이다.

"웃기지도 않는 농담이네……."

그야말로 천국에서 지옥으로 떨어진 기분이었다.

사쿠타는 비틀거리면서 전화기 쪽으로 가더니 수화기를 들었다.

"오빠?"

걱정 섞인 카에데의 목소리를 듣고 「괜찮아」라며 공허한 목소리로 대답한 사쿠타는 친구의 핸드폰 번호를 입력했다.

세 번 정도 신호가 간 후, 전화가 연결되었다.

"나, 아즈사가와야."

"토요일 아침부터 무슨 일이야?"

리오의 목소리는 맑았다. 완전히 잠에서 깬 것 같았다.

"타임머신을 만들어줘."

사쿠타는 솔직하게 용건을 말했다.

"……"

그 직후, 리오는 아무 말 없이 전화를 끊었다.

전파 상태가 나쁜 것일까. 핸드폰은 이래서 문제다.

사쿠타는 바로 재다이얼 버튼을 눌렀다.

"……"

하지만 신호가 몇 번이나 갔는데도 리오는 전화를 받지 않았다.

아무래도 의도적으로 전화를 끊은 것 같았다.

계속 기다리자, 신호가 열 번 정도 간 후에야 리오는 전화를 받았다.

"또 바보 같은 소리를 하면 끊을 거야."

"나는 언제나 진지하다고."

"지금 옷 갈아입고 있다구."

"구체적으로 어떤 상태인지 가르쳐줘."

"이제 양말만 신으면 돼."

"특이한 순서로 옷을 입네."

"그게 정상 아냐?"

"나는 양말부터 신어."

"특이하네."

"그게 정상이잖아."

"그것보다, 무슨 일로 전화한 거야?"

"어제 내가 너한테 했던 말 기억해? 같은 날이 반복되고 있다는 이야기 말이야."

"축하해. 어제를 탈출했구나."

"본의 아니게도 말이야."

"라플라스의 악마는 찾았어?"

"그거 말인데…… 아무래도 미네가하라 고등학교의 1학년인 것 같아."

매우 유감이지만 이렇게 되면 현실을 받아들이면서 긍정적으로 생각할 수밖에 없다. 일단 어제를 탈출할 이유를 생각해볼 필요가 있었다.

또 같은 날이 반복되기라도 하면 골치 아팠다.

루프를 했던 첫 날과 둘째 날, 그리고 하지 않았던 셋째 날의 차이점은 크게 세 가지다.

첫 번째는 바로 사쿠타와 마이의 교제가 백지가 된 것이다. 엄청 기분이 상한 마이는 당치도 않은 오해마저 하고 말았다…….

두 번째 또한 연애와 관련된 일이다. 코가 토모에가 마에사와 선배에게 고백을 받지 않게 된 것이다.

세 번째는 일본 축구대표의 시합 결과다. 첫 날과 둘째 날에는 승리를 했지만 셋째 날에는 지고 말았다. 사쿠타가 시합 중계를 본 것이 원인은 아니겠지만 왠지 책임감이 느껴졌다.

이런 차이점에 근거해 라플라스의 악마를 찾을 경우 도출되는 결론은 하나였다.

악마는 바로 코가 토모에다.

리오에게 그렇게 말하자—.

"왜 그렇게 생각하는 거야?"

그녀는 그렇게 되물었다.

"범인은 가장 득을 본 사람일게 뻔하잖아."

게다가 그녀만은 사쿠타와 마찬가지로 6월 27일을 반복해서 경험했다.

"일리 있네."

사쿠타와 일본 대표 팀은 엄청난 손해를 봤지만 토모에는 득을 봤다. 어제, 토모에는 말했다. 마에사와 선배에게 고백을 받으면 곤란하다고 말이다. 친구가 동경하는 선배에게 고백을 받는다면 분위기 파악 못하는 애로 찍힐 거라고도 말했다.

그 고백 자체가 백지가 됐으니 일단 토모에의 고민거리는 해소되었다. 그러니 27일에서 벗어나 28일을 맞이한 것이 아닐까?

확실히 앞뒤가 맞기는 했다. 그리고 사쿠타는 다른 그럴 듯

한 이유가 생각나지 않았다.

하지만 걸리는 점은 있었다. 근본적으로는 아무 것도 해결되지 않은 느낌이 든다는 것이다.

마에사와 선배는 착각을 하고 있는 것뿐이었다. 사실을 알게 되면 또 토모에에게 고백을 할 것이다. 그리고 그게 루프의 방아쇠라면 또 같은 날이 반복되게 될 것이다.

그리고 마에사와 선배는 사쿠타와 토모에가 그렇고 그런 사이가 아니라는 사실을 금방 눈치챌 것이다. 사쿠타는 한 달 전에 전교생 앞에서 마이에게 고백을 했고, 사쿠타와 토모에에 대해 조금만 알아보면 둘 사이에 접점이 없다는 것을 알 수 있으리라.

사쿠타가 마이의 오해를 푼 후, 다시 교제를 시작할 경우도 마찬가지다. 마에사와 선배는 사쿠타와 토모에가 아무 사이도 아니라는 사실을 눈치챌 것이다.

사쿠타가 거기까지 생각한 순간, 그의 머리 회전은 정지됐다.

"……"

엄청 골치 아픈 상황에 처했다는 사실을 눈치채고 만 것이다.

"아즈사가와, 그런 상태를 뭐라고 하는지 알아?"

"체크메이트……지."

"그럼 힘내. 나는 이제 양말이나 신을 거야."

리오는 그렇게 말한 후 전화를 끊었다.

"나는 양말보다도 못한 거냐……"

2

    카에데와 아침을 먹고 사쿠타는 외출할 준비를 대충대충했다. 사쿠타가 입은 것은 미네가하라 고등학교의 교복이다. 매달 토요일의 절반은 암묵의 동의에 따라 전원이 참가하는 특별 수업을 한다. 그것의 실체는 오전 중에 끝나는 일반적인 학교 수업이다. 평일만으로 교과과정을 전부 소화할 수 없기에 이런 편법을 사용하는 것이다.

    나라에서 정한 여유 있는 교육 방침과, 그것만으로 부족한 실제 사회의 틈바구니에 있는 교육현장에선 때때로 이런 불가사의한 일이 일어난다고 한다.

    "카에데. 그럼 갔다 올게."

    "예. 다녀오세요."

    손을 흔드는 카에데에게 배웅을 받은 사쿠타는 크게 하품을 하면서 학교로 향했다.

    세상은 평온하기 그지없었다. 누구도 6월 28일이 온 것을 이야깃거리로 삼고 있지 않았다. 평소와 다른 점은 출근하는 회사원이 없어서 역 주변에 사람이 적다는 것뿐이었다.

    후지사와 역에서 탄 에노전 열차 안도 마찬가지였다. 역시 「드디어 28일이 됐네」, 「나, 첫 번째 27일이 더 좋았어」, 「29일은 오겠지?」 같은 이야기를 하는 사람은 없었다.

그리고 2학년 1반 교실 안도 마찬가지였다.

창가 자리에 앉아서 둘러봤지만, 반 친구들의 반응 또한 별다른 점은 없었다.

이대로 교실 안을 보고 있어봤자 아무 소득도 없을 것 같았기에, 사쿠타는 시치리가하마의 바다를 향해 고개를 돌렸다.

해수면은 햇빛을 반사하며 반짝이고 있었다. 하늘에서는 푸른색과 흰색이 아름다운 그라데이션을 자아내고 있었다. 그 둘 사이에는 올곧은 수평선이 그어져 있었다.

보고 있기만 해도 기분이 좋아지는 경치였다.

"저기."

일단 나중에 마이에게 사과하러 가자. 쉬이 용서해줄 것 같지는 않지만 이 상황을 타개할 수단은 그것뿐이다.

"내 말 듣고 있어?"

아무래도 방금 그 말은 사쿠타에게 한 것 같았다.

사쿠타가 정면을 쳐다보니 책상 앞에 한 여학생이 서있었다.

팔짱을 낀 채 사쿠타를 내려다보고 있는 이는 반 친구인 카미사토 사키다. 드세어 보이는 눈매를 지녔고 화장을 했으며 교복 옷깃은 살짝 벌어져 있었다. 반 안에서도 눈에 띄는 존재인 그녀는, 이 반에서 가장 화려한 여자 그룹의 중심인물이며 유마의 애인이기도 했다.

"무시하는 건 좀 너무하지 않아?"

"카미사토 양이 나한테 말을 걸었을 거라고는 생각도 못했거든."

"뭐라는 거야? 기분 나쁘네."

대체 유마는 이 여자애의 어디가 좋은 걸까. 유마의 여성 취향만큼은 이해가 되지 않았다.

"할 이야기가 있으니까 방과 후에 옥상으로 와."

일방적으로 그렇게 말한 후, 사키는 자기 자리로 돌아갔다. 그런 사키의 주위에는 같은 그룹인 여자애 네 명이 모여 있었다.

"아즈사가와가 무슨 짓이라도 한 거야?"

"사키가 불쌍해."

……같은 영문 모를 소리를 해대고 있었다.

아무 짓도 하지 않았는데 가해자 취급을 당하고 있는 사쿠타도 누가 좀 걱정해줬으면 좋겠다.

"괜찮아. 유마에 관한 일이야."

"그렇구나. 아, 어제 이런 걸 찾았어."

그녀들은 금세 화제를 바꾸더니 재미있는 스마트폰 어플리케이션을 찾았다는 이야기를 하기 시작했다.

"이거 재미있겠네."

"괜찮네. 다 같이 하자."

"응응."

교실 한가운데에서 밝은 목소리가 들려왔다.

떨어진 곳에 있는 다른 여자 그룹이 인상을 쓴 채 그녀들을 쳐다보고 있었다. 하지만 불평을 늘어놓지는 않았다. 사키 쪽

그룹과 시선이 마주칠 뻔하자, 고개를 휙 돌리더니 자신들의 화제에 집중했다.

여자의 사회는 남자의 사회보다도 더 복잡한 것 같았다.

그런 생각을 하던 사쿠타는 문득 어떤 사실을 떠올렸다.

사키를 둘러싼 멤버가 며칠 전과는 달랐다. 사쿠타는 위화감을 떨쳐내려는 것처럼 교실 안을 둘러보았다. 뒤쪽에 있는 자리에 아무와도 이야기하지 않으며 멍하니 앉아있는 여학생이 한 명 있었다. 며칠 전까지만 해도 사키와 같이 있던 여자애였다.

혹시 다투기라도 한 걸까. 그런 광경을 교내에서 때때로 봤다.

평소 같으면 그다지 신경 쓰지 않았겠지만 이번에는 왠지 신경 쓰였다.

"……."

그 여자애의 분위기가 왠지 토모에와 비슷해 보여서 그런 걸지도 모른다.

짜증나는 1교시 영어 수업이 끝난 후, 사쿠타는 마이가 있는 3학년 1반 교실에 갔다. 하지만 마이는 자리에 없었다. 책상에는 가방도 놓여 있지 않았다.

4교시까지 수업을 들은 사쿠타가 방과 후에 3학년 1반 교실에 가봤지만, 그래도 마이의 모습은 보이지 않았다. 일단 자리가 가까워 보이는 여학생 선배에게 물어보니—

"오늘은 등교 안 했어."

―하고 웃음을 참으며 말했다. 전교생 앞에서 고백을 한 여파가 아직도 남아있는 것 같았다.

"고마워요."

사쿠타는 고맙다고 말한 후, 3학년 교실이 있는 층에서 벗어났다. 그리고 신발장에서 신발을 갈아 신던 그는 뭔가를 깜빡한 느낌이 들었다.

"아, 그래."

오늘 아침에 카미사토 사키가 옥상으로 오라고 했었다.

"왜 이렇게 늦은 거야?"

사키는 옥상에 온 사쿠타를 보자마자 짜증을 냈다.

"할 이야기가 뭐야?"

사쿠타는 개의치 않으면서 용건을 물었다. 곧 아르바이트를 하러 가야하기 때문에 느긋하게 이야기를 나눌 수도 없는데다, 귀찮은 일은 빨리 처리해버리고 싶었다.

"내가 전에 유마에게 다가가지 말라고 말했지?"

"내가 들었던 말은 『이야기하지 마』였던 것 같은데 말이야."

"그게 그거야."

"그래. 그게 그거라도 상관없고, 잊지도 않았어. 아마 평생 잊지 못할 거야."

그 정도로 임팩트 있는 발언이었다. 타인이 자신을 향해 그렇게 솔직하게 적의를 드러냈던 것이다. 정말 흔치 않은 경험이었다. 유마는 사키의 이런 점에 끌린 걸까. 혼자서 사쿠타를 옥상으로 불러낸 것만 봐도 자립심이 꽤 강하다는 걸 알수 있었다.

"그런데 그 애는 어떻게 된 거야?"

"뭐?"

"카미사토 양의 그룹에서 한 명 빠졌잖아."

"그건 아즈사가와는 상관없는 일이야."

사키의 목소리가 한 층 더 거칠어졌다.

목소리에서 짜증이 느껴졌다. 그 짜증은 사쿠타가 아닌 다른 누군가를 향하고 있었다. 아마 그룹에서 빠진 그 여자애를 향하고 있는 것이리라.

"남자라도 빼앗긴 거야?"

"그래."

사쿠타는 농담 삼아 그렇게 말했지만, 농담으로 끝나지 않았다. 하지만 사키의 애인은 유마다. 그가 쉽게 다른 여자에게 넘어갈 리가 없다.

"내가 아니지만 말이야."

그룹 안에 있는 다른 여자애가 남자를 빼앗긴 것 같았다.

"친구 몰래 같이 놀러갔다더라구."

자세한 사정은 모르겠지만 그 말만으로 뭐가 어떻게 된 건지 상상이 되었다.

"그것보다, 물리실험실에 있는 여자애는 뭐야?"

"응?"

"유마와 자주 이야기하던데, 그 두 사람은 어떤 사이야?"

분명 리오 이야기를 하는 것이리라. 그냥 가만히 놔뒀으면 하는데 골치 아픈 여자애에게 걸리고 말았다. 뭐라고 대답하면 좋을까.

"쿠니미에게 물어봐."

"아즈사가와도 사이가 좋지?"

"상대방도 그렇게 생각하는지는 모르겠는걸."

"잔말 말고 빨리 대답해!"

"거 되게 딱딱하게 구네……."

무심코 「생리 하냐?」라고 또 말할 뻔한 사쿠타는 말을 삼켰다.

"카미사토, 변비 하냐?"

대신 다른 말을 했다.

"뭐?!"

"그쪽도 엄청 딱딱한 거냐?"

"죽어! 지금 바로 죽어버려!"

얼굴을 새빨갛게 붉힌 사키는 옥상에서 나갔다. 그리고 쾅 소리가 나게 문이 닫혔다.

"식물섬유 좀 섭취해."

유감스럽게도 사쿠타의 조언은 들리지 않은 것 같았다.

다시 신발장에 가서 신발을 갈아 신은 사쿠타는 학교를 나섰다.

교문을 나선 사쿠타는 역으로 향했다. 플랫폼에 가서 후지사와행 열차를 타고 약 15분 간 단선(單線) 선로를 따라 여행을 했다.

종점인 후지사와 역에서 내린 후, 사쿠타는 개찰구 앞에 있는 가게에서 카레빵을 샀다. 그리고 그것을 먹으면서 아르바이트를 하러 갔다.

"안녕하세요."

인사를 하면서 아르바이트를 하는 패밀리 레스토랑에 들어가 보니, 마침 계산대 앞에 점장이 있었다.

"안녕. 오늘도 잘 부탁해."

"예."

입에서 흘러나오려던 하품을 참으며 안으로 들어간 사쿠타는 휴게실에 얼굴을 내밀었다. 이곳에 설치된 로커의 뒤편이 남자 탈의실이었다. 여자들에게는 제대로 된 탈의실이 있지만…… 평등한 세상은 여전히 오지 않은 것 같았다.

"어, 안녕."

그렇게 말하면서 로커 뒤편에서 나온 이는 쿠니미 유마였다.

"안녕."

유마와 자리를 바꾸듯 로커 뒤편으로 이동한 사쿠타는 옷을 갈아입었다.

"쿠니미."

사쿠타는 옷을 벗고 웨이터복에 팔과 머리를 집어넣었다.

"응?"

"귀찮으니까 미리 말해둘게. 오늘도 네 애인이 나한테 시비를 걸었어."

"그거 고생이었겠네."

유마는 남 일이라는 듯이 웃었다.

"이렇게 됐으니 나와 애인 중에서 한 명만 골라."

"그 궁극과는 거리가 먼 궁극적인 선택은 뭐야? 아무튼 알았어. 오늘밤에 전화해둘게."

"뭐, 잘 부탁해."

학교 교복을 벗은 후, 웨이터복 바지로 갈아입었다.

"아, 맞다. 쿠니미."

"할 이야기가 더 있는 거야?"

"농구부에 마에사와라는 선배가 있지?"

"응? 아, 요스케 선배 말이구나."

아무래도 그 선배의 풀 네임은 마에사와 요스케인 것 같았다.

"어떤 사람이야?"

"뭐, 우리 학교에서 가장 농구를 잘해."

사쿠타는 앞치마를 매면서 휴게실로 이동했다.

"그리고 여자한테 꽤 인기 있어."

"그런 것처럼, 그 사람이 싫어질 만한 정보를 더 줘."

"그건 또 무슨 소리야?"

유마는 영문을 모르겠네, 하고 말한 후 웃음을 터뜨렸다.

"혹시 다투기라도 한 거야?"

"설명하기는 어렵지만, 아무튼 좋은 사람이면 내 양심이 아플 것 같아."

사고라고는 해도 그는 사쿠타와 토모에의 관계를 오해했다. 게다가 고백조차도 못하게 만든 것이다.

이대로 놔둬도 언젠가 오해라는 사실을 눈치채겠지만, 그래도 약간의 죄책감이 느껴졌다. 설령 무례하기 그지없는 소리를 했던 상대일지라도 말이다.

"뭐, 남의 험담은 하고 싶지 않지만……."

유마는 말끝을 흐렸다. 진짜로 하기 싫은 것이리라.

"오호라. 변태적인 취미를 가졌구나."

"그건 모르겠지만, 어제 부활동을 끝내고 돌아가는 길에 지금 애인이 하게 해주지 않으니까 헤어질 거라는 소리를 하더라고……. 그 전에 헤어진 애인에 대해서도 마구 씹어댔지. 저런 인간은 되고 싶지 않다고 생각했다니깐."

유마가 이렇게까지 말하는 걸 보면 그쪽 방면으로는 정말 못 써먹을 선배인 것 같았다. 인기라는 것이 인간을 엉망진창으로 만드는 걸지도 모른다.

"그런데, 애인이 있는 거야?"

"있어. 다른 학교 3학년인데 꽤 귀여워."

"카미사토와 비교하면?"

"그야 카미사토가 더 귀엽지."

카미사토는 이런 말을 해주는 애인을 뒀으니 정말 행복할 것이다. 한 순간 리오의 얼굴이 뇌리를 스치면서 약간 미안한 마음이 들었다.

"귀중한 정보를 제공해줘서 고마워."

덕분에 마에사와 선배를 싫어하게 되었다. 사쿠타는 사귀는 여자가 있으면서도 토모에에게 고백하는 그를 도저히 이해할 수 없었다.

그런 이야기를 나누는 사이 시간이 되었기에 사쿠타와 유마는 출근 타임카드를 찍었다. 그리고 홀에 나가려 한 순간, 점장이 말했다.

"아, 쿠니미 군, 아즈사가와 군. 잠깐 나 좀 볼까?"

"예."

대답을 하면서 돌아보니 점장 옆에는 아담한 체구의 여자애가 서 있었다. 그 여자애는 약간 긴장한 표정을 짓고 있었다. 웨이트리스복을 입은 모습도 왠지 풋풋해 보였다.

"오늘부터 함께 일하게 된 코가 양이야. 너희가 이 코가 양에게 홀 업무를 가르쳐줬으면 해."

점장이 그렇게 말하면서 소개한 이는 사쿠타가 아는 사람이었다.

토모에도 사쿠타의 얼굴을 보면서 깜짝 놀란 표정을 짓고 있었다.

"응? 너, 우리 학교 학생 맞지?"

그런 와중에 유마가 토모에게 말을 걸었다.

"아, 맞아. 쿠니미 군과 아즈사가와 군도 미네가하라 고등학교에 다녔지. 그럼 진짜 후배인 만큼 앞으로 잘 돌봐줘."

점장은 그렇게 말한 후, 자기 할 일을 다 했다는 듯이 매니저 룸에 들어갔다. 잠시 후 일 관련 통화를 하는 목소리가 매니저 룸에서 흘러나왔다.

"코, 코가 토모에예요. 잘 부탁합니다."

"나는 쿠니미 유마. 이쪽은 아즈사가와 사쿠타야. 우리 둘다 2학년…… 아, 사쿠타와는 아는 사이지?"

토모에가 사쿠타를 곁눈질했다.

"그러고 보니, 전에 서로의 엉덩이를 걷어찬 사이라고 했었잖아?"

토모에는 양손을 엉덩이에 댔다.

"왜 남한테 이야기한 거야?!"

토모에는 당혹스러운 표정을 지으면서 항의했다. 금방이라도 눈물을 흘릴 것처럼 울먹거리고 있었다.

"그렇게 재미있는 일을 비밀로 하는 건 아깝잖아."

"정말 너무해."

토모에는 부끄러워하면서 사쿠타를 노려봤다.

"나와는 안맞을 것 같네. 쿠니미, 너한테 맡길게."

"아, 어이, 사쿠타."

사쿠타는 쿠니미의 말을 무시하고 먼저 홀에 나갔다.

토모에의 교육을 유마에게 떠넘긴 사쿠타는 그만큼 홀 업무에 치중했다.

손님들을 테이블로 안내하고 주문을 받았다. 완성된 요리는 즉시 테이블로 옮겼고 돌아가는 손님이 있으면 계산대에 섰다. 할일이 없을 때는 드링크 바에 잔과 커피 컵을 보충했다.

저녁 시간이 되자 가게 안은 손님으로 가득 찼고 대기하는 손님도 생겼다.

이 바쁜 시간대에 아르바이트 첫날인 토모에가 어쩌고 있나 싶어 고개를 돌려보니, 그녀는 열심히 일을 하고 있었다.

그녀가 맡은 업무는 두 가지다. 하나는 식기를 치우는 것, 그리고 다른 하나는 빈 테이블을 다시 세팅하는 것이었다.

조그마한 체구를 쭉 뻗어 커다란 테이블을 닦는 모습은 정말 대견해 보였다. 하지만 약간 둔한 구석이 있는지 포개어 쌓은 식기를 덜컹 거리면서 옮기는 뒷모습을 보면 가슴이 조마조마해졌다. 사실 그녀가 놓친 접시를 곁에 있던 유마가 나이스 캐치하는 모습이 두 번 정도 눈에 들어왔다. 교육 담당이 사쿠타였다면 그 접시들은 무사하지 못했으리라.

저녁 타임의 가장 바쁜 시간이 지나자 손님 수가 좀 줄어들었다. 빈 테이블도 눈에 들어왔다. 하늘은 완전히 어두워졌으며 시곗바늘은 오후 여덟 시가 약간 지났다는 사실을 알려주고 있었다.

사쿠타가 주문을 전달하기 위해 주방으로 가보니 유마는 주방 카운터 앞에서 토모에에게 포크와 나이프를 손질하는 법을 가르치고 있었다. 두 사람은 잡담을 나누면서 일하고 있었다.

"코가 양은 왜 아르바이트를 시작한 거야?"

"스마트폰이나 옷 같은 걸 살 돈이 필요해서…… 쿠니미 선배는요?"

"나도 비슷해."

두 사람은 이야기를 나누면서도 계속 손을 놀리고 있었다. 끝부분을 따뜻한 물에 담가서 열을 가한 포크와 나이프를 부드러운 수건으로 닦고 있었다. 이렇게 하면 식기가 반짝반짝해진다. 토모에는 새것처럼 변한 식기를 보면서 놀라워했다.

사쿠타가 그 모습을 멀찍이서 보고 있을 때, 새로운 손님이 왔다는 사실을 알리는 벨이 울렸다. 다시 홀에 나간 사쿠타는 빠른 걸음으로 손님을 맞으러 갔다.

그 손님은 젊은 여성 3인조였다.

"아."

그녀들은 사쿠타의 얼굴을 보더니 한 목소리로 탄성을 터뜨렸다.

그녀들은 눈에 익은 교복을 입었다. 그것은 바로 사쿠타가 다니는 미네가하라 고등학교의 여름 교복이었다. 옷깃을 러프하게 고친 3인조 여학생들은 토모에의 같은 반 친구들이다. 사쿠타는 예전에 토모에와 같이 있는 그녀들을 본 적이 있었다.

가장 앞에 선 이는 약간 드세어 보이는 눈매를 지닌 장발의 여자애였다. 그녀의 바로 뒤에는 테가 큼지막하고 도수가 없어 보이는 안경을 쓴 키가 작은 여자애가 있었다.

안경을 쓴 그 여자애는ㅡ.

"토모에가 왜 여기서 아르바이트를 하는 건지 알겠네."

가장 뒤쪽에 선 키가 큰 단발 여자애에게 그렇게 말했다.

"그래."

하지만 대답을 한 이는 가장 앞에 선 애였다.

"세 분이신가요?"

"예."

가장 앞에 선 애가 대표라는 듯 맑은 목소리로 대답했다. 그 짧은 대화만으로도 사쿠타는 이 애가 『레나』라는 사실을 눈치챘다. 분위기가 사쿠타의 반 친구인 여자애…… 유마의 애인이기도 한 카미사토 사키와 닮았다. 반 안에서 『자기가 가장 귀엽다』는 사실을 자각하고 있는 여자애 특유의 활기 넘치는 자신감 같은 것이 표정에서 느껴졌다.

가장 먼저 치맛단을 올리고 교복 옷깃을 풀었으며 넥타이 또한 멋들어지게 맨다. 그리고 주위의 여자애들은 하나같이 그녀의 흉내를 내는 것이다.

『귀엽다』는 정의. 『꼴사납다』와 『촌스럽다』는 악. 그런 교실 내부의 룰 속에서 여왕의 자리에 군림하는 존재.

"자리로 안내하겠습니다."

사쿠타는 그 세 사람을 4인용 박스석으로 안내했다.

"예."

또 레나가 대답했다. 사쿠타는 자리에 앉는 그녀의 얼굴을 쳐다보면서, 토모에가 마에사와 선배의 고백으로부터 도망친 이유를 떠올렸다.

레나가 지닌 자신만만한 분위기로 볼 때, 토모에가 말했던 사태가 진짜로 벌어질 가능성은 충분한 것 같았다. 사실, 누군가가 자기가 속해있던 그룹에서 쫓겨나는 일은 어느 반에서나 일어나고 있었다. 사쿠타 또한 자신의 반에서 그런 상황을 목격했다.

토모에가 지나치게 신경 쓰는 것은 아니라는 생각이 들었다.

레나의 맞은편 자리에 다른 두 사람이 뒤늦게 앉았다. 왠지 정해져 있기라도 한 것처럼 행동에 주저가 없었다. 아마 이것이 토모에를 포함한 네 명에서 행동할 때의 자리 배치일 것이다. 레나의 옆에는 토모에가 앉는 것이리라.

"주문할 메뉴가 정해지시면 버튼을 눌러 알려주십시오."

"아, 잠깐만요."

"정하셨습니까?"

사쿠타는 주문용 단말기를 펼쳤다.

"토모에한테는 진심인가요?"

"죄송합니다. 저희 가게에서는 『토모에한테는 진심인가요』라는 음식은 취급하고 있지 않습니다."

"진지하게 묻고 있는 건데요."

그 존댓말에서는 존경심 같은 것이 전혀 느껴지지 않았다. 하지만 이상하게도 혐오감은 느껴지지 않았다. 그리고 이 세 소녀의 시선에서는 묘한 기대감과 호기심이 느껴졌다.

"사쿠라지마 선배에게 차인 직후라 그런지 믿을 수가 없다고요."

"대체 무슨 소리를 하는 거야?"

사쿠타는 뭐가 어떻게 된 건지 감이 오지 않았기에 레나에게 그렇게 물었다. 그러자―.

"토모에는 확실히 귀엽긴 하지만~, 대체 어디가 마음에 든 거죠?"

안경을 쓴 애가 거꾸로 영문 모를 질문을 던졌다.

"너희들, 뭔가 착각하고 있는 거 아냐?"

"이미 다 알고 있으니까 숨길 필요 없어요~."

안경을 낀 애는 히죽거리면서 말했다.

"아. 토모에는 저기 있네."

가게 안을 쳐다보던 키가 큰 애가 입을 열었다. 마침 주방 쪽에서 토모에가 나오고 있었다. 시선을 느끼고 고개를 돌린 토모에와 사쿠타, 그리고 세 소녀의 눈이 마주쳤다.

토모에는 깜짝 놀란 표정을 짓더니 안절부절 못하기 시작했다. 한 순간 다시 주방에 들어가려 했던 그녀는 생각을 바꿨는지 종종걸음으로 다가왔다.

"다, 다들, 진짜로 온 거야?"

"꼭 갈 거라고 했잖아."

"유니폼, 귀엽네."

"응. 귀여워."

겨우 몇 초 사이에 주위는 여고생다운 분위기에 잠식되었다. 귀엽다 귀엽다를 연발하기 시작한 이상, 사쿠타가 있을 곳은 그 어디에도 없었다. 젊고 화사하며 자신들만 보이는 자유로운 느낌이 감돌고 있었다. 한시라도 빨리 이 자리를 벗어나고 싶었다.

"선배, 토모에를 가지고 노는 거라면 절대 용서 안 할 거예요."

레나는 토모에의 팔을 잡아당기면서 사쿠타를 지그시 응시했다. 본인은 위협을 하는 거라고 생각하고 있겠지만 솔직히 말해 박력이 부족했다. 매일 같이 마이의 위압감을 느꼈던 사쿠타에게 있어서는 산들바람이나 마찬가지였다.

"레, 레나, 안 그래도 돼."

토모에는 당황했는지 난처한 표정을 지었다. 그리고 사쿠타에게 눈짓을 보냈다.

무슨 일이 일어난 것인지는 지금까지 들은 대화를 통해 얼추 이해가 되었다. 아무래도 저 소녀들은 마에사와 선배와 마찬가지로 오해를 하고 있는 것 같았다. 그리고 토모에는 그 오해를 풀고 싶지 않은 눈치였다.

"이런 건 처음이 중요하잖아. 주도권을 확 잡아야 한다구."

"으, 응."

토모에는 도움을 요청하는 눈빛을 보내왔다.

"코가 양. 손님을 안내해."

마침 손님이 왔기에 지시를 내렸다.

"주문할 메뉴가 정해지시면 버튼을 눌러 알려주십시오."

레나 일행에게 그렇게 말한 후, 사쿠타는 다른 테이블에 주문을 받으러 갔다.

토모에는 「미안」 하고 친구들에게 말한 후, 입구에 서있는 손님을 향해 종종걸음으로 향했다.

4인 가족으로 보이는 손님에게서 주문을 받는 사이, 사쿠타는 레나 일행이 있는 테이블 쪽에서 날아오는 시선을 느끼고 있었다. 사쿠타는 그것을 피하듯 직원 공간으로 들어갔다. 곧 이어 토모에도 따라왔다.

"저기, 선배에게 할 이야기가……."

"코가도 아홉 시에 끝나지?"

"응?"

"이야기는 아르바이트가 끝난 후에 하자."

토모에는 손을 위아래 움직여대면서 허둥댔다.

"자초지종을 들을 때까지 네 친구들에게 괜한 소리는 하지 않을게."

"아, 알았어."

바로 그때 유마가 토모에를 불렀다. 사쿠타는 다시 일을 하러 가는 토모에의 뒷모습을 쳐다보면서 자신이 모르는 곳에서 골치 아픈 사태가 벌어지고 있다는 사실을 직감했다.

3

사쿠타는 오후 9시 20분경에 아르바이트를 끝냈다. 오늘은 손님이 계속 몰려왔기 때문에 아홉 시 정각에 일을 끝낼 수가 없었다.

그건 토모에도 마찬가지였다. 첫날부터 일거리가 많아서 꽤나 고생을 했다.

옷을 갈아입고 가게를 나선 사쿠타는 뒤편에 있는 자전거 정거장에 세워둔 자전거에 걸터앉았다. 저번에는 비가 억수처럼 쏟아지는 바람에 자전거를 두고 갔다. 덕분에 오늘은 편하게 돌아갈 수 있게 됐다.

사쿠타는 딱 1분만 기다려보고 나타나지 않으면 바로 돌아가야겠다고 생각하고 있었지만, 토모에는 10초가 채 지나기 전에 스마트폰을 보면서 가게에서 나왔다.

사쿠타를 본 토모에는 스마트폰을 쥔 채 뛰어왔다.

"실은 선배에게⋯⋯."

그리고 간절한 표정을 지으며 입을 열었다.

"싫어."

"아직 부탁이 있다는 말도 안 했잖아."

토모에는 불만을 표시했다.

"싫어."

"하다못해 이야기라도 좀 들어줘."

"듣는 것도 싫어."

"와 싫은 긴데~."

"어차피 나와 코가가 사귄다는 오해를 그대로 유지하고 싶다는 거지?"

사쿠타는 한숨 섞인 목소리로 말했다. 사춘기 증후군 때문에 곤란해 하고 있다면 협력할 생각이었지만, 그런 부탁은 들어줄 수 없다.

"선배, 남의 마음을 읽을 수 있는 기가?"

토모에는 깜짝 놀란 표정을 지으며 가슴 앞으로 모은 두 손을 포갰다. 본인은 사투리를 쓰고 있는 걸 아는 걸까? 아마 모를 것이다.

"어제 코가가 말했지? 친구가 동경하는 사람을 채가는 건 말도 안 되는 짓이라고 말이야."

"그렇게까지는 말하지 않았어."

"친구가 동경하는 선배에게 고백을 받는다면 완전 분위기 파악 못하는 애로 찍힐 거라고 했었지?"

"응……."

"그렇기 때문에, 싫어."

"대체 왜 싫은 건데?"

"그리고 지금 네가 신경 써야 하는 건 그딴 게 아니잖아."

예를 들자면, 되풀이되는 6월 27일에서 벗어나 28일을 맞이한 이유 같은 것 말이다. 27일이 되풀이된 이유라든가……. 일전에 사쿠타가 했던 예측이 맞을 거라고는 아직 단정할 수 없었다.

"신경 써야 하는 거?"

"사춘기 증후군 말이야."

"그거? 날짜가 바뀌었으니 됐잖아."

토모에는 딱 잘라 그렇게 말했다.

"지금은 그런 걸 신경 쓸 때가 아냐! 나, 완전 핀치라구!"

아무래도 토모에게 가장 중요한 것이자 최우선 사항은 친구 관계를 유지하는 것 같았다. 사춘기 증후군 같은 것은 아무래도 좋을 만큼 말이다…….

이래서야 이 일에 대해 이야기하는 것 자체가 시간 낭비였다.

사쿠타는 어쩔 수 없이 토모에의 용건에 대해 이야기하기로 했다.

"그 어떤 이유가 있든 간에, 거짓말은 나빠."

"윽."

사쿠타가 타당하기 그지없는 소리를 하자 토모에는 뜨끔한 표정을 지었다.

"마에사와 선배의 마음도 생각해봐."

유마의 이야기로 볼 때, 솔직히 말해 토모에를 진심으로 좋아하는 것 같지는 않지만……. 아직 애인과 헤어지지 않은 것 같고 토모에가 가지고 놀기 쉬운 상대라고 생각하는 것 아닐까? 확실히 이 녀석은 잘만 꼬드기면 뭐든 다 할 것 같았다.

"맞는 말이긴 해……."

토모에는 사쿠타의 말을 듣더니 고개를 푹 숙이며 그렇게 말했다. 아무래도 풀이 죽은 것 같았다.

"그리고 무엇보다 내가 귀찮아."

"그 말 들으니 짜증이 나네!"

"그리고 대체 언제까지 오해한 채로 둘 건데? 3학년이 졸업할 때까지야? 무리라고. 분명 들킬 거야. 그럼 상황이 더 골치 아파질걸?"

"그 점에 대해서는 다 생각해뒀어."

"엥?"

사쿠타는 뜻밖의 대답을 듣고 얼빠진 소리를 냈다.

"아, 믿지 않는 거지?"

"믿지 않는다기보다, 아무래도 상관없어."

"진짜 화나네!"

"그래? 미안해. 얼굴도 보기 싫을 테니까 나는 이만 사라줄게."

사쿠타는 그렇게 말한 후, 페달을 힘차게 밟았다. 달리기 시작한 자전거는 유감스럽게도 바로 멈췄다.

고개를 돌려보니 토모에가 자전거 안장의 뒤편을 꼭 잡은 채 버티고 있었다.

"1학기 동안만 오해한 채로 두면 돼! 부탁이야!"

"나는 코가의 작전에 딱히 흥미가 없거든?"

"그 후에는 여름방학이니까, 학교 안 가는 기간 동안 사이가 멀어진 걸로 하면 되잖아? 그러니 2학기에는 평범하게 지낼 수 있어."

"계획적인 범행이네. 너, 꽤 음흉한 편이구나?"

"필사적인 것뿐이야!"

"그건 보면 알아."

집으로 돌아가려 하는 사쿠타의 자전거 안장을 힘껏 움켜쥐며 버틸 정도니까 말이다.

하지만 그 계획에는 구멍이 많았다. 그 중 하나는 상대가 사쿠타라는 점이다.

"내 입으로 이런 말을 하는 건 좀 그렇지만, 학교 안에서 평판이 최악인 나와 사귀는 걸로 해도 괜찮겠어?"

"1학년 사이에서의 선배 평판은 돌고 돈 끝에 괜찮아졌으니까 문제없을 거야."

"그건 무슨 소리야?"

대체 어디를 어떻게 돌고 돈 것일까? 자세하게 묻고 싶었다. 아니, 거짓말이다. 실은 눈곱만큼도 묻고 싶지 않았다.

"아무나 운동장 한복판에서 사랑을 외칠 수 있는 건 아니잖아."

"단순히 나를 웃음거리로 삼고 있는 것뿐이네."

하지만 지금 생각해보니 사쿠타에 대한 레나 일행의 태도 또한 의외로 평범했다. 2학년들은 여전히 사쿠타에게 말을 걸지 않지만 레나 일행은 태연하게 말을 걸었던 것이다.

원래 『중학생 시절에 동급생들을 병원으로 보냈다』라는 소문이 돈 탓에 사쿠타는 1년 전부터 학교 안에서 미묘한 위치에 있었다. 하지만 그 당시의 분위기를 리얼타임으로 경험하지 않은 1학년들에게는 소문이 깊게 뿌리내리지 않았을지도 모른다. 「선배들이 그런 이야기를 했다」 정도의 수준이리라.

게다가 1학기가 끝날 시기가 다가오면서 1학년들도 독자적인 문화를 가지기 시작하여 학년별로 차이가 나는 것 같았다.

"나는 그런 걸 좀 동경해."

"코가한테는 절대 안 할 거지만 말이야."

"그런 짓 당하면 엄청 곤란할 거니까 그 편이 나아~."

아무튼 여고생의 사고방식은 잘 이해가 되지 않았다.

"아, 그래. 『사귄다』는 건 너무 갑작스러우니까 사귀기 직전 상태가 딱 좋을 것 같아."

"멋대로 이야기를 진행하지 말라고."

"선배 이상 애인 미만 정도?"

"그런 미묘한 건 사귀는 척 하는 것보다 훨씬 난이도가 높다고. 너, 할 수 있겠어?"

"응? 뭘 말이야?"

"애인인 척 하는 거 말이야."

사쿠타는 토모에를 진지한 눈길로 관찰했다. 그녀는 미네가하라 고등학교의 여름교복을 입고 있었다. 흰색 블라우스와 짧은 치마, 감색 양말과 캐주얼슈즈. 전부 작고 콤팩트하게 밸런스를 유지하고 있었다.

"뭐, 코가는 남자와 사귄 적이 있겠지."

요즘 여고생은 그런 쪽으로 꽤 조숙하다고 하니까 말이다.

"으, 응. 짧은 기간이지만……."

토모에는 고개를 돌리면서 긍정했다.

"흐음."

"왜, 왜 그래?"

"어른이라는 생각이 들어서 말이야."

"왠지 기분 나쁘네. 선배도 나를 좋아하는 척 해달라구. 알았어?"

토모에는 사쿠타가 할 거라는 전제 하에 이야기를 진행하고 있었다. 사쿠타는 승낙한 적이 없는데 말이다.

"너, 자기가 뭘 하려는 건지 알고 있는 거야?"

거짓말 자체는 마에사와 선배 한 명에게만 하면 될지도 모른다. 하지만 그 거짓말이 들통 나지 않으려면 주위 사람들도 속일 필요가 있었다. 사실 토모에는 이미 세 친구에게 거짓말을 했으며 거짓말을 해야 하는 사람들은 점점 늘어날 것이다.

누구와 누구가 사귄다 같은 정보는 그냥 가만히 놔둬도 멋대로 퍼져나간다. 설령 그것이 거짓말일지라도 말이다.

교내에서 손꼽는 불량아인 사쿠타가 얽혔으니 더할 것이다.

즉, 마에사와 선배 한 명이 거짓말을 믿게 만들기 위해 사쿠타와 토모에는 학교 전체를 속여야만 하는 것이다.

"전교생 천 명에게 거짓말을 해야 해."

그것은 결코 조그마한 거짓말이 아니었다.

"그 정도는 나도 알아."

사쿠타의 말을 듣고도 토모에는 놀라거나 당황하지 않았다.

"진심이야?"

"진심이라구."

이미 각오를 다졌다고 봐야할지, 순수함이 나쁜 방향으로 폭주하고 있다고 봐야할지, 판단이 서지 않았다.

"아무튼, 부탁해!"

토모에는 양손을 마주대면서 고개를 숙였다.

"어이…… 협력해봤자 나한테는 득이 될 게 전혀 없잖아."

마이너스 요소라면 얼마든지 있었다. 주로 마이와 관련된 일로 말이다. 그녀와 교제하게 되는 날이 멀어진다. 원래 역사에서 사쿠타와 마이는 이미 연인 사이가 되어 있을 것이다.

지금쯤 러브러브하고 있어야 하는데…….

"협력해준다면, 선배가 시키는 거 뭐든 딱 한 번만 들어줄게."

"하지만 나는 코가에게 시킬 만한 게 하나도 없어."

사쿠타는 즉시 대답했다.

"뭐, 뭐든 다 들어주겠다는데도?"

토모에는 자신 없는 눈길로 사쿠타를 올려다보았다. 그 눈빛이 사쿠타의 마음을 자극했다.

"나이를 먹을 만큼 먹은 여자애가 남자한테 그런 소리를 함부로 하면 안 돼."

사쿠타는 약간 흥분하고 말았다.

"하, 하지만, 이대로 있다간 나는 반 안에서 있을 곳이 없어져 버린다구."

토모에는 고개를 푹 숙이더니 자신의 손가락을 심각한 눈길로 쳐다보았다.

"쉬는 시간에도 혼자 있고, 도시락도 혼자 먹고, 화장실도 혼자 가는 건 싫어."

"화장실은 혼자 가라고."

설마 한 칸에 같이 들어가는 것은 아니리라. 아니면 사쿠타만 모를 뿐, 여자들은 다 그러는 것일까? 그렇다면 여자들은 정말 대단하다.

"선배한테는 들킨 것 같으니까 말하는 건데, 나는 중학교 때까지 후쿠오카에서 살았어. 그래서 이쪽에 있는 친구라고는 고등학교 들어와서 사귄…… 레나와 히나코, 아야 뿐이야."

"오늘 본 그 세 명 말이야?"

"응."

토모에는 고개를 숙이듯 끄덕였다.

"혼자 지내는 것도 나쁘지는 않아. 주위 사람들에게 맞출 필요도 없고, 생각만큼 쓸쓸하지도 않거든."

사쿠타의 경우는 유마와 리오, 그리고 요즘 들어서는 마이가 있기 때문일 수도 있다.

"딱히 쓸쓸해서 싫은 건 아냐."

"뭐? 그럼 이유가 뭔데?"

"외톨이인 게…… 부끄럽다구."

토모에는 작은 목소리로 중얼거렸다.

그 순간 사쿠타의 마음에 무언가가 스며들어왔다.

"남들이 나를 「쟤는 항상 혼자다」라고 생각하는 게 싫어."

"그렇구나."

왠지 납득이 되었다. 페달에 올려둔 발이 자연스럽게 지면에 닿았다.

토모에가 두려워하는 것은 고독이 아니었다. 남들이 만든 굴레에서 벗어나 있는 자신을, 남들이 쳐다보는 게 싫은 것이다. 남들이 자신을 쳐다보면서 소곤거리는 것이 싫은 것이다. 바보 취급을 당하며 비웃음을 사는 게 무엇보다도 싫은 것이다.

쓸쓸함보다 그런 부끄러움이 미숙한 마음에 깊은 상처를 낸다. 한심하고 점점 인간을 비굴하게 만드는 감정……. 그것이 자신감을 빼앗고 마음을 닫게 만든다.

"……"

사쿠타는 말없이 고개를 숙이고 있는 토모에의 머리에 손을 얹었다.

"선배?"

토모에는 불안 섞인 눈길로 사쿠타를 올려다보았다.

일전에 카에데가 집단 괴롭힘을 당했을 때 같은 말을 했었다.

—학교에 가는 게…… 부끄러워.

괴롭힘을 당하는 자신의 모습을 남들에게 보여주고 싶지 않다는 마음이 커진 나머지, 카에데는 밖에 나가지 못하게 됐다. 타인의 시선을 두려워하게 되었다.

사쿠타는 그 시절의 카에데와 지금의 토모에가 겹쳐 보였다.

따돌림을 당하게 되는 계기 같은 것은 항상 사소한 일이다. 어떤 일이 원인이 될지 알 수 없다. 별 것 아닌 일로 그런 분위기가 형성되면 그것은 순식간에 주위로 번져나간다. 그렇게 되면 더는 손쓸 수가 없는 것이다. 그 병을 치료하는 것은 어렵다.

특히 여자 그룹 문화는 남자와 명백하게 다르다. 겉보기에 어쨌든 간에, 옆에서 보면 그룹에 소속된 이들의 사이가 좋지 않은 것을 한 눈에 알 수 있다. 현재 소속된 그룹의 멤버들과 사이가 소원해졌다고 해서 다른 그룹으로 이적할 수 있는 확률 또한 낮았다.

"코가는 메인 그룹이지?"

"응?"

"반에서 가장 귀여운 여자애들의 모임 말이야."

"그 말에 동의하는 건 좀 그러네."

토모에는 입술을 삐죽 내밀면서도 고개를 끄덕였다.

메인 그룹의 리더에게 미움을 받으면 확실히 골치 아프다. 반 제일의 권력자인 그녀의 뜻은 아무도 거스르지 않는다. 거스를 수 없다. 그녀의 기분이 상하게 하면 고독이라는 이름의 섬에 유배되고 마는 것이다. 그래서 무조건 찬성한다. 그녀가 귀엽다고 말하면 귀여운 것이고 싫다고 말하면 싫은 것이다.

그리고 이 경우 리더의 포지션에 있는 이가 카시바 레나이며, 토모에는 하필이면 그 레나가 동경하는 마에사와 선배에게 고백을 받을 위기에 처하고 말았다.

이제 토모에가 심각하게 고민을 하는 것도 납득이 되었다.

사쿠타는 땅이 꺼져라 한숨을 내쉰 후―.

"알았어."

―하고 차분한 목소리로 말했다.

"뭐?"

"전교생 천 명에게 거짓말을 해주겠다는 거야."

"정말?"

"그 대신, 조건이 있어."

"서, 설마, 내 몸?!"

토모에는 자신의 몸을 감싸면서 사쿠타를 경계했다.

"코가처럼 몸매가 빈약한 애 상대로 흥분할 것 같아? 무례한 소리 하지 말라고."

"무례한 건 선배야! 틀림없다구!"

"아무튼 내 이야기를 들어."

"으, 응."

토모에는 긴장한 표정으로 고개를 끄덕이더니 마른 침을 삼켰다.

사쿠타는 가볍게 숨을 내쉰 후, 진지한 표정으로 말했다.

"그룹 리그 제3시합 때, 죽을힘을 다해 일본 대표를 응원해."

"뭐?"

토모에는 영문을 모르겠다는 반응을 보였다.

"만약 진다면, 그 순간 이 이야기는 없었던 게 될 거야."

"무슨 소리를 하는 건지 모르겠네! 좀 알아듣게 말해!"

필사적으로 설명을 요구하는 토모에를 무시한 사쿠타는—.

"알았지? 약속한 거다."

—그녀에게 그렇게 말한 후, 다시 페달에 발을 얹었다.

"아, 잠깐만 있어봐."

"더는 할 이야기가 없어."

"축구 응원은 열심히 할게! 그런데 부탁이 있어……."

고개를 돌려보니 토모에가 몸을 배배 꼬고 있었다.

"내, 내일 말인데……."

"내일?"

"선배, 내일은 두 시까지만 아르바이트를 하지?"

"그래."

"아, 아르바이트 끝난 후에…… 데, 데, 데……."

"대가리에 꿀밤을 날려달라고?"

"아냐!"

토모에는 이마를 손으로 가리면서 고함을 질렀다.

두 사람 앞을 지나가던 성인 커플이 「사랑싸움 하나?」라고 중얼거리면서 웃음을 터뜨렸다. 그 말을 듣고 얼굴이 더욱 벌 게진 토모에는—.

"데, 데이트 하자."

—라고 말했다.

이야기를 끝낸 사쿠타는 토모에를 그녀의 집 근처까지 데려 다준 후, 자전거를 타고 느긋하게 집으로 향하고 있었다. 뜻 밖에도 토모에는 사쿠타의 집 근처에 살고 있었다.

6월의 막바지에 접어들자 여름이 본격적으로 다가오기 시 작했다. 그런 후덥지근한 열기 속에서 바람을 가르며 달리니 꽤 기분이 좋았다.

새하얀 구름이 어둑어둑한 하늘을 가르며 지나가고 있었다. 구름 사이로 별하늘이 보였다. 사쿠타도 알고 있는 여름의 대삼각형[#1]이었다. 거문고자리인 베가. 독수리자리인 알타이르. 견우와 직녀. 다른 하나는 곰곰히 생각해본 후에 생각났다. 백조자리인 데네브. 그걸 가르쳐준 이는 사쿠타의 첫사랑이다. 그 사람은 사쿠타가 중3 때 만났던 마키노하라 쇼코라는 이름의 여고생이었다.

　지금은 어디서 뭘 하고 있는지 알 수 없었다. 연락처도 모른다. 아마 두 번 다시 만나지 못할 인물이다.

　얼굴을 떠올리려 해도 기억이 흐릿해졌는지 잘 생각이 나지 않았다. 그 대신 사쿠타의 머릿속에 떠오른 것은 언짢은 표정을 짓고 있는 마이였다.

　"자아, 이제 어떻게 한다?"

　토모에가 아까 입에 담았던 말이 뇌리를 스쳤다.

　—데, 데이트 하자.

　사쿠타는 그 말을 듣고 냉정하게 질문을 던졌다.

　"이유가 뭐야?"

　"레나가 데이트는 안 하냐고 물어서, 그런 느낌으로……."

　"그런 느낌이 대체 어떤 느낌인데?"

　"주말에 데이트를 하는 느낌이야."

　"설마 앞뒤 생각하지 않고 입에서 나오는 대로 내뱉은 거야?"

여름의 대삼각형 여름철 북반구 밤하늘에서 쉽게 볼 수 있는 밝은 별 세 개가 이루는 가상 삼각형을 가리킨다.

"선배, 눈빛이 너무 무서워!"

"역시 꿀밤 좀 맞아야겠네."

토모에는 허둥지둥 이마를 가렸다.

"그러면 「아~, 주말에 엄청 돌아다녔어~」하고 대충 둘러대면 되잖아."

"혹시 모르니까 사진도 찍어두고 싶어."

"……너, 의외로 빈틈이 없구나."

이해가 되지 않는 것은 아니다. 「어제 데이트했어~」라고 말하면 「사진은 안 찍었어?」, 「보여줘~」 같은 소리가 나올 게 뻔하다. 그럴 경우 사진이 한 장도 없다면 부자연스럽게 생각할 것이다. 요즘은 핸드폰이나 스마트폰에 당연한 것처럼 카메라 기능이 탑재되어 있다. 골치 아프게도 말이다……

그러니 내일은 토모에와 데이트를 할 수밖에 없게 되었다.

이야기가 묘한 방향으로 흘러가고 있었다.

이 일을 마이에게 어떻게 전할 것인가. 안 그래도 어제 토모에와 부둥켜안고 있는 모습을 본 탓에 마이는 기분이 매우 나빠진 상태였다. 그런 상황에서 또 토모에와 관련된 이야기를 했다간, 마이는 주저 없이 사쿠타에게 짜증을 낼 것이다.

자신을 불쾌하게 만든 것에 대한 벌이며 당연한 권리라는 듯이 사쿠타를 괴롭혀댈 게 뻔하다. 말도 안 되는 억지를 부려댈 게 뻔했다. 잘못한 사쿠타가 거부하지 못할 거라는 사실을 이용해서 말이다. 그리고 난처해하는 사쿠타를 본 마이는 진심어린 미소를 지을 것이다.

　그런 상황을―.

　"우와, 엄청 끝내줄 것 같아."

　―상상해보니 의외로 나쁘지 않았다. 사쿠타는 히죽거리면
서 집 방향으로 자전거를 경쾌하게 몰았다.

4

　아르바이트를 하면서 쌓인 피로를 풀기 위해 욕조에 느긋하
게 들어가 있었던 사쿠타가 팬티 한 장만 걸친 채 거실로 나왔
다. 웬일로 카에데가 소파에 앉아서 텔레비전을 보고 있었다.

　텔레비전에서 하고 있는 것은 동물 관련 방송……이 아니
라, 한 동물원에 근무하는 사육사를 밀착 취재한 다큐멘터리
같았다. 그 사육사는 갓 태어난 아기 판다를 돌보느라 매일
같이 골머리를 썩이고 있었다.

　카에데는 고양이인 나스노를 꼭 끌어안은 채, 새하얀 아기
판다가 아장아장 걷는 모습을 열심히 쳐다보고 있었다.

　그런 카에데를 힐끗힐끗 쳐다보며 냉장고 안에서 스포츠 음
료를 꺼낸 사쿠타는 그것을 컵에 따른 후 단숨에 들이켰다.

　차가운 스포츠 음료가 따뜻해진 몸 안에 흘러들어왔다.

　"아."

　사쿠타가 한 잔 더 마시기 위해 냉장고를 연 순간, 카에데

가 탄성을 터뜨렸다.

"오, 오빠, 이 사람!"

카에데는 텔레비전 화면을 손가락으로 가리키면서 필사적으로 뭔가를 어필했다.

"아는 사람이라도 나왔어?"

"그래요!"

"뭐?"

사쿠타가 농담 삼아 한 말을 카에데가 긍정했다. 궁금했던 사쿠타는 냉장고 뒤편에서 얼굴을 내밀어 텔레비전을 쳐다보았다.

"……."

확실히 아는 사람이 나오고 있었다.

그것은 스포츠 음료의 CF였다. 그것도, 지금 사쿠타가 들고 있는 파란색 라벨이 붙은 음료수의 CF다. 화면을 향해 「한 모금 줄까? 후후, 안 줄래~」라고 말하면서 장난스러운 미소를 지은 후, 새하얀 모래사장의 모래를 걷어차며 화면 안쪽을 향해 달려가는 이는 바로 마이였다.

"이, 이 사람, 저번에 오빠가 데려온 사람 맞죠?"

"그래……."

진짜배기 마이다. 연예인, 사쿠라지마 마이인 것이다.

하지만 사쿠타는 마이가 CF에 출연하게 되었다는 이야기를 전혀 듣지 못했다.

짧은 CF이기에 금방 끝났다.

바로 그때, 인터폰이 울렸다.

"이 시간에 누구지……"

시계는 열 시를 가리키고 있었다.

의문을 느끼면서 인터폰의 수화기를 든 사쿠타는 「누구시죠?」 하고 말했다.

"나야."

그러자 짧은 대답이 들려왔다. 약간 무뚝뚝한 그 목소리는 방금 텔레비전에서 흘러나온 목소리와 똑같았다.

3분 후, 느닷없이 찾아온 마이를 집에 들인 사쿠타는 팬티 한 장만 걸친 채 자기 방에서 무릎을 꿇고 있었다. 맞은편에 있는 침대에는 마이가 다리를 꼰 채 앉아 있었다. 그녀는 언짢은 눈빛으로 사쿠타를 차갑게 내려다보고 있었다.

"왜 변명을 하러 오지 않은 거야?"

"변명을 하는 것 같아 죄송합니다만 찾아갔습니다. 하지만 자리에 계시지 않았습니다."

사실 오늘도 사쿠타는 쉬는 시간과 종례 후에 마이의 반인 3학년 1반 교실에 갔다. 하지만 마이는 없었다.

"내가 잘못했다는 거야?"

"제 노력이 부족했습니다."

"잘 알고 있네. 그럼 할 말도 있을 것 같은데?"

"으음, 마이 씨. 오늘 기합이 잔뜩 들어간 것 같은데요?"

현관문을 연 순간 바로 눈치챘다. 마이의 분위기는 확실히 평소와 달랐다. 화장도 철저하게 했고 헤어스타일 또한 프로가 손질해준 느낌이었다. 끝부분이 안쪽으로 살짝 말린 헤어스타일은 귀여운 인상을 자아내고 있었다. 평소의 마이와는 방향성이 약간 달랐다.

"오늘 패션 잡지 촬영이 있었어. 사쿠타를 위해 이러고 온 게 아니니까 착각하지 마."

그래서 학교에 오지 못한 것이리라.

"엄청 귀여워요."

"알아."

"사랑해요."

"헛소리 하면, 밟아버릴 거야."

마이는 검은색 타이츠에 감싸인 발을 들어올렸다. 그 발끝을 사쿠타의 무릎 위에 올려놓았다.

타이츠 너머로 마이의 체온이 느껴졌다. 그리고 매끄러운 검은색 타이츠의 감촉 또한 느껴졌다.

이건 그야말로 끝내주는 상이었다.

사쿠타는 얼굴을 헤벌쭉거릴 뻔 했다.

"기뻐하지 마."

아무래도 얼굴에 드러난 것 같았다. 마이는 그렇게 말하면서 발을 치웠다. 괜한 짓을 하고 말았다.

"참, 마이 씨의 CF를 봤어요."

"그래?"

마이는 심심하다는 듯 창밖을 향해 고개를 돌렸다.

"저는 못 들었는데요."

"방송 시간이 정해진 거라 직전에 가르쳐줘서 놀라게 해줄 생각이었어. 그런데 누구누구 씨가 1학년과 러브러브하고 있어서 가르쳐주지 못했지. 뭐, 할 말 없어?"

"잘못했습니다."

"진심으로 반성하고 있어?"

"물론이죠."

"안 믿기는데……."

"진짜예요! 하지만 이 상황에서 이런 말씀을 드려 정말 죄송하지만……."

"뭔데?"

"그 1학년에 관련된 일로 상의드릴 게 있는데……."

1학기 동안 토모에와 가까운 사이인 척 해야만 한다. 마이에게 아무 말도 하지 않고 이 작전을 실행에 옮기는 것은 무모했다. 어차피 들킬 것이다. 그렇다면 일찌감치 이실직고하는 편이 낫다.

하지만 이미 언짢은 상태인 마이를 보니 도저히 입이 떨어지지 않았다.

"사쿠타."

"예. 왜 그러시죠?"

"일단 옷을 입는 게 어때?"

사쿠타는 여전히 팬티 한 장만 걸치고 있었다.

무릎까지 가리는 반바지와 티셔츠를 입고 다시 무릎을 꿇은 사쿠타는 마이의 안색을 살피면서 토모에에 관한 일을 설명했다. 어제 왜 토모에와 함께 빈 교실에 있었는가. 왜 포옹을 하게 된 것인가. 마에사와 선배라는 농구부 선배에게 고백을 받으면 토모에는 매우 곤란한 상황에 처한다는 사실도 전했다. 그리고 오늘 토모에가 우연히 자신이 아르바이트를 하는 가게에 신참으로 들어왔으며, 1학기 동안만 『선배 이상 애인 미만』인 척 해달라는 부탁을 받았다고 말했다. 사쿠타는 아무 것도 숨기지 않고 솔직하게 전부 털어놨다.

하지만 사춘기 증후군……, 사쿠타와 토모에가 6월 27일을 세 번 경험했으며 마이에게 교제 허락을 받았다는 사실은 밝히지 않았다.

순조롭게 연예계 활동을 다시 시작한 마이에게 괜한 걱정을 끼치고 싶지 않은데다, 교제 허락을 받았다고 말하는 것은 반칙인 느낌이 들었기 때문이다.

마이는 사쿠타의 이야기를 끝까지 들은 후, 무뚝뚝한 목소리로 말했다.

"흐음~, 여고생은 참 고생이네."

마이도 엄연한 여고생이었지만 왠지 자신과는 상관없는 일이라는 말투였다.

"뭐가 어떻게 된 건지는 알았어."

게다가 꽤 순순히 납득해줬다. 아무런 벌도 주지 않으려는 것일까?

"그게 다예요?"

"내가 꾸짖으면, 사쿠타는 기뻐할 거잖아."

완전히 간파 당했다.

"사쿠타한테는 벌을 주지 않는 게 가장 큰 벌일 것 같거든."

"좀 더 신경 써 주세요."

"싫어."

"에이~."

"어리광 부리지 마."

차라리 잘됐다고 생각해야 할까. 아니, 문제 취급조차 당하지 않는 것은 좋지 않은 느낌이 들었다.

"하지만 좀 석연치 않아."

"뭐가요?"

"사쿠타가 애인인 척 해달라는 말을 듣고 오케이 했다는 게 말이야. 너, 그런 걸 싫어하잖아."

"애인이 아니라 선배 이상 애인 미만이에요."

"그게 그거잖아."

"뭐, 그런 걸 좋아하는 녀석은 없을 것 같지만요."

"그래서 석연치 않다는 거야. 대체 뭘 숨기고 있는 거야?"

마이는 몸을 앞으로 내밀면서 사쿠타를 노려보았다.

"실은 아까부터 마이 씨의 다리를 보며 흥분하고 있었어요."

"그, 그건 나도 알아."

마이는 치맛자락을 손으로 누르면서 다리를 바꿔 꼬았다.

"너, 너무 뚫어져라 쳐다보지 마!"

"닿는 것도 아니잖아요."

"쓸데없는 소리 하지 말고 빨리 솔직하게 말해."

마이는 눈에 힘을 주고 있었다. 아무래도 진심으로 하는 말 같았다.

"코가가…… 카에데와 똑같은 말을 했어요."

"뭐라고 했는데?"

"마에사와 선배에게 고백을 받은 게 친구들에게 알려져 그룹에서 쫓겨나게 된다면, 반에서 있을 곳이 없어진다고…… 그런 자신이 부끄러워서 싫다고요."

사쿠타는 말을 곱씹듯 천천히 말했다.

─부끄럽다.

토모에가 그 말을 입에 담지 않았다면 사쿠타는 선배 이상 애인 미만인 척을 해달라는 부탁을 절대 받아들이지 않았을 것이다.

"카에데 때는 최악의 상황으로 치달았거든요……."

그때의 기억이 사쿠타의 뇌리를 스쳤다.

학교에 가는 것을 거부하고 방에 틀어박힌 카에데는 사춘기 증후군에 걸리고 말았다. 온몸에 멍과, 칼에 베인 듯한 상처가 생긴 것이다.

그런 현실을 받아들이지 못한 나머지 마음이 병든 어머니는 병원 신세를 지고 있다. 그래서 지금은 떨어져 살고 있었다.

계기는 한 여자애의 메시지를 카에데가 무시했다는 사소한 일이었다.

하지만 그런 사소한 오해에서 비롯된 사태가 말도 안 되도록 심각해지더니, 그 후로 2년이 지난 지금도 사쿠타와 카에데의 생활에 영향을 끼치고 있었다.

그런 별 것 아닌 일이 인생에 이렇게 큰 변화를 줄 수 있는 것이다. 그러니—.

"그래서 이번에는 어떻게든 하고 싶다고 생각한 걸지도 몰라요."

올바른 판단을 했다는 자각은 없었다. 과거에 카에데에게 아무 것도 해주지 못했던 걸 속죄하고 싶다든가, 토모에를 도와줌으로서 마음 정리를 하고 싶은 것뿐일지도 모른다. 그때의 응어리는 아직도 사쿠타의 마음속에 남아 있었다.

"사쿠타."

"왜요?"

"재미없어."

"진지한 이야기 좀 했다고 그런 소리 할 거예요?"

"여동생 일을 이야기하면 불평을 할 수가 없잖아."

아니, 방금 그 말도 충분한 불평이라고 생각했다. 태도에서도 불만이 확실하게 느껴졌다.

"사쿠타는 알고 있겠지만 말이야."

"뭘 말이에요?"

"이 거짓말에 대한 책임은 꼭 져."

"절대 탄로 나지 않도록 조심할 거고, 무덤까지 가지고 갈 거예요."

"뭔가를 숨기는 게 얼마나 큰일인지 알면 됐어."

"마에사와 선배는 애인이 있으면서 코가에게 치근거리는데다, 지금 애인이 하게 해주지 않으니까 헤어져야겠다 같은 소리를 대놓고 하는 사람이라 마음은 편해요."

"남자는 하나같이 저질이라니깐."

이유를 모르겠지만 마이는 업신여기는 시선으로 사쿠타를 쳐다보면서 말했다.

"나는 마이 씨 일편단심이라고요."

"선배 이상 애인 미만인 척을 하다가 그 1학년을 진짜로 좋아하게 되는 거 아냐?"

"내가 그렇게 못 미더워요?"

"미리 말해두겠는데, 나는 1학기 동안만 기다릴 거야."

"그 말은 이번 일이 해결되고 나면 나와 사귀어주겠다는 거예요?"

"그건……."

마이는 은근슬쩍 고개를 돌렸다.

"그때 기분에 달렸어."

"너무해~."

"왜 사쿠타가 불만을 표시하는 건데?"

"마이 씨가 상을 준다면 더 열심히 할 수 있을 거라고요."

"자기가 일을 벌여놓고 그런 소리를 하는 거야? 정말 뻔뻔하네."

마이는 그렇게 말한 후, 뭔가가 생각난 것처럼 「아」 하고 말했다.

"사쿠타, 내일 아르바이트해?"

"예."

"몇 시까지 하는데?"

"두 시까지예요."

"흐음~."

왠지 기분이 좋아진 듯한 마이는 다리를 앞뒤로 흔들었다. 그녀의 눈동자에는 사쿠타에게 뭔가를 기대하고 있는 눈빛이 맺혀 있었다.

"나, 내일 오후에는 스케줄이 없어."

데이트 신청을 하라는 것 같았다.

"가마쿠라에는 아직 수국이 피어있겠지?"

행선지는 이미 정해져 있었다.

마이가 이렇게까지 기대를 하고 있으니, 사쿠타는 다음 말을 하기가 매우 껄끄러웠다.

"저기……."

사쿠타는 머뭇머뭇 입을 열었다. 마이는 그런 사쿠타의 태도를 보고 눈치를 챘는지 다시 무뚝뚝한 표정을 지었다.

"흐음~, 그 1학년과 데이트 약속을 했구나?"

"데이트가 아니라, 데이트스러운 뭔가라고나 할까요."

"……."

"마이 씨?"

"……하아~."

마이는 의욕이 느껴지지 않는 한숨을 내쉬었다.

"그래?"

"……."

"……."

이런저런 소리를 더 들을 줄 알았지만, 마이는 아무 말도 하지 않았다.

"『나보다 그 애를 우선하는 거야?』 같은 소리 안 해요?"

"왜 내가 질투를 해야 하는 건데?"

"어……."

"사쿠타가 나한테 푹 빠졌다는 건 잘 알고 있다구."

"뭐, 그건 그렇지만요."

"그 1학년한테 질 것 같은 느낌도 안 들어."

"우와~, 자신감이 넘치네요."

역시 사쿠라지마 마이다. 마이는 역시 이래야 한다.

"그러니까 이번만 너그러이 봐줄게."

"고마워요."

"하지만……."

마이는 생각에 잠기는 시늉을 하더니, 2초 후에는 장난기 섞인 미소를 지었다.

"그냥 용서해주는 건 나중을 생각하면 좋지 않을 것 같으니까, 그에 걸맞은 성의를 보여 봐."

"뭘 하라는 건데요?"

"직접 생각해봐."

"그럼……."

앞으로 몸을 숙인 사쿠타는 네 발로 기는 자세를 취하더니 침대 위에 있는 마이를 향해 다가갔다.

"뭐, 뭐하는 거야?"

당황한 마이는 뒤쪽으로 몸을 뺐다. 하지만 그녀의 등은 벽에 부딪치고 말았다.

그런 상황에서도 사쿠타가 계속 전진하자—.

"다가오지 마!"

—하고 외치면서 마이의 발이 날아왔다. 그리고 그녀의 발은 그대로 사쿠타의 안면에 정통으로 꽂혔다.

"아얏."

코를 움켜잡으면서 몸을 뒤쪽으로 젖힌 사쿠타는 그대로

침대에서 굴러 떨어졌다.

"무슨 짓을 하려는 거야?"

"성의를 보이려던 것뿐이에요."

"그건 성의가 아니라 성욕이야."

"아, 그렇겠네요."

"일에는 순서라는 게 있어. 우리는 아직 사귀고 있지도 않잖아."

"이걸 계기 삼아 사귀는 건……."

"싫어."

"기분이 축 가라앉네요~."

"이게 다 누구 때문인데?"

마이는 차가운 눈길로 사쿠타를 노려보았다.

"전부 내 잘못이에요."

"그럼 반성해."

사쿠타는 또 무릎을 꿇었다.

"아, 데이트 말인데요. 마이 씨, 다음 주 일요일은 스케줄이 어떻게 돼요?"

"나, 내일부터 일주일 동안 드라마 촬영을 하러 가고시마에 가야 해."

"아……."

"……."

마이는 자세를 고치더니 미심쩍은 눈길로 사쿠타를 쳐다보았다.

"많이 놀란 것 같지는 않네."

사실 사쿠타는 마이가 드라마에 출연하게 되었다는 이야기를 들은 적이 있었다. 하지만 그 이야기를 들은 것은 첫 번째 『6월 27일』 때다.

"그야 마이 씨라면 드라마 캐스팅 정도야 얼마든지 따낼 수 있을 테니까요."

"그야 그렇지만……."

뭔가 걸리는지 마이의 눈에는 여전히 의심의 빛이 맺혀 있었다.

"가고시마 가서 좋겠네요~."

"놀러 가는 게 아냐."

마이는 침대 가장자리에 걸터앉았다. 바로 그때, 발치에 있던 종이봉투가 그녀의 발에 걸려 쓰러졌다. 그 봉투는 마이가 가지고 온 것이었다. 마이는 그것을 쥐더니 「자」 하고 말하면서 사쿠타에게 내밀었다.

"어?"

"줄게."

사쿠타는 순순히 받았다.

안에는 귀여운 디자인의 원피스가 들어있었다. 당연히 여성용 원피스다…….

"가고시마에 간 동안, 이걸 마이 씨 대신으로 여기라는 거예요?"

"네 동생에게 주는 거야."

마이는 어이없다는 표정을 지으면서 말했다.

"예?"

하지만 사쿠타는 마이가 한 말의 의미를 이해하지 못했다.

"오늘 패션 잡지 촬영을 했다고 아까 말했지? 촬영에 사용한 의상을 주더라구."

즉, 마이가 입었던 옷이다. 그렇게 생각하니 왠지 좋은 향기가 나는 느낌이 들었다.

"내가 입기에는 너무 여성스럽거든."

펼쳐 보니 치맛자락과 소매에 프릴이 달려 있었다.

"그러니까, 카에데에게 주는 거라고요?"

"키가 나보다 약간 작으니까 아마 사이즈는 맞을 거야."

"아니, 그런 걸 걱정하는 건 아닌데……."

느닷없이 카에데에게 옷을 선물하는 이유를 짐작할 수가 없었다.

"여동생의 복장에도 좀 신경을 쓰라고 돌려서 말하는 거야."

"지금 있는 그대로 말하고 있는 것 같은데요?!"

"판다 모양 잠옷을 마음에 들어 하는 거라면 괜찮지만……그 애, 올해로 열다섯 살이지?"

"예."

"멋을 내다보면 밖에 나가고 싶다는 기분이 들지도 모르잖아."

"아……."

방금 그 말을 듣고 전부 이해가 되었다. 마이는 카에데를 걱정하고 있는 것이다. 카에데가 앞으로도 영원히 집 안에서만 지내지는 않을 거라고 생각한 것이다.

동정하는 것도 「안됐네」라고 입에 발린 소리만 하는 것이 아니라, 진심으로 카에데가 안고 있는 문제와 마주하려 한다는 사실을 알 수 있었다.

"……."

사쿠타는 무심코 마이를 응시했다.

"왜, 왜 빤히 쳐다보는 거야?"

"마이 씨가 카에데를 챙겨주는 게 너무 기뻐서요."

"그 정도야 당연한 거잖아."

마이는 별거 아니라는 듯 말했다. 사쿠타를 놀릴 때는 어린애 같았지만 때때로 이렇게 어른스러운 면을 보이니 문제였다. 그럴 때마다 그녀를 향한 마음이 더욱 커졌다. 도저히 당해낼 수 없다는 생각마저 늘었다.

"카에데를 불러올게요."

사쿠타는 몸을 일으키면서 그렇게 말했다.

"괜찮겠어?"

"마이 씨가 무시무시한 표정만 짓지 않는다면요."

"그런 짓 안 해."

마이는 사쿠타를 날카로운 시선으로 노려보면서 말했다.

"그런 표정을 짓지 말라는 거예요."

"어떤 표정 말이야?"

짜증을 얼굴에서 지운 마이는 상냥한 미소를 머금었다.

마이의 표정이 순식간에 변하는 모습을 보자, 왠지 소름이 돋았다. 하지만 그런 소리를 했다간 진짜로 화낼 것 같았기에 사쿠타는 참았다.

사쿠타는 문손잡이를 잡고 힘차게 열었다. 다음 순간, 퍽 하면서 뭔가와 부딪힌 문은 열리지 않았다. 문은 5센티미터 정도만 열렸다.

"윽……."

그 틈을 통해 카에데의 신음소리가 흘러들어왔다.

천천히 문을 열어보니 이번에는 제대로 열렸다.

방 앞에서는 카에데가 양손을 이마에 댄 채 주저앉아있었다.

"뭐하고 있는 거야?"

고개를 든 카에데와 사쿠타의 시선이 마주쳤다. 당황한 표정을 지은 카에데는 입을 뻐끔거렸다.

"아니에요."

사쿠타가 아직 아무 말도 하지 않았는데 카에데는 그런 소리를 했다.

"닌자 놀이를 하고 있었던 건 아니에요."

"나는 네가 우리 대화를 엿듣고 있었다고 생각했는데……."

좀 더 수준 높은 놀이를 하고 있었나 보다. 지난달에 읽었던 시대극 소설의 영향을 받은 것일까. 아무래도 그런 것 같았다.

"뭐, 마침 잘 됐어."

"뭐가 말이죠?"

사쿠타는 영문을 모르겠다는 표정을 짓고 있는 카에데를 자기 방으로 데리고 들어왔다.

그러자 카에데는 마이가 신경 쓰이는지 사쿠타의 등 뒤에 숨었다.

"안녕."

마이가 인사를 건네자 카에데는 살짝 고개를 내밀었다.

"아, 안녕하세요."

기어들어가는 목소리였지만 마이에게도 들린 것 같았다.

"카에데, 이건 마이 씨가 너한테 주는 거야."

사쿠타는 프릴이 달린 귀여운 원피스를 자신의 등에 찰싹 달라붙어 있는 카에데에게 내밀었다. 카에데는 당황한 채 그것을 받더니 그제야 떨어졌다.

"이게 뭔데요?"

카에데는 그렇게 말하면서 양손으로 원피스를 펼쳐보았다. 그리고 원피스에서 눈을 떼지 못했다. 아무래도 흥미가 생긴 것 같았다.

"귀여워요."

"입어보지 그래?"

마이가 그렇게 말하자 카에데는 의견을 묻듯 사쿠타를 쳐다보았다.

사쿠타가 천천히 고개를 끄덕이니 카에데는 더는 못 기다리겠다는 듯이 방을 나갔다.

여동생은 지금까지 본 적 없는 반응을 보였다.

역시 여자의 마음은 여자가 가장 잘 아는 것 같았다.

몇 분 후 돌아온 카에데는 부끄러운지 문틈으로 머리만 쏙 내밀었다.

"오빠, 웃지 않겠다고 약속해주세요."

"재미있으면 웃을 거야."

그러자 카에데는 고개를 문밖으로 뺐다.

"분명 잘 어울릴 테니까 걱정하지 마."

마이가 그렇게 말해주자, 카에데는 머뭇거리면서 방 안으로 들어왔다.

"어, 어떤가요?"

그것은 무릎 언저리까지 오는 시원한 느낌의 흰색 원피스였다. 체형이 날씬한 카에데에게 잘 어울렸다.

"응, 어울려."

"이런 건 처음 입어봐서 부끄러워요."

얼굴이 새빨개진 카에데는 부끄러워했다. 하지만 유리창에 비친 자신을 쳐다보는 표정은 왠지 즐거워보였다. 오른쪽으로 몸을 돌려보고 왼쪽으로 몸을 돌려보더니, 뒤돌아서기도 했다.

"오, 오빠, 어떤가요?"

"전혀 재미없어."

"솔직하게 귀엽다고 말해주는 게 어때?"

마이는 장난기 섞인 미소를 지었다.

아무래도 한시라도 빨리 화제를 바꾸는 게 좋을 것 같았다.

"마이 씨에게 고맙다고 해야지."

사쿠타는 마이를 향해 그렇게 말했다.

마이와 시선을 맞춘 카에데는 오빠의 등 뒤에 숨었지만—.

"고, 고마워요."

—자기 입으로 고맙다고 말하는데 성공했다.

"별 거 아냐."

"저, 저기……."

카에데는 힐끔힐끔 마이를 관찰했다.

"왜 그래?"

"카에데도, 마이 씨라고 불러도 될까요?"

"응. 그 대신, 나도 너를 이름으로 편하게 부를게."

"아, 예. 저, 저기……."

"응?"

"마이 씨에게 오빠는 어떤 존재인가요?"

"글쎄……."

마이는 생각에 잠긴 표정을 짓더니 사쿠타를 힐끔 쳐다보았다. 뭔가 꿍꿍이를 꾸미는 표정이 분명했다.

"후배 이상 애인 미만이라고나 할까?"

마이는 비아냥거림이 듬뿍 담긴 목소리로 그렇게 말했다.

"애, 애인이 될 수도 있는 건가요?"

"그건 사쿠타가 하기 나름이야. 나 외에도 사이좋은 여자애가 있는 것 같거든."

"오, 오빠, 정말인가요?"

"마이 씨, 거짓말 하지 마세요."

사쿠타가 올바른 정보를 카에데에게 전달하려고 생각하고 있을 때, 삐빗 하고 시계가 전자음을 냈다. 밤 열 시를 알리는 알람이었다.

"늦었으니까 돌아갈게."

마이는 침대에서 일어났다.

"이 방에 더 있었다간 사쿠타에게 무슨 짓을 당할지 모르겠거든."

"무, 무슨 짓을 할 건가요?"

카에데가 사쿠타의 얼굴을 쳐다보면서 말했다.

"그야 당연히 야한 짓이지."

사쿠타는 솔직하게 대답한 후, 마이와 함께 방을 나섰다.

"밖까지 배웅할게요."

두 사람은 현관에서 신발을 신었다.

"그래? 그럼 배웅 좀 받을게. 카에데도 다음에 봐."

"아, 예."

아직 가까이 다가가는 건 두려운지, 카에데는 사쿠타의 방에서 얼굴을 내밀더니 살며시 손을 흔들었다.

현관을 나선 사쿠타와 마이는 마침 이 층에 있던 엘리베이터에 탔다.

문이 닫히고 엘리베이터가 움직이기 시작하자 몸이 공중에 떠오르는 느낌이 희미하게 들었다.

"오늘 정말 고마웠어요."

"뜬금없이 무슨 소리를 하는 거야?"

"카에데가 나 말고 다른 사람과 이야기한 건 오래간만이거든요. 그게 너무 기뻐서요."

"사쿠타가 이렇게 솔직하게 나오니 괴롭히는 재미가 없네."

두 사람이 이야기를 나누는 사이, 엘리베이터는 1층에 도착했다.

그들은 오토 록인 유리문을 열고 밖으로 나갔다. 그러자 여름 특유의 후덥지근한 공기가 피부를 감쌌다.

"이제 여름이네."

해가 졌는데도 전혀 시원하지 않았다. 잠들기 힘든 계절이 시작된 것이다.

"마이 씨는 여름을 싫어해요?"

"자외선 차단 대책을 세우느라 고생이거든."

말은 그렇게 했지만, 마이의 말투는 「이미 익숙해졌어」라고 말하고 있었다.

"그래서 검은색 타이츠를 신는 거군요."

"그래. 모델 일도 해야 하잖아. ……그러는 사쿠타는 어때?"

"예?"

"여름 좋아해?"

"마이 씨의 맨다리를 감상할 수 없는 여름 따위는 오지 않는 편이 좋아요."

덥고 습기가 심하며 수영 수업 때는 가슴에 난 상처를 남들에게 보여줘야 하기에, 좋은 구석이라고는 전혀 없었다.

별 것 아닌 이야기를 하는 사이, 목적지에 도착하고 말았다. 맞은편 맨션이니 당연했다.

"연기를 하다 진심이 되지 않으면 좋을 텐데 말이야."

한 순간 대화가 끊긴 후, 마이는 문득 그런 말을 했다.

"예?"

"그 1학년 말이야."

"나는 일편단심 마이 씨라고 전에도 말했잖아요?"

"……."

마이는 사쿠타를 힐끔 쳐다보았다. 뭔가 할 말이 있는 눈치였다. 하지만 마이는—.

"모르면 됐어."

—그렇게 말한 후, 맨션 안으로 들어갔다.

"마이 씨?"

"잘 자."

오토 록인 문이 열리자, 안으로 들어간 마이는 사쿠타를 향해 돌아서면서 손을 흔들었다.

"잘 자요."

사쿠타 또한 가볍게 손을 흔들면서 그렇게 말했다.

문이 닫히자 마이는 건물 안으로 들어갔다. 그리고 그녀의 뒷모습은 완전히 시야에서 사라졌다.

그 모습을 본 후, 뒤돌아선 사쿠타는 카에데가 기다리고 있는 방으로 돌아갔다.

내일은 오전부터 점심때까지 아르바이트를 해야 하니 일찍 자는 편이 좋다. 그러는 편이 좋겠지만 사쿠타에게는 걱정거리가 하나 있었다.

"내일은 제대로 오겠지……?"

사쿠타는 자신의 생각을 엘리베이터 안에서 중얼거렸다.

그 의문에 대한 답은 그 누구도 해주지 않았다.

제3장

가짜 애인 시작했습니다

1

결론부터 말하자면, 다음날인 6월 29일은 무사히 찾아왔다.

"좋은 아침이야, 카에데."

아침에 카에데가 깨워준 덕분에 잠에서 깬 사쿠타는 아침 인사를 한 후, 침대 옆에 놓여 있는 자명종 시계를 향해 손을 뻗었다.

반쯤 뜬 눈으로 날짜를 확인해보니 『6월 29일, 일요일』이라고 표시되어 있었다.

"……."

이 상황을 기뻐해도 되는 걸까? 같은 날이 반복되고 있지 않지만 원인과 이유가 확실하지 않기 때문에 마음이 개운하지 않았다.

앞으로 두 번 다시 일어나지 않는다면, 누가 그렇다고 말해 줬으면 좋겠다. 혹시 또 일어날 가능성이 있다면, 역시 누가 그렇다고 말 좀 해줬으면 했다.

어느 쪽인지 알 수가 없으니 마음이 개운하지 않은 것이다.

"뭐, 코가 곁에 있다 보면 언젠가 알게 되겠지."

사쿠타는 고양이인 나스노를 쫓으며 방 밖으로 나가는 카에데를 쳐다보면서 혼잣말을 중얼거렸다.

토모에의 말도 안 되는 제안을 받아들인 것은 이번 사춘기 증후군의 상황을 알기 위해서이기도 했다. 불안한 마음을 떨

처내기 위해서는 역시 이 문제에 직접 관여해서 해결하는 수밖에 없다.

게다가 온갖 사춘기 증후군의 사례를 알게 되는 것에는 의미가 있다. 현재 카에데를 속박하고 있는 사춘기 증후군을 해결할 실마리를 찾을 수 있을지도 모르기 때문이다.

일단 카에데의 몸에서 상처가 사라지기는 했지만, 그것은 인터넷 환경과 거리를 두고 있기 때문에 지나지 않았다. 인터넷 상에 존재하는 타인의 악의를 접하면 카에데의 몸에는 또 상처가 생길 것이다.

그렇다고 해서 평생 동안 집에 틀어박혀 생활할 수는 없다.

카에데가 그런 불합리한 일을 겪게 할 수는 없었다.

"그건 그렇고, 아침에 일어날 때까지 내일이 며칠인지 알 수 없는 건 좀 그러네……."

사전에 내일 스케줄을 정해둘 수가 없었다. 어쩌면 전날이 되풀이될 수도 있기 때문이다…….

그런 복잡한 마음을 안은 채, 사쿠타는 오전부터 아르바이트를 하러 갔다. 그리고 홀 업무를 열심히 했다.

"내일 또 오늘이 찾아온다면, 나는 무보수 노동을 한 건가……."

같은 날이 반복된 만큼 월급이 가산되지는 않는 것이다.

아르바이트가 끝난 후, 사쿠타는 내일이 오게 해달라고 월

급의 신께 기도를 드렸다.

두 시가 지나고 퇴근을 위해 타임카드를 찍은 사쿠타는 패밀리 레스토랑을 나선 후, 에노전 후지사와 역으로 향했다.

사쿠타는 정기권을 보여주고 개찰구를 통과했다.

열차가 막 출발했는지 역 플랫폼 안은 한산했다.

자판기에서 페트병에 든 물을 산 사쿠타는 벤치에 털썩 앉았다. 사실 여기가 토모에와 만나기로 한 장소였다.

통학을 할 때 항상 이용하는 익숙한 역 플랫폼의 벽에는 다른 역에 있는 관광지나 명물을 소개하는 포스터가 붙어 있었다. 휴일 낮이라 그런지 이용객들의 분위기가 통학할 때와는 달랐다. 이 지역 사람들보다 관광을 하러 온 사람이 많았다. 이제부터 가마쿠라에 가는 듯한 아주머니 집단, 바다를 보러 온 가족들, 그리고 에노시마 데이트를 하는 젊은 커플도 있었다. 참고로 사쿠타와 토모에 또한 에노시마를 돌아볼 예정이었다.

역 플랫폼에서는 느긋하게 시간이 흘러가고 있었다. 바로 그때, 급한 발소리가 들렸다.

"마, 많이 기다렸지?"

고개를 들어보니 토모에가 배시시 웃으며 옆에 서있었다.

데님 천으로 된 반바지, 그리고 어깨와 끝자락에 프릴이 달린 민소매 블라우스 차림인 그녀는 걷기 편해 보이는 운동화를 신고 있었다. 그리고 아낌없이 드러난 맨다리를 가리듯,

푸른색과 흰색의 줄무늬가 시선을 끄는 마린 토트백을 양손
으로 들고 있었다.

여성스러움을 남기면서도 바닷가 데이트에 맞춘 상큼한 인
상의 옷차림이었다.

아무 말도 하지 않는 사쿠타의 앞에 선 토모에는 시선을 피
하며 난처해하고 있었다. 그녀의 표정에서는 긴장감과 부끄러
움이 느껴졌다.

"얼굴이 새빨간걸."

"서둘러 왔거든."

"그럼 됐어."

"데이트 같은 건 진짜로 아무것도 아니라구."

토모에는 변명을 하듯 그런 말을 덧붙였다.

"그런데 코가. 너, 5분 지각했어."

아르바이트를 하는 패밀리 레스토랑을 나서며 두 사람은 두
시 반에 여기서 만나기로 약속했다. 하지만 토모에는 35분에
도착했고 시곗바늘은 40분을 향해 나아가고 있었다.

"어쩔 수 없잖아. 준비하느라 시간이 걸렸단 말이야."

"준비라……."

사쿠타는 토모에의 온몸을 훑어보았다. 확실히 「준비했다」
고 말해도 납득이 될 만한 복장이기는 했다. 멋을 부린 느낌
이 물씬 들었다. 그리고 지나치게 화려하지 않았기에 적당한
선에서 주위와 잘 융화되고 있었다.

"왜, 왜 그래?"

"뭐, 귀엽네."

"귀, 귀엽다는 소리 하지 마."

"진짜로 귀여우니 어쩔 수 없잖아."

"두 번이나 말하지 마!"

"미니스커트가 아닌 건 감점 대상이지만, 맨다리니까 용서해줄게."

"다리만 쳐다보는 것도 금지야."

토모에는 맨다리를 가리려는 것처럼 그 자리에서 몸을 웅크리더니 두 다리를 꼭 끌어안았다.

"내 다리가 굵다는 건 알고 있다구."

토모에는 희미하게 젖은 눈동자로 사쿠타를 올려다보았다. 사쿠타는 그 눈빛을 보니 그녀를 더 괴롭혀주고 싶었다. 바로 그때, 반바지에 감싸인 동그란 엉덩이가 사쿠타의 눈에 들어왔다.

"엉덩이에 관해서도 아무 말 하지 마."

사쿠타의 시선이 어디를 향하고 있는지 눈치챈 토모에가 그렇게 말했다. 의외로 눈치가 빨랐다.

"어째서?"

"펑퍼짐하잖아."

토모에는 무뚝뚝한 표정을 지으며 자백했다.

"분명 건강한 아기를 낳을 거야."

"이, 이상한 칭찬 하지 마!"

토모에는 오늘 들어 가장 크게 동요했다.

"정말 못 말린다니깐!"

귀까지 새빨개진 토모에는 주위 사람들이 자신들의 대화를 듣고 있지는 않을지 신경 썼다.

"그런 옷은 어디서 팔아?"

"응? 그야 평범한 가게에서······."

"어디 있는데?"

"왜 그런 걸 묻는 거야?"

"아르바이트 비를 받으면 여동생에게 옷을 사줄까 싶어서 말이야."

마이에게도 카에데의 복장에 신경 쓰라는 이야기를 들었다. 그리고 나이로 볼 때 토모에와 카에데는 한 살 차이라서 참고가 될 거라는 생각이 들었다.

"선배, 여동생이 있구나. 몇 살이야?"

토모에는 사쿠타의 옆에 앉으며 물었다.

"코가보다 한 살 적어. 뭐, 그래도 코가보다 커."

"딱히 가슴 크기는 안 물어봤거든?"

"딱히 가슴 이야기는 안 했거든? 키를 말한 거라고."

"아, 알고 있었어······. 아, 맞다. 선배, 메신저 ID 가르쳐줘!"

토모에는 중요한 게 생각났다는 듯 토트백에 달린 주머니에서 스마트폰을 꺼냈다.

"뭐?"

"좀 늦는다고 연락을 하려고 했는데, 나는 선배의 ID를 몰라."

토모에는 불만을 표시하듯 입술을 삐죽 내밀었다.

"내가 잘못했다는 거야?"

"지각한 건 내 잘못이지만…… 미안해."

이번에는 순순히 사과했다.

"뭐, 5분 정도 늦었다고 쓴 소리를 할 생각은 없지만 말이야."

"이미 했잖아. 그것보다 ID 가르쳐줘."

토모에는 스마트폰을 조작해 ID를 등록할 준비를 하면서 말했다.

"그런 거 없어."

"뭐?"

"없어."

"어플리케이션을 안 쓰는 거야?!"

마치 그런 사람이 이 세상에 존재한다는 게 믿기지 않는 반응이었다.

하지만 이 정도 일로 놀라서는 곤란했다.

"나는 스마트폰도, 핸드폰도 안 써."

"뭐?"

토모에는 영문을 모르겠다는 표정으로 눈만 깜빡거렸다.

"잠깐만, 그게 무슨 소리야?"

"폰이 없다는 소리지."

사쿠타는 양손을 가볍게 들어 보이면서 이실직고를 했다. 과거에 바다로 던져버린 것이다. 미네가하라 고등학교의 합격 발표 당일, 사쿠타는 시치리가하마의 바다를 향해 폰을 던져버렸다. 카에데의 주위에서 인터넷 환경을 없애기 위해서였다.

"이해가 안 되네."

"이해해줘."

"그럼 선배는 대체 어떻게 사는 거야?!"

"사람은 스마트폰이 없으면 죽기라도 하는 거야?"

"죽는다구!"

토모에는 힘찬 목소리로 단언했다.

"죽은 거나 마찬가지란 말이야……."

토모에는 좀비라도 보는 시선으로 사쿠타를 쳐다보았다. 그런 토모에의 얼굴은 믿기지 않는다는 표정을 지은 채 새파랗게 질려 있었다.

"아, 열차가 왔네."

아직도 뭐라고 하는 토모에를 무시한 사쿠타는 가족 일행의 뒤를 이어 열차에 탔다.

"아, 기다려."

토모에도 허둥지둥 그 뒤를 따랐다.

출발 시각을 알리는 벨이 울린 후, 문이 천천히 닫혔다.

그리고 열차는 조용히 달리기 시작했다. 좌석에 나란히 앉은 사쿠타와 토모에의 몸이 좌우로 흔들리고 있었다.

토모에는 한 동안 「믿기지 않아」라고 중얼거렸지만, 다음 역인 이시가미 역에 도착할 즈음에는 갑자기 조용해졌다.

또 열차가 달리기 시작했다. 바로 그때, 사쿠타의 오른쪽 어깨가 묵직해졌다. 토모에가 고개를 기댄 것이었다. 옆을 바라보니 토모에는 입을 반쯤 벌린 채 졸고 있었다.

"인마."

사쿠타는 토모에의 이마에 가볍게 꿀밤을 날렸다.

"아얏."

토모에는 양손으로 이마를 부여잡은 채 원망 섞인 눈길로 사쿠타를 쳐다보았다.

"너무 느닷없이 잠드는 거 아냐?"

"어제 거의 못 잤단 말이야."

"데이트가 기대되어서?"

"어젯밤 두 시 넘어서까지 그룹 메시지를 했거든……. 그 후에 동물이 나오는 재미있는 동영상을 보고 나니 아침이더라구. 그리고 데이트 예행연습을……."

토모에는 양손으로 입을 가린 채 하품을 크게 했다. 화장이 흐트러지지 않도록 눈물을 서둘러 닦더니 토트백에서 꺼낸 거울로 얼굴을 살폈다.

"코가는 어제가 아르바이트 첫 날이었지?"

"응."

"엄청 피곤했지?"

익숙하지 않은 일을 하고 나면 인간은 평소보다 더 지치는 법이었다.

"엄청 피곤했어."

"그럼 일찍 자라구."

"다들 깨어있는데 나만 잘 수는 없어."

"그럼 한가할 때 동영상을 보면 됐잖아."

"다들 봤다는 데 나만 안 볼 수는 없잖아. 그리고 그 영상 이야기라도 하면 나만 꿀 먹은 벙어리가 되어야 한다구. 게다가 레나가 추천한 거란 말이야."

"또 레나냐……."

친구 관계를 유지하는 것도 고생이 많은 것 같았다.

"아, 맞다. 감상을 말하는 걸 깜빡했네."

토모에는 스마트폰을 꺼내더니 곧 무료 통화 어플리케이션의 메시지 기능을 켰다. 그리고 익숙한 손놀림으로 엄청 좋았다는 의미가 담긴 메시지를 입력했다.

곧 답장이 왔다.

힐끔 쳐다보니 「이것도 추천」이라고 적혀 있었다. 토모에는 오늘 밤에도 수면 시간을 줄여야 할 것 같았다.

그렇게 생각하고 있을 때, 토모에가 이 자리에서 동영상을 재생시켰다. 굼떠 보이는 판다가 자그마한 액정 화면 안에서 엉덩방아를 찧었다. V자 모양으로 다리를 벌리자 사타구니가 훤히 드러났다.

그 영상이 끝나기도 전에 열차는 목적지인 에노시마 역에 도착했다.

"자아, 내리자."

사쿠타는 스마트폰 화면에 정신이 팔린 토모에의 팔을 잡아끌면서 플랫폼으로 나갔다.

에노시마 역은 에노전 열차가 정차하는 역 중에서는 큰 편에 속한다. 쇼난 모노레일로 갈아탈 수도 있다. 조금 걷다보면 용궁성을 이미지한 역 건물이 눈길을 끈다. 오다큐 에노시마 선의 카타세 에노시마 역이기도 했다. 참고로 어느 역도 에노시마라는 이름의 섬에 있지는 않았다. 전부 에노시마의 근처에 있는 역이었다.

역을 나선 사쿠타와 토모에는 남쪽을 향해 걸음을 옮겼다. 즉, 바다가 보이는 방향이다. 이곳에 부는 바람에서는 여름 향기가 났다.

길 양쪽에 상점이 줄지어 세워져 있는 이 돌길의 이름은 스바나 도오리다. 멋스러운 카페도 있어서 휴일에는 많은 사람들이 이곳을 찾는다. 오늘은 특히 커플이 많았다.

"커플만 잔뜩 있네."

"일요일이잖아."

"우리도 커플 같아 보일까?"

"그렇게 안 보일걸?"

"왜?"

"그야⋯⋯."

사쿠타는 자신과 토모에 사이의 거리를 눈으로 쟀다. 추정 거리는 1미터를 살짝 넘는 것 같았다. 폭이 좁은 이 길에서 이 만큼이나 떨어져 걷는다면 타인이라고 해도 과언이 아니었다. 그 사실을 증명하듯, 아까부터 사람들이 사쿠타와 토모에 사이를 태연하게 지나고 있었다. 커플 같아 보였다면 그러지 않았으리라.

사쿠타의 시선에 담긴 의미를 눈치챈 토모에는 간격을 좁혔다. 1미터 초과에서 1미터 미만으로 줄어들었다.

"이 정도면 돼?"

"저 정도는 되어야 한다고."

사쿠타는 앞에서 걸어오고 있는 대학생 커플을 눈짓으로 가리켰다. 그들은 때때로 어깨가 부딪힐 만큼 가까운 거리에서 걷고 있었다.

그 모습을 본 후에야 토모에는 사쿠타의 바로 옆으로 다가왔다.

"그리고 저런다든가?"

사쿠타와 비슷한 또래로 보이는 풋풋한 느낌의 커플이 밖에 놓인 카페 메뉴를 살펴보고 있었다.

여친은 남친의 다섯째와 넷째 손가락을 잡고 있었다.

"남자와 교제해본 경험이 있는 코가라면 저 정도는 아무 것도 아니지?"

"다, 당연하지."

토모에는 머뭇거리면서 손을 뻗었다. 그 손은 사쿠타의 손이 아니라 다른 것을 움켜잡았다. 그것은 사쿠타가 허리에 찬 벨트의 끝부분이었다.

아무래도 옛 애인과는 꽤 건전한 교제를 했던 것 같았다. 그런 인물이 진짜로 존재한다는 가정 하에서의 이야기지만 말이다…….

토모에는 이게 한계라는 듯 부끄러워 하며 고개를 푹 숙였다.

체구가 아담한 토모에가 그러니까 이상하게도 귀여워 보였다. 하지만 문제는―.

"개가 된 기분이네."

―라는 점이다.

"아, 우리 집은 개를 키워."

"우리 집 애완동물은 고양이야. 그것보다, 지금은 무리해가면서 애인인 척 할 필요는 없지 않아?"

학교 안이라면 몰라도 모르는 사람들을 속일 필요는 없다.

"그게 그렇지도 않다고 할까…….."

토모에는 말끝을 흐리면서 노골적으로 고개를 숙였다.

"저기…… 선배에게 해둘 말이 있어."

돌길이 끝나자 눈앞에 바다가 펼쳐졌다.

그 바다 위에는 지금 두 사람이 향하고 있는 에노시마가 떠 있었다. 활처럼 휘어진 사가미 만에서 툭 뛰어나와 있는 육계도[#2]다. 그곳의 서쪽으로 오다와라와 하코네, 날씨가 좋으면 후지 산도 보이지만 구름이 낀 오늘은 희미하게 윤곽만 확인할 수 있었다.

"혹시 뒤쪽에서 몰래 따라오고 있는 3인조에 관한 거야?"

에노시마 역에 도착했을 때부터 시선이 느껴졌다. 토모에를 쳐다보는 척하면서 뒤편을 보니 레나와 히나코, 아야로 보이는 이들이 눈에 들어왔다.

"눈치챘었구나."

"코가도 계속 수상쩍게 움직였거든."

"그, 그래?"

이제 대충 데이트를 하는 척 하다 사진 몇 장 찍는 정도로는 부족해졌다. 저 세 사람이 계속 쳐다보고 있으니, 선배 이상 애인 미만 같은 거리를 유지하기 위해 계속 신경을 써야만 하는 것이다.

"레나가 선배를 심사하겠다면서……."

"그 애는 어제부터 계속 의심했었잖아."

그것도 두 사람의 관계를 의심하는 것이 아니라 사쿠타의

#2 육계도 섬과 육지 사이의 얇은 바다에 모래가 퇴적되어 생긴 사주를 통해 연결되는 경우가 있는데, 이런 섬을 육계도라 한다.

인간성을 의심하고 있었다. 한 달 전에 전교생 앞에서 마이에 게 고백을 한 사쿠타가 아무렇지도 않게 토모에로 갈아타버리 린 게 믿기지 않는 것 같았다. 그런 상대와 토모에가 사귀어도 괜찮을지, 레나는 걱정하고 있는 것이리라.

"우정이라는 건 정말 멋진 거네."

"왠지 그 발언에서 악의가 느껴져."

그 우정 탓에 상황이 골치 아파졌으니 푸념이 나오지 않을 수가 없었다.

솔직히 말해 남이 쳐다보는 것을 알면서도 광대 짓을 해야 한다고 생각하니 기분이 나빴다. 들키지 않을 거라고 순진하게 믿고 있는 하급생에게 인생의 쓴맛을 가르쳐주는 것 또한 선배의 몫이리라.

"코가, 예정을 변경하자."

"어? 우왓!"

사쿠타는 직진하려하는 토모에의 팔을 잡아당기면서 134호선을 따라 나있는 길 쪽으로 진로를 변경했다. 시치리가하마를 등지고 선 그는 바다로 이어진 사카이 강에 걸린 다리를 건넜다.

"어쩌려는 거야?"

토모에는 사쿠타의 갑작스러운 행동 탓에 당황한 것 같았다.

"저기에 가자."

다리를 건너자마자 눈에 들어온 것은 바다 근처에 세워진

네모난 대형 건축물…… 수족관이었다.

티켓 두 장을 구매한 후 수족관에 들어간 사쿠타와 토모에를 맞이한 것은, 사가와 만에 서식하는 온갖 종류의 바다생물들이었다. 그 생물들은 아래층까지 이어진 거대한 수조 안을 힘차게 헤엄치고 있었다. 머리가 삼각형 모양인 상어, 맛있어 보이는 도미, 우아하게 선회하고 있는 바다거북이도 있었다. 가오리 두 마리는 사람 얼굴처럼 보이는 배를 드러낸 채 눈앞을 가로질렀다. 수천 마리는 될 정어리는 무리를 이룬 채 빙글빙글 돌면서 수조 한 가운데에서 불가사의한 구체를 자아내고 있었다.

조그마한 어린애들은 수조에 찰싹 달라붙어 약동하는 바다생물들을 뚫어져라 쳐다보고 있었다. 토모에도 그 아이들에게 섞여 특등석을 차지했다. 그런 토모에의 눈앞을 거대한 상어가 가로질렀다.

"꺄아."

토모에는 귀여운 비명을 지르면서 엉덩방아를 찍듯 뒤쪽으로 쓰러졌다. 토모에의 등 뒤에 서있던 사쿠타의 발치에 그녀가 자랑하는 엉덩이가 닿았다.

레나 일행의 시선을 받고 있는 가운데, 사쿠타는 애인답게 토모에를 일으켜줬다.

입장료라는 벽이 있으니 레나 일행이 따라오지 못할 거라고 생각했으나 생각대로 되지 않았다. 하지만 바깥보다는 레나 일행의 움직임을 억제할 수 있었기에 기회를 봐서 반격을 할 생각이었다. 순순히 구경거리가 될 만큼 사쿠타는 어른스럽지 못했다.

거대 수조를 감상한 사쿠타와 토모에는 정해진 길을 따라 안쪽으로 이동했다.

따뜻한 바다에서 서식하는 화려한 색깔을 지닌 물고기들, 그리고 심해에서 사는 불가사의한 생물들이 모습을 드러냈다. 해파리 에어리어는 조명이 어두워서 플라네타륨 같은 분위기였다.

걸음을 멈춘 커플이 사진을 찍는 모습이 눈에 들어왔다.

해파리들은 천천히 헤엄을 치고 있었다.

"귀여워."

토모에도 스마트폰을 꺼내더니 사진을 찍고 있었다.

과자처럼 생긴 해파리도 있었다.

"마카롱 같아."

토모에도 같은 생각을 했나 보다.

"선배, 사진 찍자."

스마트폰을 넘겨받은 사쿠타는 토모에와 해파리를 같이 찍으려 했다.

"저런 식으로 말이야."

토모에의 시선은 옆에 있는 수조 앞에서 어깨를 맞대고 있는 커플을 향하고 있었다. 남자가 쥔 스마트폰의 카메라는 그들 자신을 향하고 있었다.

사쿠타는 토모에가 원하는 대로 그녀에게 다가갔다. 어깨가 닿자 토모에는 희미하게 반응했다. 옆쪽을 힐끔 쳐다보니 토모에의 얼굴은 긴장으로 가득 차 있었다.

사쿠타는 개의치 않으면서 셔터를 눌렀다.

찍은 사진을 둘이서 확인해보니, 아니나 다를까 토모에의 표정이 딱딱했다.

"선배, 눈에 생기가 없어."

"평소와 다름없잖아."

"그럼 평소에도 눈에 생기가 없는 거구나."

토모에는 긴장이 풀렸는지 즐겁게 웃고 있었다.

정해진 길을 따라 가보니 많은 사람들의 기척이 느껴졌다. 수족관 한편에 많은 사람들이 모여 있었다.

바위로 된 해안을 재현한 수조 안에는 약 오십여 마리의 훔볼트 펭귄이 있었다.

마침 쇼가 시작됐는지 안쪽에서는 인터컴을 착용한 사육사 아저씨가 나왔다.

"보고 갈까?"

"응."

그 사육사 아저씨는 훔볼트 펭귄의 특징을 자세하게 설명했다. 배에 있는 무늬는 한 마리 한 마리가 다 다르며, 형제자매나 부모는 그 무늬가 비슷할 수도 있다고 한다. 그리고 펭귄

한 마리를 안아들더니 유리 너머에 있는 이들에게 잘 보이도록 들어 보였다.

그러다 다른 펭귄들이 사육사의 발치로 몰려들었다. 그가 오른쪽으로 가자 뒤뚱거리면서 오른쪽으로 갔고, 왼쪽으로 가면 또 뒤뚱거리면서 왼쪽으로 걸어갔다.

이곳저곳에서 「귀여워」라는 목소리가 들려왔다.

"귀여워. 정말 귀여워."

토모에 또한 눈을 반짝이면서 그렇게 말했다.

육상에서 귀여운 모습을 보여준 후에는 물속을 헤엄치는 멋진 모습을 보여주는 것 같았다. 어떻게 하나 보니, 사육사가 조그마한 생선을 물속을 향해 집어던졌다.

그러자 펭귄들은 일제히 물속으로 뛰어들었다. 펭귄들은 물속을 총알처럼 헤엄쳤다. 그 모습은 마치 날고 있는 것처럼 보였다. 하늘을 날지 못하는 펭귄들은 물속을 나는 것 같았다.

"저 펭귄……."

"응?"

토모에는 갑자기 바위 밭 구석을 쳐다보았다.

생선을 쫓아다니는 펭귄들과는 다른 한 펭귄이 느긋하게 낮잠을 자고 있었다.

"왠지 선배를 닮은 것 같아."

"내 다리가 저렇게 짧아 보여?"

"다들 쇼에 참가하고 있는데 혼자서 농땡이를 피우는 게 닮

앞어."

"그럼 코가는 선두 바로 뒤에 있는 저 활기찬 펭귄이겠네?"

그럴 경우 선두는 카시바 레나다. 사육사가 던진 생선은 결국 네 마리의 펭귄이 독점해서 먹어치웠다. 펭귄 사회에도 서열이 존재하는 것이리라.

"나는…… 뒤쪽에서 다른 애들을 쫓아가는 펭귄이야."

토모에는 작은 목소리로 그렇게 말했다.

"하긴, 엉덩이도 크니 어쩔 수 없겠네."

"지금 진지한 이야기를 하고 있다구."

양손으로 엉덩이를 가린 토모에는 사쿠타를 노려보듯 올려다보았다. 그 모습이 왠지 펭귄 같아 보였다.

"왜 저 펭귄은 다른 애들과 떨어져 있는 걸까?"

구석에서 낮잠을 자다 깬 펭귄은 고개를 두리번거리면서 주위를 둘러보았다. 그 사실을 눈치챈 사육사가 「드디어 깬 것 같군요. 쇼는 이미 끝났지만 말이죠」라고 말하면서 관객들의 웃음을 자아냈다.

하지만 펭귄은 개의치 않는다는 듯 다시 드러누웠다. 그러자 관객들이 또 웃음을 터트렸다.

"다들 비웃는데도 아무렇지도 않아 보여……. 정말 선배를 쏙 빼닮았네."

토모에는 미소를 짓고 있었다.

그렇게 펭귄 쇼는 성황리에 막을 내렸다.

모여 있던 손님들이 흩어졌다.

사쿠타는 옆에 있는 바다표범 수조 앞에 토모에를 남겨둔 후, 화장실에 다녀오겠다며 그 자리를 벗어났다.

하지만 화장실에 가지 않은 사쿠타는 수족관의 길을 따라 이동했다. 펭귄 쇼를 보다 레나, 히나코, 아야, 세 사람을 발견했던 것이다.

일단 입구로 돌아간 사쿠타는 빠른 걸음으로 길을 따라 이동했다. 그리고 매점 기둥 뒤편에서 레나 일행을 발견했다. 그녀들은 바다표범을 보고 있는 토모에를 한창 쳐다보고 있었다.

"신기한 물고기라도 있는 거야?"

그런 그녀들의 뒤로 다가가 말을 걸었다.

히나코와 아야는 움찔 했다. 하지만 레나는 태연한 얼굴로 사쿠타를 돌아보았다.

"선배도 여기에 왔군요."

배짱이 정말 좋았다.

"여고생은 한가한가 보네."

"바빠요."

"그래 보이지는 않는걸?"

"선배야말로 토모에를 내버려둬도 괜찮은 건가요?"

"아, 저기 좀 봐!"

오늘도 도수가 없어 보이는 안경을 쓴 히나코가 대화에 끼어들었다. 그녀의 눈은 기둥 뒤편에서 토모에를 쳐다보고 있었다.

사쿠타도 무슨 일인가 싶어 그쪽을 쳐다보았다.

남자 두 명이 토모에에게 말을 걸고 있었다. 둘 다 머리카락이 갈색이며 지갑 체인을 허리에 달고 있었다. 그리고 샌들을 신고 있었다.

같이 돌고래 쇼를 보러 가자고 하는 걸까. 남자 중 한 명이 손가락으로 바깥을 가리키고 있었다.

"왠지 무서워 보이는 사람이네."

토모에가 사양하려는 것처럼 가슴 앞에 든 손을 내젓자, 한 남자가 그 손을 움켜잡았다.

"어떻게 할까?"

히나코는 판단을 내려달라는 표정으로 레나를 쳐다보았다.

사쿠타는 그런 그녀들의 옆을 지나더니 기둥 뒤편에서 나갔다. 그리고 토모에를 향해 다가가더니—.

"잠시 눈을 뗀 사이에 헌팅 당하지 좀 말라고."

—하고 말하면서 그녀의 머리를 손날로 가볍게 때렸다. 그리고 그녀의 어깨를 잡아당겨 갈색 머리 남자에게서 떼어놓았다.

"뭐야. 애인하고 같이 온 거야?"

남자의 눈동자 안쪽에서 약간의 짜증이 느껴졌다.

"선배, 화장실 갔다 왜 이렇게 늦은 거야?"

토모에가 작은 목소리로 항의했다.

"큰 거였거든."

실은 다른 볼일을 보고 왔지만 갈색 머리 두 명의 의욕을 떨어뜨리기에는 충분했던 것 같았다.

"데이트 중에 큰 거를 보고 온 거냐? 거 대단하네."

그 두 사람은 코웃음을 치면서 멀어져갔다.

"저 녀석들도 친구가 동경하는 선배야?"

건들거리는 그들의 뒷모습을 쳐다보면서 사쿠타는 토모에게 작은 목소리로 물었다.

"말도 안 되는 소리 하지 마."

그리고 토모에 또한 작은 목소리로 말했다.

"그럼 후딱 거절하라고."

"그게……."

"무슨 문제라도 있어?"

"저 사람들이 갑자기 말을 걸어와서 깜짝 놀랐거든."

"그런 거에는 빨리 익숙해지는 편이 좋아."

다음 주부터 근처 해수욕장이 전부 오픈한다. 그렇게 되면 바닷가 근처 마을에는 사랑을 쫓는 사냥꾼들이 많이 발생할 것이다.

"왜, 나일까?"

"너, 자기 얼굴을 거울에 비춰본 적 없어?"

"매일 봐~."

토모에는 수조 유리에 비친 자신의 얼굴을 쳐다보고 있었다.

"어떻게 생각해?"

"……내가 아닌 것 같아."

토모에는 고개를 숙이면서 그런 소리를 했다.

2

수족관에서 나온 사쿠타와 토모에는 에노시마로 이어지는 벤텐 다리 위에 있었다.

바람과 파도 소리, 그리고 바닷물 냄새가 온몸을 감쌌다. 해수면과 가깝기 때문인지 바다 위를 걷고 있는 느낌이 들어서 기분 좋았다.

반 정도 지나간 후, 걸음을 멈춘 사쿠타는 뒤를 돌아보았다. 세 걸음 정도 떨어져서 걷던 토모에도 반사적으로 멈춰 섰다.

고개를 숙인 토모에는 왠지 기운이 없어 보였다. 수족관에서 나온 후부터 계속 뭔가를 생각하고 있는 눈치였다.

"혹시 남편 그림자도 안 밟는 현모양처 놀이 해?"

"아냐."

"그럼 무슨 사정이 있는 커플 놀이?"

토모에는 천천히 거리를 좁혔다.

사쿠타의 옆에 선 토모에는 난간에 양손을 얹더니 「하아」 하고 한숨을 내쉬었다. 구름 사이로 쏟아지는 붉은 저녁노을

이 토모에를 비췄다.

"선배한테는 내가 후쿠오카 출신이라는 걸 이야기했었지?"

"고향 자랑이라도 하려는 거야?"

"아냐."

"그럼 뭔데?"

사쿠타는 난간에 등을 기대면서 말했다.

"중학교 때의 나는 지금과 완전히 달랐어."

토모에는 다리 밑에 있는 해수면을 응시했다.

"그 때 사진, 볼래?"

"흥미 없어."

"이거야."

토모에는 울컥한 표정으로 스마트폰의 화면을 사쿠타의 얼굴 앞에 내밀었다.

보고 싶지 않은 데도 눈에 들어왔다.

고풍스러운 세일러복이었다. 치맛자락이 무릎 밑까지 내려오니 엄청 촌스러웠다. 게다가 화면 안의 토모에는 댕기머리를 하고 있었다.

"이거…… 완전 촌티가 풀풀 나네."

"그래서 보여주고 싶지 않던 거야."

"코가가 억지로 보여줬던 것 같은데?"

"아빠가 전근해서 도쿄에 오게 됐는데……."

"여기는 카나가와야."

"사소한 건 신경 쓰지 마. 어차피 도쿄 근처잖아."

"뭐, 알았어."

"반에서도 그다지 눈에 띄지 않는 그룹이었어."

"흐음……."

"도시에서는 촌스러우면 친구가 생기지 않을 뿐만 아니라, 괴롭힘을 당할 거라고 생각했어."

"뭐, 그런 일도 있기는 해."

"그래서 아빠가 전근하게 된 걸 1월 초에 알고…… 이쪽으로 이사할 때까지, 석 달 동안 여러모로 연구했어."

토모에는 자신의 머리카락을 손가락으로 만졌다.

"처음으로 화장도 해봤고, 잘 나가는 미용실에 가서 헤어스타일도 바꿨어……. 복장도 패션잡지를 읽으면서 연구했고, 말투도 특훈을 했더니…… 이렇게 된 거야."

"마음에 들지 않는 거야?"

"뭐?"

"지금의 자신이 말이야."

토모에는 그 질문을 듣고 잠시 동안 생각에 잠겼다. 그리고 어느 정도 시간을 둔 후, 자기 자신의 마음을 확인하듯 말했다.

"……마음에 들어. 그것도 엄청."

"그럼 왜 고민하는 거야? 정말 성가시네."

"마, 말이 너무 심하잖아!"

"어차피 사춘기 소녀답게 「진짜 나는 이런 애가 아냐」 같은 생각을 하고 있는 거지?"

"그, 그래."

"진짜 귀찮네~."

"너무해!"

"뭐, 그래도 괜찮지 않아?"

"뭐가?"

"그게 코가잖아. 예전에 어쨌든 간에 지금의 그 모습이 코가, 바로 너야."

"선배가 무슨 자격으로 그런 소리를 하는 건데?"

자신에 대해 뭘 아냐는 시선이 사쿠타에게 꽂혔다.

"계기가 어찌 되었든 코카는 이런 모습이 되기 위해 노력한 거지?"

"으, 응……."

"그리고 지금의 자신이 마음에 들지?"

"응."

"그런데 지금 모습을 보며 자기 같지 않다고 하는 건 좀 그렇잖아."

"……."

"뭐, 그러니까 신경 쓰지 마."

"……왠지 분해."

"뭐?"

"선배에게 구슬려지는 느낌이 들어."

"인마."

사쿠타가 불평을 늘어놓으려고 한 순간, 토모에가 스마트폰에 정신이 팔려 시선을 뗐다.

"아, 레나한테서……."

토모에는 화면을 조작해 메시지를 펼쳤다.

"뭐래?"

"……『두 사람 꽤 괜찮은 느낌이야. 선배도 의외로 괜찮은 사람 같아』래."

"의외라는 건 좀 너무하잖아."

"『선배 말이, 의외라는 건 좀 너무하대』 하고 송신할게."

"보내지 마."

"이미 보냈어……. 아, 답장 왔어.『뭐어?』래."

"아, 그렇습니까."

여고생 간의 대화에 참가해봤자 피곤할 뿐이다.

"자, 에노시마에 갈 거지?"

"응…… 아, 잠깐만 기다려."

토모에는 갑자기 다리 옆에 펼쳐진 모래사장을 쳐다보았다. 해가 기울어서 그런지 인파가 줄어든 물가에 누군가 있다. 고개를 숙인 채 뭔가를 찾고 있는 것 같았다. 체격으로 볼 때 여자였다. 이렇게 떨어진 곳인데도 당황한 기색이 강하게 느껴졌다.

"요네야마 양이야."

"아는 사람이야?"

"같은 반인 요네야마 나나 양이야."

일부러 풀 네임을 외우고 있는 게 토모에답다고 생각했다. 사쿠타는 반 친구의 성만 알고 이름은 거의 기억하지 못했다.

에노시마를 등지고 선 토모에는 왔던 길을 되돌아가기 시작했다. 그리고 대로에서 벗어나더니 모래사장으로 내려갔다. 혼자서 에노시마에 가봤자 아무 소용없었기에 사쿠타도 그녀를 쫓아갔다.

물가에 다가가보니 요네야마 나나의 모습이 자세히 보였다. 검은 테 안경을 썼으며 머리카락은 중학생처럼 둘로 나눠 묶은 후, 가슴 쪽으로 늘어뜨리고 있었다. 무릎 밑까지 오는 치마와 감색 카디건을 입은 그녀의 키는 토모에와 비슷해 보였으며, 인상만 보면 꽤 얌전해 보였다. 도서관이 어울려 보이는 애였다.

그런 나나는 금방이라도 울음을 터뜨릴 것 같은 얼굴로 모래사장 위에서 왔다 갔다 하고 있었다.

"요네야마 양."

토모에의 목소리를 들은 그 소녀는 겁먹은 것처럼 온몸을 부르르 떨었다.

고개를 들어 토모에를 본 그녀는 또 겁먹은 반응을 보였다.

"저 애한테 무슨 짓이라도 한 거야? 엄청 겁먹은 것 같잖아."

사쿠타는 작은 목소리로 토모에에게 물었다.

"아, 아무 짓도 안했어."

"그러자 토모에 또한 작은 목소리로 대답했다.

"코가 양…… 그, 그리고 ……돌고 돌아 괜찮아진 선배가 어째서……."

"그거, 진짜로 1학년들에게 스며들어 있구나."

사쿠타와 시선이 마주치자 나나는 아까보다 더 겁먹은 듯한 반응을 보이더니―.

"죄, 죄송해요."

―하고 사과했다.

"선배야말로 무슨 짓을 한 거야?"

토모에는 기회라는 듯 반격을 했다.

"아직 아무 짓도 안 했어."

"앞으로도 하지 마."

토모에는 힐끗 쳐다보면서 쐐기를 박았다.

"요네야마 양, 무슨 일이야?"

그리고 토모에는 상냥한 목소리로 말을 걸었다.

"아, 아무 것도 아냐."

아무리 봐도 뭔가 사정이 있는 태도였다.

"뭘 찾고 있는 거야?"

"으, 응."

토모에가 질문을 바꾸자 이번에는 고개를 끄덕였다.

딱히 무슨 일이 있었던 것이 아니라 낯가림이 심한 나나는,

반에서 제대로 이야기해 본 적도 없는 토모에와 이런 데서 마주치고 당황한 것으로 보였다. 게다가 좋지 않은 소문을 달고 다니는 사쿠타도 토모에의 옆에 있었기에, 어떤 식으로 대해야 할지 감이 오지 않아 보였다.

"나도 같이 찾아줄게. 뭘 잃어버린 거야?"

"괘, 괜찮아. 코가 양은 카시바 양의 그룹이잖아."

꽤 별난 이유로 사양하네, 하고 사쿠타는 생각했다.

그와 동시에 방금 그 말을 통해 토모에가 소속된 반의 세력도를 얼추 파악할 수 있었다.

요네야마 나나는 겉보기에도 수수한 애였다. 잘 나가는 애특유의 오라를 마구 뿜고 있는 토모에, 그리고 토모에가 소속된 레나 그룹의 여자애들과는 분위기가 달랐다. 그래서 주눅이 든 것이리라.

중학생 시절의 토모에는 지금의 나나보다 더 촌스러웠다는 걸 가르쳐주고 싶어졌다.

하지만 방금 토모에의 노력을 인정했으면서 그런 소리를 하는 것은 좀 그렇다고 생각하여 참았다.

"셋이서 찾는 편이 빠르겠지."

사쿠타는 뭘 찾는지 모르지만 모래사장 위를 쳐다보며 걸음을 옮겼다.

"선배도 저렇게 말하잖아."

"으, 응……. 스트랩이야."

"어떤 거야?"

"조그만 해파리 인형이 달렸어. 수족관에서 산거야."

"어떤 색인데?"

"약간 투명한 느낌의 파란색이야."

"소중한 거지?"

"응…… 친구들과 골든위크 때 다 같이 산거야."

그런 걸 혼자만 잃어버린다면 확실히 거북할 것이다.

새로운 것을 산다고 해결되는 문제는 아닐 것이다. 나나에게 있어서 친구와 같이 산 녀석이 아니면 아무런 의미도 없는 것이다.

"이 주변에 떨어뜨린 건 틀림없는 거야?"

"죄, 죄송해요. 그것도 확실하지 않아요."

"사과하지 않아도 돼."

시선을 맞추면 또 겁먹을 것 같았기에 사쿠타는 고개를 숙인 채 손만 내저었다. 이렇게 노골적으로 겁을 먹으니 우울했다.

"선배는 이상한 사람이기는 해도, 무서운 사람은 아냐."

토모에가 무례하기 그지없는 표현으로 사쿠타를 감싸줬다. 사쿠타로서는 토모에도 충분히 이상한 애인데 말이다…….

"으, 응."

나나는 그런 토모에와도 명백하게 거리를 두고 있었다.

미묘한 긴장감에 휩싸인 채 30분 정도 찾아봤지만 해파리 모양 스트랩은 찾지 못했다. 그리고 해가 지자 찾는 것 자체가 어려워졌다.

딱히 사이가 좋지도 않은 세 사람을 둘러싼 분위기 또한 한계에 봉착했다.

슬슬 타임오버일지도 모른다고 생각했을 때, 물가에 있던 사쿠타의 눈에 반짝이는 무언가가 들어왔다.

바닷물이 빠진 모래사장에 떨어져 있는 것은 해파리 스트랩이었다.

"찾았다!"

사쿠타는 무심코 큰 목소리로 외쳤다.

"정말?"

토모에와 나나가 뛰어왔다.

사쿠타는 그것을 주우려다 파도가 다시 밀려왔기에 일단 퇴각했다. 그런 사쿠타의 시야 한편에 바다에 뛰어드는 누군가가 비쳤다.

"아, 코가 양⋯⋯."

나나가 토모에를 말리기도 전에 그녀는 두 손을 바다에 집어넣었다. 다음 순간, 한 층 더 커다란 파도가 머리를 숙이고 있는 토모에를 덮쳤다. 토모에는 그대로 파도를 뒤집어쓰고 말았다.

"우왓."

깜짝 놀란 토모에가 균형을 잃으며 엉덩방아를 찧자, 그녀는 물에 빠진 생쥐 꼴이 되었다.

"어이, 괜찮아?"

사쿠타가 말을 걸자 토모에는 미소를 지으며 돌아보았다.

"괜찮아."

그리고 그렇게 말하면서 스트랩을 내밀었다. 토모에를 걱정한 말이었지만 그녀는 스트랩 이야기로 받아들인 모양이었다.

"코가 양은 괜찮은 거야?"

솔직히 말해 전혀 괜찮아 보이지 않았다. 속옷까지 다 젖었을 게 분명했다. 흰색 블라우스도 젖어서 몸에 찰싹 붙어 있었고 속옷과 피부가 훤히 드러났다.

사쿠타는 신발을 신은 채 바다에 들어가 토모에를 일으켜 세웠다. 하지만 모래에 발이 걸린 토모에는 사쿠타를 향해 쓰러졌다.

"우왓, 떨어져! 나까지 젖는다고!"

"그건 기뻐할 일이잖아!"

"눈썹 화장이 지워진 얼굴로 그딴 소리 하지 말라고."

"앗, 보지 마!"

토모에는 얼굴을 가렸다. 하지만 가려야만 하는 곳은 거기만이 아니었다.

"속옷도 비쳐 보이니까 가리는 편이 좋지 않겠어?"

"아~, 손이 모자라!"

"내 손도 괜찮다면 빌려줄게."

토모에는 잠시 동안 망설였다.

"다, 당연히 안 되지!"

그런 사쿠타와 토모에를 본 나나는 웃음을 터뜨렸다.

3

토모에와 데이트한 다음 날…… 6월 30일 월요일은 무사히 찾아왔다.

어쩌면 같은 날이 반복되는 현상은 이제 발생하지 않을지도 모른다. 사춘기 증후군은 해결된 것일지도 모른다.

그런 생각을 하면서 학교에 가던 사쿠타는 에노전 후지사와 역 플랫폼에서 우연히 토모에와 마주쳤다.

미네가하라 고등학교의 학생이 드문드문 주위에 있어서 모르는 척 할 수는 없었다. 토모에에게 사쿠타는 『선배 이상 애인 미만』인 존재니까 말이다. 그에 걸맞은 관계를 유지해야만 한다. 사쿠타는 그렇게 생각하면서 토모에에게 말을 걸었다.

"코가, 같이 갈까?"

"응."

토모에는 고개를 끄덕이면서 쉰 목소리로 말했다.

고개를 숙인 토모에의 얼굴을 쳐다본 사쿠타는 그녀의 얼굴을 빨갛다는 사실을 눈치챘다.

"감기에 걸린 거야?"

어제 바다에서 흠뻑 젖은 탓이리라. 그 상태로 열차를 탈

수도 없었기에 후지사와까지 약 3킬로미터 정도의 거리를 물방울을 뚝뚝 떨어뜨리면서 걸었다.

아무리 여름이라고 해도 너무 무방비했던 것 같았다.

"진짜로 괜찮아."

말과는 달리 토모에의 눈은 생기가 없었다. 사쿠타를 올려다볼 힘도 없는지 계속 아래쪽만 쳐다보고 있었다. 숨을 쉬는 것도 힘들어 보였다.

"전혀 괜찮아 보이지 않는걸."

사쿠타는 토모에의 이마에 손을 대어보았다. 뜨거웠다. 많이 뜨거웠다. 사쿠타라면 기쁜 마음으로 학교를 쉬었을 체온이었다. 그런데도 토모에는 플랫폼에 들어온 열차에 주저 없이 탔다.

사쿠타는 토모에를 일단 빈자리에 앉혔다.

"다음 역에서 내리고 돌아가자."

"싫어."

토모에는 어린애처럼 고집을 피웠다.

"그렇게 학교가 좋아?"

"학교를 쉬면 다른 애들 이야기에 따라가지 못하고 뒤처신단 말이야."

"하루 정도는……."

"그 하루 때문에 돌이킬 수 없는 사태가 벌어질 수도 있어."

아무래도 토모에는 마음 편할 날 없는 하루하루를 보내고 있는 것 같았다.

"그럼 역에 도착할 때까지 자둬. 깨워줄게."

"고마워."

토모에는 솔직하게 고맙다고 말한 후, 안심한 것처럼 눈을 감았다.

사쿠타는 일단 토모에를 학교까지 데리고 갔다. 하지만 출입구에서 신발도 제대로 갈아 신지 못했기에 바로 양호실로 끌고 갔다. 그리고 양호실 선생님에게 넘겨버렸다.

"배신자~."

양호실을 나서는 사쿠타에게 토모에가 쉰 목소리로 원망을 해댔지만 당연히 무시했다.

점심시간이 되자, 사쿠타는 학교를 빠져나가 근처 편의점에 갔다. 교사에게 들키기 전에 쇼핑을 끝낸 후 바로 돌아왔다. 그리고 양호실로 향했다.

토모에가 자고 있는 침대 주위에는 레나, 히나코, 아야, 세 사람이 있었다.

양호실에 들어온 사쿠타를 본 세 사람은 놀리는 듯한 웃음을 흘린 후, 「좋은 시간 되십시오~」같은 소리를 하며 양호실에서 나갔다.

선생님도 다른 볼일이 있어 자리를 비웠는지 양호실 안에 안 계셨다.

덕분에 사쿠타는 토모에와 단둘이 있을 수 있었다.

"좀 괜찮아졌어?"

사쿠타는 침대 옆에 동그란 의자를 놓은 뒤에 앉았다.

"응."

토모에는 작은 목소리로 말했다. 아침보다는 목소리에 힘이 있었다.

"귤 통조림 사왔는데, 먹을래?"

침대 옆에 있는 테이블 위에 편의점 비닐봉지를 올려놓았다.

"점심시간에 학교 밖에 나가는 건 교칙 위반이야."

"그럼 안 먹는거지?"

사쿠타는 봉지 안에서 귤이 든 통조림을 꺼냈다.

"먹을래."

토모에가 손을 뻗었지만 사쿠타는 통조림을 넘겨주지 않았다.

"잠깐만 기다려."

"와 그라는 기고. 내 줄려고 사온 거 아이가~?"

사쿠타는 편의점 봉지에서 플라스틱 용기에 든 얼음을 꺼냈다.

"얼음?"

토모에는 고개를 갸웃거렸다. 그런 그녀를 무시한 사쿠타는 얼음을 물에 적셨다. 그 안에 통조림을 넣더니, 정기적으로 돌려줬다.

"선배, 뭐하는 기고~?"

전에 리오가 하던 걸 흉내 낸 순간냉각법이다.

2분 정도 지난 후 통조림을 꺼낸 사쿠타는 뚜껑을 땄다. 그리고 그것을 토모에 앞에 뒀다.

"먹여주기를 원한다면 먹여줄 수도 있어."

"먹기 힘드니까 됐어."

토모에는 편의점 포크로 귤을 찍어서 한 입 먹었다.

"아, 엄청 시원해."

토모에는 기쁜지 환한 미소를 지었다. 사쿠타가 그 모습을 뚫어져라 쳐다보고 있자 토모에가 말했다.

"먹는 모습, 보지 마."

"왜?"

"부끄러워."

"그게 왜 부끄러운 거냐고."

의문은 더욱 깊어졌지만 사쿠타는 몸 상태가 좋지 않은 여자 후배를 괴롭히는 걸 즐기는 변태가 아니었다. 사쿠타는 자리에서 일어나더니 창문을 약간 열었다.

에어컨이 가동 중인 양호실에 바다 냄새가 흘러들어왔다.

"아~, 바다 냄새다~."

토모에는 자연의 바람을 맞고 기분 좋은 듯이 눈을 감았다. 잠시 동안 그러고 있다가 사쿠타에게 말을 걸었다.

"저기, 선배."

"응?"

사쿠타는 창밖으로 몸을 내민 채 말했다.

"왜 내 말도 안 되는 부탁을 들어준 거야?"

"혹시, 선배 이상 애인 미만 같은 거 말이야?"

"응. 선배 이상 애인 미만 같은 거."

시치리가하마의 바다에서는 수많은 서핑보드가 파도와 놀고 있었다.

"코가가 필사적으로 부탁했기 때문이야."

"나에 대해 잘 알지도 못하면서?"

"서로의 엉덩이를 걷어찬 사이잖아?"

"정말~, 진지하게 묻는 거라구."

사쿠타가 어깨 너머로 돌아보니 토모에는 뾰로통한 표정으로 포크를 물고 있었다.

"하지만 그때, 코가는 좋은 애라고 생각했어."

그건 어린 소녀가 변태에게 괴롭힘을 당하는 줄 알고 사쿠타의 엉덩이를 향해 강렬한 킥을 날렸을 때다. 착각에서 비롯된 일이기는 하지만 그 용기 있는 행동은 아무나 할 수 있는 게 아니다. 토모에의 그런 면은 요네야마 나나가 잃어버린 스트랩을 찾을 때도 드러났다.

"그래서 도와주는 거야?"

"그리고, 솔직히 말해 토모에가 귀여워서야."

"또 거짓말 하네~."

"코가가 못난이였어도 그렇게 했을지는 장담할 수 없어. 남자란 다 그런 생물이라고."

"······선배라면 똑같이 했을 거야."

토모에가 작은 목소리로 그렇게 말했지만 사쿠타는 못 들은 척 했다.

"나는 아무한테나 친절을 베풀 만큼 친절이 남아도는 사람이 아냐."

"하지만 그만큼 일부 사람들에게는 친절한 거구나."

"그야 나도 조금은 좋은 사람으로 여겨지고 싶거든."

"흐음."

토모에는 아직 납득하지 못한 것 같지만 이 이야기를 더 할 생각은 없는 것 같았다. 그녀는 통조림 안의 귤을 전부 먹은 후, 안에 남아있던 즙을 단숨에 들이켰다.

"코가는 좋아하는 사람 없어?"

"뭐?!"

사쿠타가 느닷없이 그렇게 묻자 토모에는 노골적으로 동요했다.

"왜, 왜 갑자기 그런 걸 묻는 거야?"

"짝사랑하는 사람이 있다면, 나와 사귄다는 소문이 돌면 곤란하잖아."

"없으니까 괜찮아."

"신경 쓰이는 상대도?"

"없어."

"흐음, 아깝네."

"지금은 그럴 여유가 없어."

"친구가 추천하는 동영상을 체크해야만 하기 때문이지?"

"그런 식으로 말하니 짜증나네."

"그렇게 생각하는 건, 코가가 자기 행동에 의문을 가지고 있기 때문이야."

"그게 무슨 소리야?"

"지금 이대로도 괜찮다고 생각한다면, 내 말 따위는 전혀 신경 쓰지 않을걸?"

"……."

토모에는 침묵을 통해 그 말을 인정한 후—.

"신경 쓰여."

—하고 말했다.

"남들이 나를 어떻게 생각하는지 신경 쓰여. 지금도 내가 양호실에 있는 걸 반 친구들이 어떻게 생각하는지 신경 쓰여."

"코가는 자의식과잉이네."

"선배가 이상한 거야. 남들이 이상한 눈으로 쳐다보고 웃음거리가 되고 있는데도, 어째서 학교에 오는 거야? 어째서 살아갈 수 있는 거야? 혹시 신경 같은 게 아예 없는 거야?"

"그럼 심한 소리를 본인 앞에서 잘도 하네."

"아, 미안."

"상처받지 않았으니 괜찮아."

"그럼, 방금 사과한 걸 취소할래."

그렇게 말한 토모에는 진지하기 그지없는 시선으로 사쿠타를 쳐다보았다. 질문에 제대로 대답해달라고 눈으로 말하고 있었다.

사쿠타는 어쩔 수 없이 밖을 쳐다보며 혼잣말을 하듯 중얼거렸다.

"딱히 모든 인류에게 사랑받기 위해 살고 있는 건 아니거든."

"나는 모든 사람들에게 사랑받고 싶어……. 아니, 미움 받고 싶지 않아."

"나는 딱 한 명이면 충분한데 말이야. 그 한 명이 나를 필요로 해준다면 얼마든지 살아갈 수 있어."

사쿠타는 자기가 먹으려고 사온 편의점 주먹밥의 포장을 뜯었다. 그리고 김으로 말아 한 입 베어 물었다. 바다를 보면서 먹는 점심은 맛있었다. 이것만으로도 이 학교에 입학한 보람이 있었다.

"이 세상 모든 사람들에게 미움 받아도 말이야?"

"그 편이 행복하잖아?"

"과연 그럴까……."

"뭐, 코가도 언젠가는 알게 될 거야."

사쿠타는 입에서 나오는 대로 지껄여서 점점 부끄러워지는 대화를 끝냈다.

"그 내려다보는 듯한 시선, 짜증나."

토모에는 어린애처럼 볼을 부풀렸다. 그 모습을 본 사쿠타가 웃음을 터뜨리자 그녀는 볼을 쏙 집어넣었다. 그런 행동 때문에 연하 취급을 당한다는 사실을 눈치챈 것이리라.

아르바이트 첫날에는 좀 굼뜬 후배라고 생각했지만 이렇게 대화를 나눠보니 사쿠타의 말을 이해하고 있다는 사실을 알 수 있었다. 그 말의 이면에 존재하는 의미도 포함해서 말이다.

아니, 토모에는 남의 말을 한 마디도 놓치지 않기 위해 항상 긴장한 채 주위를 살피고 있었다. 좋게 말하면 분위기 파악을 잘 했다. 나쁘게 말하면 분위기를 지나치게 신경 쓰고 있었다. 그리고 그 분위기에 맞춰 자신의 행동을 선택했다. 화장을 하고, 헤어스타일을 바꾸고, 멋을 부린 것이 전부 그래서였다.

이번 가짜 애인 건도 그렇다.

그렇게 주위와의 충동과 가벼운 마찰마저 피하면서 살아가고 있는 것이다. 문제를 일으키지 않도록 노력하고 있었다. 애초에 문제가 발생하지 않도록 항상 신경을 쓰고 있었다.

사쿠타는 흉내도 낼 수 없는 삶이다. 사쿠타가 그렇게 살려고 했다간 얼마 지나지 않아 지치고 말 것이다.

"선배, 혹시 무례한 생각을 하고 있지 않아?"

"그런 적 없어."

"역시 하고 있었나 보네."

"오히려 반대야."

"그게 무슨 소리야?"

그 질문을 무시한 사쿠타는 토모에에게 다른 질문을 던졌다.

"코가는 만약 레나라는 친구와 같은 사람을 좋아하게 되면 어떻게 할 거야?"

그 질문에 대한 대답은 물어보기 전부터 얼추 상상이 되었다. 그런 질문을 일부러 입에 담은 것은 토모에 본인이 눈치챘으면 해서였다.

이 세상에는 피해갈 수 없는 마찰도 존재한다. 피하기만 하다간 자기 자신이 점점 닳아서 없어져 버리는 마찰도 존재하는 것이다.

"같은 사람을 좋아하게 됐다는 걸, 절대 레나에게 말하지 않을 거야."

"히나코라는 친구와 같은 사람을 좋아하게 된다면?"

"말 안 해."

"아야라는 친구와 그렇게 된다면?"

"말하지 않을 거야."

"그리고 멋대로 포기하는 거구나."

"아마 그럴 거야."

"그럴 줄 알았어."

"그럼 묻지 말라구."

포기하기로 결심하고 포기할 수 있다면 괜찮다. 그 정도 감정이라면 그래도 괜찮다. 하지만 그럴 수 없는 감정과 마주쳤을 때가 문제인 것이다. 방금 토모에가 한 말로 볼 때, 그녀는 어찌할 수 없는 상황에 처하고 말 것이다. 그 점이 토모에를 위태롭게 만들 거라는 생각이 들었다.

"정말 꼬맹이라니깐."

"꼬, 꼬맹이 취급하지 마."

"그런 소리를 하니까 꼬맹이인 거야."

"으…… 아, 맞다. 선배, 방금 나눈 이야기 덕분에 생각난 건데……."

"응?"

"사쿠라지마 선배와는 결국 어떻게 됐어?"

"답변 대기 중."

"뭐?! 아직 차이지 않은 거야?!"

"저번의 루프 현상이 일어나지 않았다면, 그 날 낮에 교제 허락을 받았을 거라고."

"거짓말?!"

"진짜야."

"거짓말 하지 말라구."

"왜 믿지 않는 거냐고……."

"그야 사쿠라지마 선배잖아. 연예인인 사쿠라지마 마이라 구! 바로 그 사쿠라지마 마이란 말이야!"

"그렇지."

"사쿠라지마 선배에게서『좋아한다』는 말을 들은 거야?"

토모에는 미심쩍은 눈길로 쳐다보면서 그런 소리를 했다.

"그런 말은…… 듣지 못했어."

"거 봐. 역시 선배가 착각한 거야."

확실히 마이에게서「좋아한다」는 말을 듣지 못한 것은 사실이다. 마이에게서 그 말을 듣고 싶은 것 또한 사실이다. 그러면 둘 사이의 관계 또한 깔끔해질 것이다.

토모에에게 그런 지적을 듣자 사쿠타는 괜히 신경이 쓰였다. 과연 마이는 사쿠타를 좋아하는 것일까. 한 달 동안 고백을 한 결과, 나중에는 거의 안중에도 없는 반응을 보였다. 고백을 무시당한 적도 있었던 것이다. 어쩔 수 없이 사귀기로 한 느낌도 들었다.

그렇게 생각하니 사쿠타의 가슴 속에 일말의 불안감이 깃들었다.

"다음에 고백할 때는 그런 말을 들을 수 있도록 노력할 거야."

"분명 차일 걸?"

토모에는 아직도 사쿠타의 말을 믿지 않는 것 같았다.

"뭐, 어찌되었든 지금 중요한 건 1학기를 무사히 넘기는 거야."

1학기 동안, 전교생을 속여야 한다.

그러지 못한다면 사쿠타에게도, 토모에에게도 밝은 미래는 찾아오지 않는다.

"……응."

다행히 레나 일행은 이 거짓말을 의심하는 것 같지 않았다. 이대로 간다면 남은 3주 동안 그녀들을 무사히 속일 수 있을 것 같았다. 하지만 문제는 마에사와 선배의 동향을 전혀 파악하지 못하고 있다는 점이다.

사쿠타와 토모에가 사귄다는 게 거짓말이라는 사실이 탄로나지 않더라도, 마에사와 선배가 토모에에게 고백을 하거나 그녀에게 호감을 가지고 있다는 게 레나에게 알려지면 끝장이다. 그걸로 지금까지의 노력이 전부 헛수고가 되는 것이다. 실은 토모에에게 마음이 있었다는 사실조차 레나의 귀에 들어가서는 안 된다.

아직은 안심할 수 있는 상황이 아니었다.

4

다음날인 화요일. 6월이 끝나고 7월 첫날이 되었다. 어제 열이 있는데도 학교에 왔다가 결국 하루 종일 양호실에 있었던 토모에는 오늘 학교를 쉬었다.

하지만 수요일에는 건강을 되찾아, 점심시간에 복숭아 통조림을 가지고 2학년 1반 교실을 찾아왔다.

교실에서 점심을 먹던 반 친구들은 「웬 복숭아 통조림?」 하고 말하는 듯한 시선을 사쿠타와 토모에에게 보내고 있었다.

아마 월요일에 사쿠타가 토모에에게 귤 통조림을 사다준 것의 답례이리라.

"복숭아 엉덩이라 이걸 사온 거야?"

사쿠타는 이유를 알면서도 토모에를 놀렸다.

그러자 토모에는 양손으로 엉덩이를 가렸다.

"변태 발언 금지."

토모에는 입술을 삐죽 내밀면서 무뚝뚝한 목소리로 말했다.

"오늘 밤에는 이걸 코가라고 생각하며 맛있게 먹어야겠네."

그리고 더 놀려대자 토모에는 사쿠타에게서 복숭아 통조림을 빼앗았다.

"바, 바보~!"

수치심 때문에 얼굴이 새빨개진 토모에는 교실에서 도망쳤다.

"좀 심했나."

다음에는 아슬아슬한 선까지만 놀려야겠다.

그런 사쿠타에게 반 친구들의 시선이 쏟아졌다. 여자들의 시선에는 「어떻게 저런 성희롱을 할 수 있지?」라는 혐오의 감정이 담겨 있었고, 남자들은 「염장질 하냐」 같은 질투심이 어려 있었다. 그들은 사쿠타와 토모에가 같이 있다는 사실에 놀라워하는 기색은 없었다.

역시 LTE시대답게 두 사람의 소문은 순조롭게 퍼져나가고 있었다.

그 날 방과 후에도 토모에의 기분은 풀리지 않았다. 아르바이트 시간대가 같아서 패밀리 레스토랑에서 같이 일을 했지만, 토모에는 사쿠타와 마주치면 엉덩이를 가리는 포즈를 취하며 그를 노려보았다. 마치 부모의 원수라도 쳐다보는 눈길로 말이다…….

하지만 유감스럽게도 전혀 무섭지 않았다.

오후 여덟 시가 지나자 저녁 타임의 손님이 줄기 시작했다. 가게를 찾는 손님도 줄었으며 가게 안에 있는 손님들도 메뉴 주문을 마쳤다. 대부분의 요리도 서빙을 마쳤다.

바로 그때, 토모에가 계산대 앞에 서있는 사쿠타에게 다가왔다.

"선배한테 할 말이 있어."

"내가 섬세하지 못하다는 건 자각하고 있어."

"그건 이미 포기했어."

"그럼 뭔데?"

"……."

사쿠타를 올려다보는 토모에에게서는 범상치 않은 긴장감이 느껴졌다.

뭔가 중요한 이야기를 하려는 걸까. 왠지 그런 생각이 들었다.

"나, 엉덩이가 그렇게 큰 편은 아니라구."

하지만 토모에의 입에서 나온 것은 엉덩이에 관한 이야기였다.

"겸손 떨 필요 없어~."

사쿠타는 토모에를 위로하듯 그녀의 어깨에 손을 얹었다.

"방금 그 말, 좀 이상하게 들리거든?!"

"자부심을 가져."

"웬 자부심?!"

"복숭아 엉덩이에 자부심을 가지란 말이야."

"그러니까, 내 엉덩이는 그렇게 크지 않다구!"

"에이, 그럴 리가 없잖아."

"정말~ 됐어! 이제 선배와는 말 안 할 거야."

이번에야말로 진짜로 기분이 상한 토모에는 화난 걸음걸이로 멀어져 갔다.

하지만 그로부터 1분 후의 일이었다. 처음으로 술을 주문받은 토모에는 머뭇거리면서 사쿠타에게 말을 걸었다.

"맥주 주문 받았는데, 어떻게 하면 돼?"

토모에는 겸연쩍은 표정을 지으며 우물쭈물하고 있었다.

"······."

사쿠타는 못 들은 척 하면서 드링크 바에 잔을 보충했다.

"무시 하지 마."

토모에는 사쿠타의 앞치마를 잡아당겼다.

"······."

"부, 부탁이에요. 가르쳐주세요."

그녀는 울상을 지으며 말했다.

"어, 엉덩이에도 자부심을 가질게."

사쿠타는 그 말을 듣고서야 토모에와 시선을 맞췄다.

"복숭아 엉덩이에도?"

"이, 인정하면 되잖아! 저는 복숭아 엉덩이예요."

그녀는 될 대로 되라는 투로 말했다.

"그래? 그럼 어쩔 수 없지. 가르쳐줄게."

"선배는 정말 약았어~."

사쿠타는 그렇게 토모에를 놀리면서 아홉 시까지 아르바이트를 했다. 아르바이트를 끝낸 사쿠타는 토모에를 집 근처까지 데려다주고 집에 돌아가 보니 아홉 시 반이었다.

마침 목욕을 끝낸 카에데와 교대하듯 욕실에 들어간 사쿠타는 오늘 하루 동안 흘린 땀을 씻었다.

그리고 개운한 기분을 맛보면서 욕실에서 나왔다.

팬티 한 장 차림으로 냉장고에서 스포츠 음료를 꺼내 컵에 따른 사쿠타는 그것을 단숨에 들이켰다. 달아오른 몸 깊숙한 곳에 찬 기운이 흘러들어오니 기분 좋았다. 원래부터 이 스포츠 음료를 좋아했지만, 마이가 선전하고 있어서 그런지 예전보다 더 맛있게 느껴졌다. 이 스포츠 음료를 마실 때마다 마이가 생각났다.

참고로 마이는 드라마 촬영을 위해 이번 주는 가고시마에 있었다.

이미 밤 열 시가 지났는데 아직도 촬영 중인 걸까? 아니면 숙박 장소에서 쉬고 있을까? 연예계 쪽에 대해서는 아는 게 전혀 없었기에 상상이 되지 않았다.

사쿠타는 스포츠 음료를 한 잔 더 컵에 따랐다. 그리고 이번에는 세 번에 나눠 천천히 마셨다.

그리고 사용한 컵을 씻어서 물기가 빠지도록 뒤집어 놓았을 즈음, 전화기가 울렸다.

사쿠타는 수건으로 손을 닦은 후, 수화기를 들었다.

"예. 아즈사가와입니다."

"나야."

그 목소리를 들은 순간, 누구인지 눈치챘다.

"마이 씨, 무슨 일이에요?"

"사쿠타가 내 목소리를 듣고 싶어 할 것 같아서 전화해봤어."

"실은 방금 마이 씨를 생각하고 있었어요."

"팬티는 입고 있겠지?"

마이를 사쿠타를 매우 안 좋은 방향으로 의심하고 있는 것 같았다.

"사쿠타가 나를 가지고 그런 짓을 하는 건 어쩔 수 없지만……."

아무래도 마이는 사쿠타가 자신을 가지고 그런 짓을 하는 걸 당연하게 여기고 있는 것 같았다.

"실은 팬티만 입고 있어요."

"뭐? 왜 팬티만 입고 있는 건데?"

"방금 목욕을 했거든요."

"뭐야. 평범하네."

평범하면 안 되는 걸까.

"잠이 오지 않는 밤에는 마이 씨의 신세를 질지도 몰라요."

"뭐, 좋을 대로 해."

사쿠타는 마이가 부끄러워 할 거라고 생각했지만 그녀는 그냥 흘려 넘겼다.

"그쪽은 좀 어때?"

"그게, 평범하기 그지없어요."

"귀여운 애인과의 데이트는 즐거웠어?"

"뭐, 나름대로요."

토모에의 신선한 반응은 보고 있기만 해도 즐거웠다.

"흐음~."

하지만 마이는 마음에 들지 않는다는 반응을 보였다.

"방금 그 질문에 뭐라고 답해야 옳았나요?"

"지금 바로 집을 뛰쳐나와 나를 만나러 가고시마에 온다던가?"

"그리고 꼭 끌어안으면 되는 거예요?"

"그러면 질색했을 거야."

마이의 목소리에 담긴 혐오감이 고막을 찔렀다. 진짜로 싫은 것 같았다.

"마이 씨는? 촬영 말고는 별다른 일 없었나요?"

"흰곰을 먹었어."

"마이 씨, 육식파였군요."

"빙수야."

"실은 알아요. 과일이 잔뜩 토핑된 거죠?"

"재미없네."

여왕님은 꽤나 제멋대로셨다.

그래도 목소리는 밝았고 왠지 들뜬 것처럼 들렸다. 좋아하는 연기 일을 할 수 있어서 텐션이 올라간 걸까.

"마이 씨, 촬영은 즐겁나요?"

"즐거워."

마이는 흔들림 없는 목소리로 솔직하게 말했다.

"사쿠타는 하고 싶은 일 없어?"

"평범한 고등학생은 일 같은 건 생각 안 해요."

"아깝네."

"뭐, 미래에는 산타클로스가 되고 싶긴 해요."

"1년에 364일이나 쉬니까?"

"아, 들켰다."

"바보 같은 소리만 하다 보면 바보가 된다구. 그럼 잘 자."

"아, 예. 잘 자요."

마이가 전화를 끊을 때까지 기다린 후, 사쿠타는 수화기를 내려놓았다.

5

주말이 되자 기상청은 간토 지방의 장마가 끝났다고 발표했다. 드디어 여름이 찾아온 것이다. 이제부터 더위는 본격적으로 더위질 것이며, 다음 주에 해수욕장이 개장되는 해안선 근처 또한 활기에 차 있었다.

아직 해수욕장을 개장하지도 않았는데 놀러 온 한가한 대학생 그룹을 몇 팀이나 보았고, 시치리가하마의 파도를 즐기는 서퍼들도 날이 갈수록 늘어나고 있었다.

바다와 푸른 하늘이 어울리는 상큼한 계절에도 사쿠타와 토모에의 잿빛 거짓말은 순조롭게 계속되고 있었다. 갓 사귀기 시작한 커플처럼 절도 있는 거리를 유지하며 잘 해나가고 있었다.

무리해서 붙어 다니지는 않았다. 등하교 또한 시간이 맞을 때만 같이 했다.

토모에가 친구들과의 행동을 우선할 수 있도록 주의했다.

그런 사쿠타와 토모에의 관계는 확실히 교내에 퍼져나갔다. 사쿠타는 반 친구들에게서 뭔가 묻고 싶어하는 시선을 매일같이 받고 있었다.

하지만 속물근성을 발휘해 사쿠타에게 질문을 던지는 용기 있는 사람은 한 명도 없었다.

당연히 그 누구도 사쿠타와 토모에가 『가짜 커플』이라고 의심하지 않았다.

그럴 만도 했다. 보통 그런 식으로 주위를 속이는 반 친구가 있을 거라고는 아무도 생각하지 않으며, 주위들은 소문의 진위를 파헤치려고도 하지 않기 때문이다. 타인에게 그 정도로 관심을 가지는 사람은 없다. 사쿠타는 이 적당한 무관심이 솔직히 고마웠다.

덕분에 거짓말이 들통 날지도 모른다는 걱정을 할 필요가 없었다.

하지만 그것과는 별개의 불안요소가 사쿠타의 마음속에 존재했다.

토모에가 일으킨 사춘기 증후군의 결정적인 해결책을 아직 찾지 못한 것이다.

그래서 매일 아침 일어날 때마다 침대 옆에 놓인 디지털시계로 날짜를 확인했다. 그게 규칙적인 일이 되어가고 있었다.

6월 27일 이후로는 같은 날이 반복되는 현상이 아직 발생하지 않았지만, 언제 또 일어날지 모르기 때문에 계속 불안했다.

그리고 사쿠타는 주말을 앞둔 7월 5일에도 그 불안감을 떨쳐내지 못했다. 반복되는 나날로부터 벗어나고 딱 일주일이 지난 후였다.

방과 후가 되자, 사쿠타는 물리실험실을 찾았다.

"후타바, 있어?"

사쿠타는 그렇게 말하면서 문을 열었다.

흰색 가운을 걸친 리오가 창가에 있는 모습이 사쿠타의 눈에 들어왔다. 그녀는 창밖에 선 누군가와 한창 이야기를 나누고 있었다. 그 상대는 티셔츠에 반바지 운동복을 입고 있었다. 유마였다. 한 손에 농구공을 들고 있는 걸 보면 부활동을 하러 가는 길인 것 같았다.

사쿠타가 들어오자 리오와 유마는 동시에 입구를 향해 고개를 돌렸다.

"방해해서 미안해."

두 사람의 얼굴을 번갈아 쳐다본 사쿠타는 그대로 뒤돌아선 후 문을 닫았다.

사춘기 증후군에 관해 리오와 이야기할까 했는데 다음에 다시 오는 편이 좋을 것 같았다. 그런 생각을 하고 있을 때 물리실험실의 문이 힘차게 열렸다.

고개를 돌려보니, 당황할 대로 당황한 리오의 모습이 눈에 들어왔다.

"아즈사가와, 너 바보지?! 바보 맞지?!"

리오는 작은 목소리로 그렇게 외쳤다. 그녀는 유마의 시선을 신경 쓰고 있었다. 참고로 유마는 농구공을 손가락으로 빙글빙글 돌리고 있었다.

"후타바보다는 바보일 거야."

"나한테 괜히 신경 쓰지 마. 쿠니미가 눈치챌지도 모른단 말이야."

"이 정도로 눈치챌 거면, 저 녀석은 예전에 후타바의 마음을 눈치챘을 거야."

그런데도 눈치채지 못한 척 하고 있을 가능성이 컸다.

"그건…… 곤란해."

리오는 기어들어가는 목소리로 그렇게 말하며 고개를 숙였다. 그녀의 피부는 점점 빨갛게 달아오르고 있었다.

더 놀리는 건 미안하다는 생각이 든 사쿠타는 리오를 내버려둔 채 물리실험실 안으로 들어갔다.

"마침 사쿠타에 대해 이야기 하고 있었어."

사쿠타가 창가에 가자 유마가 그런 소리를 했다.

"둘이서 내 험담을 한 거야? 너무하네."

"코가 양과 사귄다는 이야기는 진짜야?"

사쿠타의 농담을 무시한 유마는 솔직하게 물어보았다.

"진짜야."

"진짜?!"

"실은 아직 테스트 기간 같은 느낌이기는 해."

"흐음."

유마는 석연치 않은 태도를 취했다. 사쿠타의 뒤를 이어 물리실험실 안으로 들어온 리오는 미심쩍은 시선을 띠고 있었다. 리오라면 짐작 가는 데가 있을 것이다. 사춘기 증후군에 관해 상의하기도 했고 라플라스의 악마가 토모에라는 이야기도 했다.

하지만 리오는 추궁을 하지 않았다.

"뭐, 그럼 일단 알려줘야겠네."

유마는 농구공을 튕기면서 말했다.

"코가 양 말인데……."

유마의 목소리가 약간 잦아들었다.

"왜 그래?"

"좋지 않은 소문이 퍼지고 있어."

"남자 취향이 독특하다던가?"

사쿠타의 교내 평판을 생각해보면 그 정도 소리는 들을지도 모른다. 1학년 사이에서는 돌고 돌아 괜찮아졌다는 평판인 것 같지만, 다른 학년에서는 『병원행 사건』의 소문이 완전히 사라지지 않았으니까 말이다. 한 번 그런 스티커가 붙으면 떼어낸 후에도 접착제 자국이 남는 것이다.

"아무한테나 다리를 벌린다느니, 걸레라느니, 사쿠타와 마구 해대고 있다는 소문이야."

리오를 신경 쓰는 것인지 유마는 목소리 톤을 낮췄다. 그 사실을 눈치챈 리오는 적극적으로 대화에 참가하지 않고 그냥 옆에서 이야기를 듣고 있었다.

"그게 무슨 소리야?"

사쿠타는 처음 듣는 이야기였다.

"나도 남자 농구부 그룹 메시지를 통해서 들은 거야."

사쿠타는 그것을 듣고 뭐가 어떻게 된 건지 눈치챘다.

"사쿠타, 전에 요스케 선배에 대해 물었지?"

유마의 시선은 의미심장했다. 그는 그 소문을 누가 퍼트린 것인지 은근슬쩍 알려주고 있었다.

"교실에서도 여자애들이 그런 이야기를 했어."

리오는 은근슬쩍 그렇게 말했다.

아무래도 그 소문은 교내에 많이 퍼진 것 같았다.

또 상황이 골치 아파진 느낌이 들었다. 사쿠타는 자신이 무슨 말을 듣든 개의치 않지만, 토모에는 분명 신경 쓸 것이다.

"일단은 알려줬어."

"그래."

사쿠타가 한 손을 가볍게 들어보이자, 유마는「부활동 하러 갈게」라고 말하면서 체육관을 향해 걸어갔다. 리오는 그런 유마의 뒷모습을 눈으로 좇고 있었다.

방해를 해서 미안하다고 생각하면서 뒤돌아선 사쿠타는 알코올램프를 꺼내더니 성냥으로 불을 붙였다. 그리고 비커에 넣은 물을 끓이기 시작했다.

토모에의 소문이 더 퍼지기 전에 손을 쓰는 편이 좋을 것 같았다.

"아즈사가와는 대체 뭘 하고 있는 거야?"

어느새 리오가 책상을 사이에 두고 사쿠타의 맞은편에 있었다.

"일단 커피라도 마시면서 마음을 진정시킬 생각이야."

"그게 아니라, 사쿠라지마 선배는?"

"커피 가루는 어디 있었더라?"

교탁에 달린 서랍을 열어봤지만, 커피 가루는 없었다.

"그 질문은 하지 말라는 거야?"

옆에 있는 서랍을 열어보니 인스턴트 커피가 든 병이 있었다.

"뭐, 좋아……. 그런데 아즈사가와는 뭘 하러 온 거야?"

"그 후로 같은 날이 반복되지 않거든. 그래서 뭐가 어떻게 된 건지 좀 궁금해서 말이야."

물이 끓자, 알코올램프의 불을 껐다. 그리고 비커 안에 인스턴트커피 가루를 넣었다. 투명한 액체는 천천히 검은색으로 물들어갔다.

"그럼 아즈사가와의 말이 옳았던 것 아닐까?"

"응?"

"지금 아즈사가와의 애인으로 알려져 있는 그 1학년이 라플라스의 악마라고 쳐."

리오는 부자연스럽게 빙 돌려 말했다. 역시 리오는 사쿠타와 토모에가 가짜 커플이라는 사실을 눈치챈 것 같았다.

"그 1학년이 자신에게 있어 유리한 미래가 될 때까지 주사위를 다시 굴렸어."

리오는 어디선가 꺼낸 주사위를 책상 위에서 여러 번 굴렸다. 『5』, 『4』, 『2』가 나왔다.

"그리고 이번에는 만족스러운 상태라서 되풀이할 필요가 없는 거지."

붉은색으로 된 『1』이 나오자, 리오는 주사위를 굴리지 않았다.

"본인은 자각하지 못한 것 같은데 말이야."

"자각하고 있다면, 진짜 악마일지도 몰라."

"맞는 말이네."

사쿠타는 커피를 홀짝였다. 썼다.

"왠지 사쿠타는 다시 같은 날이 되풀이되었으면 하는 눈치네."

리오는 안경을 벗더니 지나가는 투로 그렇게 말했다.

"이제 일어나지 않는다면, 그렇다고 누가 말해줬으면 하는 것뿐이야."

"혹시 바로잡고 싶은 거라도 있는 거야?"

리오는 사쿠타의 발언을 무시하며 질문을 던졌다. 아마 리오는 처음부터 이 말을 하기 위해 이 이야기를 꺼낸 것이리라.

"……."

"아하, 있나 보네."

"후타바는, 만약 그때…… 하고 생각할 때 없어?"

"아즈사가와한테 있어서는, 여동생에 관한 거지?"

사쿠타는 얼버무리려 했지만 리오는 상냥하지 않았다. 요즘들어 유마에 관한 일로 놀린 것에 대한 복수를 하는 것일까.

"그래. 그럼 안 돼?"

"안 되는 건 아니지만, 아즈사가와답지 않기는 해."

"딱히 진짜로 바로잡고 싶다고 생각하는 건 아냐."

"그럼 뭐야?"

"『만약』처럼 생각해봤자 부질없는 걸, 더는 생각하지 않아도 되었으면 하는 것뿐이지."

"그래. 그건 아즈사가와답네."

"나는 현재를 살아가는 것만으로도 벅차거든. 과거로 돌아간다든가…… 같은 다른 가능성에 대해 하나하나 신경 쓰면서 어떻게 사냐고. 그런 건 성가시단 말이야."

그 말을 무시한 리오는 가스버너를 준비하기 시작했다.

사쿠타는 책상 위에 놓인 주사위를 손가락으로 튕겼다. 『3』이 나왔다.

"저기, 후타바."

"응?"

가스버너를 켠 리오는 귀찮다는 어조로 말했다. 자신이 듣고 싶은 말을 들었기 때문에 이제 사쿠타에게 흥미가 없는 것 같았다.

"운동부라서 매일같이 몸을 단련할 뿐만 아니라, 체격도 자기보다 큰 상대에게 이길 방법이 있다고 생각해?"

"……."

리오는 손을 멈췄다. 그녀의 눈에는 약간의 놀라움이 깃들어 있었다. 하지만 곧 어이없다는 표정을 지었다. 그리고 마지막에는 코웃음을 쳤다.

"그런 건 내 전문이 아냐."

"그렇지?"

공기가 조절된 가스버너의 불길은 빨간색에서 파란색으로 변했다.

"하지만……."

"응?"

"인간은 원숭이가 아니니까 머리를 잘 쓰면 이길 수 있지 않을까?"

그것은 확실히 리오다운 대답이었다.

제4장

이 모든 거짓말을 그대에게

1

주말인 일요일 밤, 사쿠타가 아르바이트를 마치고 돌아와 보니 부재중 전화가 녹음되어 있었다.

"누구지?"

따로 살고 있는 아버지일까.

사쿠타는 그렇게 생각하면서 재생 버튼을 눌렀다.

"사쿠라지마 마이예요. 방금 가고시마에서 돌아왔어요. 일단 알려둡니다."

그러자 뜻밖의 목소리가 흘러나왔다. 평소와 달리 존댓말을 사용하는 마이의 목소리가 신선하게 느껴졌다.

사쿠타는 한 번 더 재생해봤다.

"사쿠라지마 마이예요. 방금 가고시마에서 돌아왔어요. 일단 알려둡니다."

전화기는 또 마이의 음성을 들려줬다.

한 번 더 재생 버튼을 누르려다—.

"세 번이나 하면 짜증나는 녀석 같겠지."

—라는 사실을 깨닫고 관뒀다. 그 대신 수화기를 들었다. 그리고 이미 외워버린 마이의 핸드폰 번호를 눌렀다. 신호가 세 번 정도 간 후, 상대는 전화를 받았다.

"누구시죠?"

"나예요."

"알아. 너희 집 전화번호를 등록해뒀거든. 그리고 나, 지금 목욕하려던 참이거든?"

마이는 왠지 귀찮은 말투로 자기 할 말만 일방적으로 했다. 이런 타이밍에 전화를 하지 말라는 것 같았다. 여자 마음이라는 것은 정말 복잡했다.

"그럼 마이 씨는 지금 알몸이에요?"

"그럼 전화를 안 받았을 거야."

"왜요?"

"알몸으로 남자 전화를 받으면 완전 변태잖아."

듣고 보니 그랬다. 마이가 그런 변태가 되는 건 싫었다.

"그런데 무슨 일이야?"

그 짧은 말에서는 「빨리 씻고 싶거든?」이라는 의미가 느껴졌다.

"마이 씨, 어서 와요."

"……."

약간의 당황이 섞인 한숨이 전화기에서 흘러나왔다.

"그게 다야?"

"나는 다른 말이 듣고 싶은데 말이죠."

"다녀왔어, 같은 말은 안 할 거야."

방금 그 말은 한 것으로 들어가지 않는 것일까. 사쿠타로서는 들어가지만, 마이로서는 들어가지 않는 것 같았다.

"그럼 끊을게."

그런 생각을 하는 사이, 그렇게 말하면서 마이는 전화를 끊었다. 여전히 자유롭기 그지없는 사람이었다.

다시 걸어봤자 받지 않을 것 같아서 사쿠타는 순순히 수화기를 내려놓았다. 마이가 무사히 돌아왔다는 사실을 안 것만으로도 목적은 충분히 달성했다.

다음날이자 새롭게 한 주가 시작되는 월요일. 7월 7일. 칠석인 이 날은 아침부터 하늘에 구름 한 점 없었다.

사쿠타는 아침을 먹으면서 텔레비전을 켰다.

"날씨가 좋으니 견우와 직녀도 무사히 만날 수 있겠군요."

아침을 알리는 얼굴로 정착된 남성 캐스터가 그런 센스 있는 말을 했다.

그 후 일기예보에서는 기상캐스터 아가씨가 미소 띤 얼굴로 각지의 기온이 30도에 근접하고 있다고 말했다. 듣기만 해도 의욕이 사라지는 정보였다.

가능하다면 학교를 빼먹고 싶다. 하지만 사쿠타에게는 그럴 수 없는 이유가 있었다. 하필이면 오늘부터 기말시험이 시작되는 것이다.

더위를 견디며 등교한 사쿠타를 기다리고 있었던 것은 수학과 영어 시험이었다. 수학은 일단 해답란을 대부분 채웠지만, 영어 듣기 부분은 전혀 알아듣지 못했다. 사쿠타는 마음속으로 영어가 필요 없는 직업을 가져야겠다고 결심하면서 하교했다.

산타클로스가 되는 것은 무리일지도 모른다.

역으로 이어지는 통학로는 미네가하라 고등학교의 학생들로 북적이고 있었다. 평소 하교 때보다 혼잡한 것은 시험 기간이라서 부활동을 위해 방과 후에 학교에 남는 학생이 없기 때문이다.

사쿠타는 교문을 나선 직후, 눈에 익은 뒷모습을 발견했다.

끈을 길게 한 가방으로 엉덩이를 가리고 있었다. 토모에다.

고개를 푹 숙인 토모에는 기운 없는 걸음걸이로 혼자 걷고 있었다. 항상 같이 있던 레나, 히나코, 아야, 세 사람은 10미터 정도 앞에서 웃고 있었다.

다른 일이 있어서 뒤쳐진 토모에가 이제부터 그녀들과 합류하려는 분위기는 아니었다. 레나 일행은 토모에가 있는 걸 알면서도 모르는 척하고 있었다.

토모에와 레나 일행 사이의 거리는 의도적으로 만들어진 것이다.

그것을 보고 사쿠타가 가장 먼저 떠올린 것은 지난 주 금요일에 유마에게 들은 이야기였다.

—좋지 않은 소문이 퍼지고 있어.

유마는 그렇게 말한 후……

—아무한테나 다리를 벌린다느니, 걸레라느니, 사쿠타와 미구 해대고 있다는 소문이야.

……하고 가르쳐줬다.

시치리가하마 역의 조그마한 플랫폼은 미네가하라 고등학교의 학생들로 가득 차 있었다.

후지사와 방면의 선두 쪽, 즉 역 구석에 토모에는 고개를 푹 숙인 채 서있었다. 주위에 있는 학생들은 토모에와 약간 거리를 두고 있었다. 마치 보이지 않는 벽을 만들고 있는 것 같았다. 같은 공간에 있는데도 토모에만 다른 분위기에 휩싸여 있었다.

정기권으로 개찰구를 지난 후 플랫폼에 들어선 사쿠타는 남들의 시선을 무시하며 토모에의 옆으로 이동했다. 그리고 그녀의 머리를 가볍게 두드렸다.

"인상 좀 펴라고."

"선배……."

토모에는 그 말을 듣고 고개를 들었지만 주위 사람들이 신경 쓰이는지 다시 고개를 숙였다.

사쿠타가 합류하자 주위의 시선 또한 더욱 거세어졌다. 그렇다고 노골적으로 쳐다보는 것은 아니었다. 소문의 진위를 확인하려는 것처럼 힐끔힐끔 쳐다보고 있었다.

소문을 재미있어하며 레일에서 벗어난 인간을 비웃듯 내려다보고 있는 시선이었다.

사쿠타는 이미 익숙했기에 아무렇지도 않았다. 하지만 옆에 있는 토모에는 몸을 움츠리고 있었다.

고개를 숙인 토모에의 얼굴은 괴로움이라는 감정에 지배당하고 있었다. 도망치고 싶다는 절실한 마음이 아플 정도로 전해져 왔다.

불안에 찬 눈동자에서는 금방이라도 눈물이 흘러나올 것 같았다.

토모에는 이런 식으로 주목받는 것이 힘들 것이다. 이런 상황에 처하지 않도록 필사적으로 주위의 분위기를 파악하며 행동해왔던 것이다. 창피를 당하고 싶지 않다는 생각으로 가짜 커플 행세까지 했다.

그런 토모에를 궁지로 몰아넣는 것처럼 등 뒤에서 노골적인 웃음소리가 들렸다.

그 소리를 들은 순간, 토모에는 겁먹은 반응을 보였다.

몸 한가운데에서 짜증이 솟구치는 것을 느끼면서 사쿠타가 뒤를 돌아보니, 등 뒤에는 짜증나는 미소를 지은 3학년 3인조가 있었다. 좀 노는 분위기를 지닌 그들은 하나같이 허리에 체인을 달고 있었다. 그 중심에는 마에사와 선배가 있었다.

사쿠타와 시선이 마주치자 그는 비웃음을 터뜨렸다.

"요즘 1학년은 문란하네."

마에사와 선배는 다른 학생들에게 들으라는 듯이 큰 목소리로 함께 있는 두 사람에게 말했다. 그는 시선으로 사쿠타를 도발하고 있었다.

꽤나 얄팍한 술수로 싸움을 걸고 있었다. 열 받기는커녕 웃기다는 생각이 든 사쿠타는 코웃음을 쳤다. 받은 만큼 돌려주는 것이 인간으로서의 예의니까 말이다.

"아앙?"

마에사와 선배의 표정이 노골적일 정도로 험악해졌다. 불쾌함과 위압적인 감정을 흩뿌리면서 사쿠타를 향해 한 걸음, 두 걸음 다가왔다.

"방금, 웃었지?"

"지금도 웃고 있는데요?"

"헛소리 하지 마!"

마에사와 선배는 사쿠타의 멱살을 움켜잡았다.

"나는 바보 취급을 하고 있을 뿐인데요?"

플랫폼 한편에서 웃음소리가 들려왔다.

다음 순간, 강렬한 펀치가 사쿠타의 안면에 꽂혔다. 둔탁한 소리가 나더니 사쿠타는 비틀거리면서 두세 걸음 정도 물러섰다.

"꺄아!"

방금 그 비명은 토모에가 낸 것이리라.

눈앞이 새하얗게 변하더니 왼쪽 볼에서 감각이 사라졌다.

몇 초 후, 강렬한 고통이 볼에서 느껴졌다. 사쿠타보다 5센티미터는 키가 크고, 농구로 단련된 체구로 날린 일격은 예상했던 것보다 강했다.

"아야야……."

미네가하라 고등학교의 학생들로 가득 찬 역 플랫폼은 정적으로 가득 찼다. 기묘한 긴장감이 이 공간을 지배하고 있었다.

그리고 마에사와 선배는 한 방 더 날리기 위해 주먹을 치켜들었다.

"선배!"

토모에는 그렇게 외치면서 자신의 작은 몸을 사쿠타와 마에사와 선배 사이에 밀어 넣었다.

"이 바보야!"

사쿠타는 반사적으로 토모에의 가방을 뒤쪽으로 잡아당겼다. 그 반동으로 토모에와 자신의 위치를 바꿨다.

토모에의 행동에 놀란 마에사와 선배는 주먹을 치켜든 채 그대로 굳어버렸다.

이곳에 모여 있는 이들의 시선은 그런 세 사람에서 쏟아지고 있었다.

처음에는 참을 생각이었다. 하지만 볼이 여전히 아픈 데다, 짜증을 동반한 열기가 치솟았다. 사쿠타의 몸은 그 열기에 지배당했다.

"선배……."

토모에는 걱정 섞인 눈길로 사쿠타를 쳐다보면서 그의 소매를 잡아당겼다. 금방이라도 울 것 같은 그녀의 표정을 보니 참는 게 바보 같다는 생각이 들었다.

사쿠타는 한 걸음 앞으로 크게 내디디면서 힘껏 팔을 휘둘렀다.

마에사와 선배는 즉시 양손을 치켜들며 방어 자세를 취했다. 그리고 하반신 쪽은 거의 신경쓰지 않았다. 사쿠타는 그런 마에사와 선배의 정강이를 신발 끝으로 걷어찼다.

"으윽?!"

마에사와 선배의 입에서 경악과 고통이 뒤섞인 신음이 새어나왔다. 그는 그 자리에서 사쿠타에게 걷어차인 오른발을 감싸 쥐더니 그 자리에서 주저앉았다.

"이 비겁한 자식……!"

마에사와 선배는 증오에 찬 눈동자로 사쿠타를 쳐다보았다.

"비겁한 건 너라고!"

사쿠타는 마에사와 선배의 안면을 향해 신발 발바닥으로 발차기를 날렸다. 사쿠타의 발은 상대의 얼굴에 정확하게 꽂혔다.

"커억."

마에사와 선배는 한심하게 엉덩방아를 찧더니 그대로 플랫폼 안을 굴러다녔다.

사쿠타를 노려보는 그의 눈동자는 수치심과 분노, 그리고 굴욕에 의해 새빨갛게 달아올라 있었다.

입을 여는 사람이 단 한 명도 없었다. 눈앞에 펼쳐진 광경에 놀란 나머지 어떤 반응을 보여야 할지 모르는 것 같았다. 사쿠타의 말을 기다리고 있는 분위기였다.

그 기대에 부응할 생각은 없지만, 사쿠타는 마에사와 선배가 가장 듣고 싶지 않을 말을 입에 담았다.

"꼴사납네."

구경꾼 중 일부가 술렁거렸다. 낮은 웃음소리도 들렸다.

"누가 꼴사납다는 거야! 대체 누가!"

그렇게 외친 마에사와 선배는 분노 탓에 머리가 잘 돌아가지 않는지, 금붕어처럼 입만 뻐끔거렸다.

그 대신 같이 있던 3학년 둘이 사쿠타에게 다가오기 시작했다.

그런 그들을 무시한 사쿠타는 마에사와 선배에게 말을 걸었다.

"빨리 얼굴을 씻는 편이 좋을걸요?"

"뭐어?"

"어제 똥을 밟았거든요."

마에사와 선배는 허둥지둥 손으로 얼굴을 훔쳤다. 그리고 손 냄새를 맡아보는 모습이 또 구경꾼들의 웃음을 자아냈다.

사쿠타를 건드리려던 두 3학년은 걸음을 멈추더니 사쿠타와 거리를 벌렸다. 역시 똥 배리어는 최강이다.

주위를 둘러보니 들고 있던 스마트폰을 조작하는 학생도 있었다. 눈앞에서 벌어진 일을 SNS에 올리거나, 이 자리에 없는 친구에게 메시지를 보내는 것이리라.

그런 인파 속에 있던 레나는 크게 놀란 표정으로 이쪽을 쳐다보고 있었다. 레나의 옆에 있는 히나코는 오들오들 떨고 있었고 아야가 그런 그녀를 달래고 있었다.

"허, 헛소리 하지 마!"

마에사와 선배는 그제야 몸을 일으켰다.

"헛소리를 하고 있는 건 선배잖아요. 자기가 구경거리가 되는 게 싫으면 얼간이 같은 짓 좀 하지 말라고요. 정말 삶 자체가 꼴사납네요."

"헛소리 하지 마!"

"그 말, 아까도 들었다고요."

"……"

마에사와 선배는 여전히 언어회로가 고장 난 상태인 것 같았다. 마에사와 선배의 입에서는 그 외의 다른 말이 나오지 않았다. 고장 난 스피커처럼 「헛소리 하지 마, 헛소리 하지 마」만 계속 외쳐대고 있었다.

"선배, 이제 됐어."

어느새 토모에가 사쿠타의 교복 끝자락을 쥐고 있었다. 그녀는 난처한 표정을 짓고 있었다. 토모에는 다른 학생들에게 나쁜 쪽으로 주목받고 있는 마에사와 선배를 걱정하고 있었다. 토모에는 자신이 남들의 주목을 받는 것뿐만 아니라 남이 그런 일을 당하는 것도 싫어했다.

"아니, 이 말만은 해야겠어."

사쿠타는 다시 마에사와 선배를 쳐다보았다.

"마구 해대고 있다고? 말도 안 되는 농담 하지 마. 나는 동정이라고."

사쿠타는 내뱉어버리듯이 그렇게 말한 후, 토모에의 손을 잡아끌면서 역을 나섰다. 한 걸음, 두 걸음, 역에서 벌어질수록 걸음이 빨라졌다. 정신을 차리고 보니 내달리고 있었다.

딱히 마에사와 선배가 쫓아올까 싶어 달리는 것은 아니었다.

사쿠타도, 토모에도 기분이 고양된 탓에 달릴 수밖에 없었다. 기분이 즐거워졌다. 왜 즐거운지는 모르겠다. 하지만 이 상황 자체가 두 사람의 가슴을 뛰게 만들었다.

"선배, 너무 심했어."

"내가 알 바 아냐."

"진짜로 너무 심했다구"

달리고 있는 토모에는 그렇게 말하면서도 계속 웃고 있었다.

파도 소리. 바람 소리가 달아오른 마음을 진정시켰다.

마음속에 존재하던 거무튀튀한 부분도 밝은 색깔로 덧칠되었다.

바닷가에는 그런 이상한 힘이 있었다.

역에서 도망친 사쿠타와 토모에는 시치리가하마의 모래사장에서 서쪽을 향해 걷고 있었다. 점차 다가오고 있는 것은 바다에 멀뚱히 떠있는 에노시마였다.

"선배도 들어와."

신발과 양말을 벗은 토모에는 물가에서 파도와 놀고 있었다. 사쿠타는 토모에에게서 2미터 정도 떨어진 채, 파도가 아슬아슬하게 밀려들지 않는 부분을 따라 걷고 있었다.

　"네 신발을 누가 들고 있는지 잊은 거야?"

　사쿠타는 토모에가 모래사장에 벗어둔 신발과 양말을 들고 있었다.

　평일인데도 불구하고 모래사장에는 놀러온 사람이 꽤 있었다. 조그마한 어린애를 데리고 온 가족도 보였고, 대학생 집단도 있으며, 성인 커플도 있었다. ……그들은 바닷가에서 즐겁게 놀고 있었다. 오늘은 날씨도 좋기에 올해 첫 바다를 즐기고 있는 것 같았다. 밝은 웃음소리가 울려 퍼졌다.

　"선배."

　"그러니까 안 들어갈 거라고."

　"그 말을 하려는 거 아닌데."

　토모에는 볼을 부풀렸다.

　"그럼 뭔데"

　"고마워."

　"……."

　"아까, 정말 기뻤어."

　"별말씀을요."

　사쿠타는 감정이 깃들지 않은 목소리로 말했다. 아직도 욱신거리는 왼쪽 볼이 열기를 띠고 있었다.

"전에 선배가 했던 말이 조금 이해됐어."

"응?"

"이 세상 전체가 적이더라도, 한 명만 자신을 필요로 해준다면 된다스러운 이야기 말이야."

"스러운은 또 뭐야. 제대로 외우라고."

"진짜로 선배의 애인이 된 느낌이었어. 선배에게 소중하게 여겨지는 느낌이 들었어."

바람과 파도가 토모에의 즐거운 마음을 사쿠타의 귀에 전해줬다.

"1학기 동안은 그러기로 약속했잖아."

당초에는 『선배 이상 애인 미만』의 관계였지만, 지금은 애인 미만이라고 할 수 없는 관계가 된 느낌이 들었다.

"보통은 가짜 애인에게 그렇게까지 해주지 않아. 그렇게 소중히 여기지는 않을 거라구."

"나는 완벽주의자거든."

"그게 뭐야. 영 파이대이."

"그게 무슨 소리야?"

"선배, 그것도 모르는 기가?"

토모에는 어이없다는 시선으로 사쿠타를 쳐다보면서 말했다.

"내가 가르쳐주까?"

이번에는 잘난 척을 했다.

"별로라는 의미야."

"완벽주의라는 말은 농담이 아냐."

사쿠타는 토모에와 나란히 걸으면서 말했다.

"코가."

"응?"

"나야말로 고마워. 네가 끼어들지 않았다면 일방적으로 두들겨 맞았을 거야."

체격이 큰 마에사와 선배에게 두세 방 더 두들겨 맞았다면 반격을 하지 못했을 것이다.

"하지만 앞으로는 조심해. 만약 잘못 맞았으면 크게 다쳤을 거야."

"필사적이어서 거기까지 생각이 미치지 않았어."

"역시 정의의 여고생이네."

사쿠타는 그렇게 말하면서 토모에와 처음 만난 날을 떠올렸다. 사쿠타를 변태로 착각한 토모에는 조그마한 어린애를 지키기 위해 앞뒤 생각도 않고 그의 엉덩이를 걷어찼다.

그 정의감이야말로 토모에의 본질이라고 생각한다.

토모에는 여차하면 생각보다 몸이 앞섰다. 그런 토모에에게 존재하는 것은 어떻게든 해야 한다는 생각에서 비롯된 순수한 친절이다.

그런 행동은 아무나 할 수 있는 것이 아니었다. 보통 무슨 일이 벌어진다면 사람은 그대로 굳어버리고 마는 것이다.

"그리고 미안해."

"뭐가?"

토모에에게서 의문 섞인 시선이 느껴졌다.

"친구가 동경하는 선배한테 심한 짓을 했잖아."

"맞네. 어쩌지~?"

토모에는 가라앉은 표정을 지으며 멈춰 섰다.

그런 그녀의 발치를 향해 몇 번이나 파도가 밀려왔다.

"뭐, 생각해봤자 아무 소용없겠지."

"선배 탓이잖아! 생각 좀 해보라구~."

"그래서 아까 사과했잖아."

"무책임해~."

토모에는 입술을 삐죽 내밀었다. 그런 토모에가 갑자기 어깨를 부르르 떨었다. 그리고 교복 호주머니에서 스마트폰을 꺼냈다. 아무래도 연락이 온 것 같았다.

"아, 레나한테서다……."

화면을 쳐다보는 토모에의 표정에 긴장이 어렸다.

"뭐라는데?"

"『미안. 내가 어떻게 됐던 것 같아』래."

"정말이려나."

사쿠타는 무심코 웃음을 터뜨렸다.

"『나, 마에사와 선배를 환멸하게 됐어』라네."

"그거 미안한 짓을 했네. 뭐, 얼굴에 개똥 좀 묻었다고 환멸하게 될 정도의 동경이었겠지."

사람의 겉모습만 보고 있는 것이다. 진짜로 좋아한다면 한때 한심하기 그지없는 꼴을 보이더라도 그 마음이 변하지 않을 것이다. 그런 한심함 또한 그 사람의 한쪽이니까 말이다.

『다 같이 시험공부를 하기로 했는데, 오지 않을 거야?』래."

아무래도 이상한 오해가 풀려서 화해하게 된 것 같았다. 답장을 보낸 후, 몇 번 메시지를 주고받은 토모에의 표정에 미소가 맺혔다.

하지만 스마트폰을 호주머니에 넣은 토모에는 바다에서 나오려 하지 않았다.

"안 가도 괜찮은 거야?"

"오늘은 선배가 공부를 봐주기로 했다고 보내놨어."

"그랬더니?"

토모에는 스마트폰 화면을 사쿠타에게 보여줬다. 레나, 히나코, 아야가 보낸 메시지에는 문자가 없었다. 그저 히죽히죽 웃는 느낌의 스탬프 몇 개가 존재했다.

"아, 맞다. 선배."

"응?"

"하나 말해둘 게 있는데 말이야."

토모에는 갑자기 몸을 배배 꼬았다.

"화장실 가고 싶은 거야?"

"아냐!"

"그럼 뭔데?"

"나, 나…… 저기, 한 적 없어."

"뭘?"

무슨 이야기를 하는 것인지 눈치챘지만, 사쿠타는 부끄러워하는 토모에가 귀여워보였기에 알아듣지 못한 척 했다. 과연 토모에는 어떤 식으로 설명을 할까.

사쿠타가 기대로 가슴을 가득 채우고 있을 때—.

"나, 처녀야."

토모에는 사쿠타를 올려다보면서 그렇게 말했다.

사쿠타는 더는 못 참겠다는 듯 웃음을 터뜨렸다. 소리 내어 웃었다.

"우, 웃는 건 좀 너무하지 않아?"

토모에는 발로 사쿠타를 향해 물을 튀겼다. 사쿠타는 그 물을 간단히 피했다.

"피하지 마~."

"내가 그런 거짓말을 믿을 거라고 생각해?"

"생각하지는 않지만, 덜컥 믿어버리는 건 싫단 말이야."

"그렇다고 『나, 처녀야』라고 말하는 건 너무 과감하지 않아?"

마침 개를 데리고 나온 노부부가 두 사람의 옆을 지나갔다.

"모, 목소리 좀 낮춰~!"

"코카, 네가 한 말이잖아."

"그, 그렇지만…… 확실하게 해두고 싶었단 말이야."

"확실하게 기억해뒀어. 그리고 나는 그런 건 신경 쓰지 않아."

이대로는 끝이 나지 않을 것 같아서 사쿠타는 토모에를 두고 걸음을 옮겼다.

"아, 기다려."

토모에는 첨벙첨벙 하고 물소리를 내면서 사쿠타를 쫓아왔다.

토모에는 물가를, 사쿠타는 모래사장을…… 2미터 이상 떨어지지도, 그렇다고 더 가까워지지도 않은 채 한 동안 걸음을 옮겼다.

"하지만 코가는 남자와 사귄 적이 있지 않아?"

사쿠타는 웃음을 참으면서 말했다.

"선배, 그게 거짓말인 걸 알면서 묻는 거지?"

토모에는 부끄러움과 수치심이 뒤섞인 눈빛으로 쳐다보았다.

"있어도 이상하지 않다고는 생각했어. 그런데 왜 그런 거짓말을 한 거야?"

"그야 다들 중학교 때 애인이 있었다고 했거든. 레나도, 히나코도, 아야도 말이야. 히나코는 지금도 그때 사귀던 남자와 계속 사귀데."

"흐음."

"내가 말을 꺼낸 건 아니거든? 뭐랄까 『토모에도 있었지?』 같은 느낌으로 다들 납득해버려서……. 아니라고 말하는 것도 좀 그래서 그대로 있다 보니 지금에 이르렀다고 할까……."

"그랬구나~."

"그리고 남자와 사귄 적이 없다고 하면 선배가 나를 얕볼 거라고 생각했어."

"코가는 대체 무엇과 싸우고 있는 거야?"

"모르겠어."

굳이 말하자면 평판이나 자신에 대한 주위의 기대일까. 누군가에게 있어서의 『코가 토모에』의 이미지를 지키기 위해 토모에는 매일 같이 영문 모를 노력을 하는 것이다.

미움 받지 않는 자신을 만들기 위해, 매일 같이 싸우고 있다. 눈에 보이지 않는 무언가…… 공기 혹은 분위기 같은 것과 말이다.

"저기, 선배."

토모에는 발치에 밀려온 파도를 걷어차면서 사쿠타를 곁눈질했다.

"응?"

사쿠타는 모래에 발이 걸리지 않도록 발치를 살피면서 대답했다.

"나, 선배에게 어떻게 보답하면 돼?"

옆에서 들려오던 발소리가 멎었다.

두세 걸음 더 나아간 후 걸음을 멈춘 사쿠타는 뒤돌아보았다.

그러자 토모에의 진지한 얼굴이 눈에 들어왔다.

"진지한 얼굴로 무슨 소리를 하는 거야?"

"진지하게 묻는 거야."

"딱히 보답할 필요 없어. 일본 대표도 무사히 그룹 리그를 돌파했잖아."

며칠 전에 일본 축구 대표 팀은 결승 토너먼트 출전이 걸린 축구 강호 국가 대표 팀과의 대결에서 멋지게 승리했다. 4년이라는 시간을 들여 구상한 조직적이면서 공격적인 축구가 성공을 거둔 것이다.

약속대로 토모에는 그 시합 때 일본 대표 팀을 열심히 응원한 것 같았다. 일본 대표 팀의 유니폼을 입고 얼굴에 국기까지 그린 모습을 사진으로 찍어서 사쿠타에게 보여줬다.

"하지만……."

"불만이면 일요일에 나 좀 도와줘."

"뭘 말이야?"

"아르바이트 비가 나왔으니 여동생에게 옷을 사줄까 싶은데, 나는 유행 같은 거 잘 모르거든."

"응……."

승낙을 한 토모에는 여전히 개운하지 않은 표정을 짓고 있었다. 보답 치고는 부족하다고 생각하는 것이리라.

"그럼 하나 더 부탁해도 돼?"

"뭔데?"

토모에는 사쿠타를 향해 몸을 쑥 내밀면서 말했다.

"이 거짓말이 끝난 후에, 내 친구가 되어줘."

"……."

토모에는 그 말이 뜻밖이었는지 눈을 치켜떴다. 그리고 웃음을 터뜨린 그녀는 약간 불만 섞인 표정을 지었다.

"싫은 거야?"

"좋기는 하지만, 왠지 싫다고 할까……."

"그건 또 무슨 소리야?"

토모에는 뭔가 신경 쓰이는지 오른손을 가슴에 대고 있었다. 그 손을 쥐락펴락하며 뭔가 불안한 반응을 보였다.

"싫으면 됐어."

"아냐. 어쩔 수 없으니까, 절친이 되어줄게."

토모에의 미소는 한여름의 태양 아래에서 찬란히 빛났다.

"아니, 친구면 돼."

"이유가 뭐야~."

해안선을 따라 두 정거장 거리를 걸은 사쿠타와 토모에는 고시고에 역에서 열차를 탔다.

사쿠타는 자리에 앉기 전에 열차 안을 살폈다. 마에사와 선배와 다투고 한 시간 이상 지났기 때문일까, 열차 안에는 미네가하라 고등학교의 교복을 입은 이가 거의 없었다. 다들 내일 시험에 대비해 일찌감치 귀가한 것 같았다.

토모에는 안도한 것처럼 가슴을 쓸어내렸다.

두 사람은 빈자리에 나란히 앉았다. 맞은편에는 대학생 그룹이 앉아 있었다. 그들은 민가 사이를 달리는 열차의 차창

밖 풍경을 환호하면서 바라보고 있었다.

"우와, 엄청나지 않아?"

"진짜로 가깝네. 닿을 것만 같아."

"참신한걸."

참신하다랑은 거리가 먼 것 같은데…… 하고 사쿠타가 생각한 순간, 토모에와 시선이 마주쳤다. 토모에도 같은 생각을 하고 있었는지 입가에 미소가 맺혀 있었다. 참신하다, 가 아니라 그리운 분위기라는 표현이 옳았다. 일본어가 심각하게 문란해진 느낌이 들었다.

"참, 코가. 공부는 어디서 할 거야?"

"뭐? 진짜로 할 거야?"

"안 하면 친구에게 거짓말을 한 게 되잖아."

"……선배, 화학 잘해?"

토모에는 상대를 살피는 눈길로 사쿠타를 쳐다보며 웃었다.

"아마 코가보다는 잘할 걸?"

"왠지 굴욕적이야."

"이유가 뭐야?"

"진짜인지 아닌지 확인하고 싶어졌어."

"그럼 우리 집에 올래?"

"응?"

"참고로 부모님은 안 계셔."

"뭐어?!"

"열차 안에서 고함지르지 마."

한 순간, 주위의 시선이 두 사람에게 집중되었다.

"하, 하지만, 저기, 마음의 준비가 안 되었다고 할까…… 하지만, 저기, 응."

당황, 초조, 부끄러움 같은 감정을 얼굴에 드러내던 토모에는 마지막에 이르러서 자그마한 목소리로 중얼거렸다.

"너, 착각하고 있지?"

"아, 안 했어. 어린애 취급하지 마."

"어른의 계단을 오르지는 않을 거라고."

후지사와 역에 도착할 때까지의 몇 분 동안, 사쿠타는 토모에를 건드리지 못하는 열 가지 이유를 줄줄 늘어놓았다. 한심하다는 표정으로 그걸 듣고 있던 토모에는 열차에서 내리며 일부러 사쿠타의 발을 밟았다.

역에서부터 10분 동안 걸은 두 사람은 사쿠타가 사는 맨션에 도착했다. 엘리베이터로 7층까지 올라간 후―.

"다녀왔어."

사쿠타는 그렇게 말하면서 현관문을 열었다.

그러자 안쪽에 있는 거실에서 카에데가 얼굴을 내밀었다.

"어서 오……."

말을 잇던 카에데는 사쿠타가 누군가를 데려 왔다는 사실을 눈치채자마자 문 뒤편에 숨었다. 그리고 천적을 살피는 조그마한 동물처럼 토모에를 쳐다보았다.

"오빠가 지난번과는 다른 여자를 데리고 왔어……."

불명예스러운 발언이 들렸지만 무시했다.

"자아, 들어와."

"시, 실례할게요."

토모에는 고개를 꾸벅 숙인 후, 신발을 벗었다. 신발을 가지
런히 놓고 사쿠타가 안내해준 방에 들어갔다.

사쿠타가 뒤따라 들어가려 한 순간, 카에데가 그의 교복 소
매를 잡아당겼다.

"왜 그래?"

카에데는 발돋움을 하더니 사쿠타에게 귓속말로 말했다.

"한밤의 나비 언니와 동반 귀가할 거면 미리 말해줘요."

"카에데, 너는 지금 착각을 하고 있어."

그리고 토모에는 한밤의 나비 언니라고 하기에는 색기가 부
족했다. 헤어스타일도 평범하고 화장도 연했다. 게다가 동반
귀가는 뭐지. 동반 출근이라면 들은 적이 있지만 귀가는 들
은 적이 없다.

"얼마나 쏟아 부은 거죠?"

"그녀의 이름은 코가 토모에. 같은 학교 후배야."

"연하라면 카에데가 있잖아요."

"우리 지금 무슨 이야기를 하고 있었더라?"

"마이 씨에게 이를 거예요."

그건 곤란했다. 일단 토모에 일에 관한 승낙은 받았지만 세세한 보고를 받는다면 여왕님의 기분이 상할 게 뻔했다.

"이 오빠는 시험공부를 해야 하니까, 그 이야기는 나중에 하자."

사쿠타는 카에데를 떼어낸 후, 방문을 닫았다.

"일단 앉아."

사쿠타는 방석을 권했다.

토모에는 그 방석에 다리를 모으고 단정하게 앉았다. 그런 그녀 앞에 접이식 테이블을 펼쳐서 놓았다.

"편하게 앉아도 돼."

"으, 응."

토모에는 치맛자락을 신경 쓰면서 편하게 앉았다.

사쿠타는 그런 토모에의 맞은편에 앉았다.

사쿠타는 내일 시험을 치는 현대 국어 교과서를 펼쳤다. 토모에의 앞에는 화학 교과서와 공책이 펼쳐져 있었다. 하지만 공부를 하고 있는 것 같지는 않았다. 사쿠타의 방 안을 둘러본 토모에는 침대를 보면서 얼굴을 붉혔다. 그리고 책상을 보면서 고개를 숙이더니 몸을 움츠렸다.

"왠지 무리야!"

결국 갑자기 고함을 질렀다. 그리고 교과서와 공책을 접더니 가방에 집어넣었다. 그리고 허둥지둥 가방을 매려 했지만 팔이 잘 들어가지 않았다.

"여, 역시, 나, 친구들과 같이 공부할래!"

그렇게 말한 토모에는 허둥지둥 방에서 나갔다.

"시, 실례했어요!"

그리고 허둥지둥 현관을 뛰쳐나갔다.

"어이, 코가."

현관까지 쫓아간 사쿠타는 샌들을 한 짝만 신은 채 문밖으로 얼굴을 내밀었다.

토모에는 엘리베이터 앞에 있었다. 곧 엘리베이터가 도착했다는 사실을 알리는 벨이 울렸다.

그 뒤를 이어 문이 열렸다.

엘리베이터로 뛰어들려던 토모에는 「아」 하고 말하는 모양으로 입을 벌린 채 움직임을 멈췄다.

누군가가 엘리베이터에서 내렸기 때문이다.

"아."

엘리베이터에서 내린 인물을 본 사쿠타도 같은 반응을 보였다. 미네가하라 고등학교의 여름교복 차림에 여름인데도 검은색 타이츠를 신은 그 사람은 바로 마이였다.

토모에는 마이가 내리자마자 엘리베이터에 탔다.

마이는 현관 밖으로 나온 사쿠타와 엘리베이터를 타고 내려간 토모에를 번갈아 쳐다보았다.

그리고 마이는 또각또각 하고 리드미컬한 신발 소리를 내면서 사쿠타에게 다가갔다.

"내가 없는 사이에 많이 친해진 것 같네."

마이는 새하얗고 가느다란 손가락으로 사쿠타의 코를 움켜 잡았다.

"저 애, 얼굴이 새빨갛던데 말이야. 대체 무슨 짓을 한 거야?"

마이는 비난하는 눈빛으로 사쿠타를 쳐다보았다.

"같이 공부를 하려고 했을 뿐이에요."

"무슨 공부?"

"나는 현대 국어, 코가는 화학이에요."

"흐음."

마이는 더욱 언짢은 표정을 지으며 손가락에 힘을 줬다.

한시라도 빨리 화제를 바꾸는 편이 좋을 것 같았다.

"마이 씨는…… 그거, 여행 선물이에요?"

사쿠타는 마이가 들고 있는 종이봉투를 쳐다보았다. 마이는 약간 불만인 반응을 보이면서도 사쿠타의 코를 놓았다.

"받아."

마이는 사쿠타에게 종이봉투를 떠넘겼다.

안을 살펴보니 가다랑어포, 튀김어묵, 그리고 커스터드크림을 스펀지빵으로 감싼 『카스타동』이라는 과자가 들어 있었다.

"차갑게 먹어도 맛있어."

"고마워요."

마이는 볼일이 끝났다는 듯 뒤돌아서더니 엘리베이터를 향해 걸어갔다.

"마이 씨, 우리 집에 들렀다 가지 그래요."

"지금 내가 너희 집에 들어가면 저 1학년을 질투하는 것 같잖아."

마이는 알쏭달쏭한 이유를 대고 돌아갔다.

사쿠타는 이대로 가만히 서있는 것도 미묘해서 다시 집안으로 들어갔다. 그리고 카에데를 불러서 마이가 준 여행 선물을 맛봤다.

"이거 맛있네."

"예. 맛있어요."

2

기말시험 2일차인 화요일. 사쿠타는 등교를 하자마자 교무실로 불려갔다. 교무실 옆에 있는 진로지도실로 연행된 사쿠타는 그곳에서 홀로 쓸쓸히 시험을 치러야만 했다.

이유는 물을 필요도 없었다. 시치리가하마 역에서 벌였던 싸움 때문이다.

역무원이 어제 학교 측에 연락을 한 것 같았다.

"중간시험 때는 운동장에서 고백을 하더니…… 기말시험 때는 싸움을 벌여? 아즈사가와는 시험과 원수라도 진 거냐?"

"시험 따위는 없어져버리면 좋겠어요."

"그렇게는 안 되지."

입으로는 주의를 주면서도 담임의 태도 자체는 그렇게 엄격하지 않았다. 구경꾼이라는 이름의 목격자들이 잔뜩 있어서 어제 상황이 정확하게 전해진 것이리라.

즉, 마에사와 선배가 먼저 폭력을 휘둘렀다는 게 전해진 것이다.

그런데도 앞으로 조심하라는 말을 들었다. 이럴 때는 대체 뭘 조심해야 하는 것일까. 개가 길바닥에 싸놓은 똥을 조심해야 하는 걸까.

담임교사의 말에 따르면 마에사와 선배는 오늘 결석한 것 같았다.

방과 후에 사쿠타가 진로지도실을 나와 보니 토모에가 복도에서 기다리고 있었다.

그녀는 미안해하듯 고개를 푹 숙이고 있었다. 사쿠타가 교무실에 불려간 것을 신경 쓰고 있는 것이리라.

"시험은 잘 쳤어?"

"별로야."

목소리에서도 힘이 느껴지지 않았다.

"친구와 공부한대놓고, 실은 패밀리 레스토랑 같은 데서 수다나 떨었지?"

사쿠타가 먼저 걸음을 내딛자 토모에가 허둥지둥 따라왔다

"선배는 어땠어?"

"완벽했어."

"잘 친 거야?"

"아니, 완벽하게 망쳤어."

"뭐야. 선배나 나나 다를 바 없네."

시험을 망친 사람을 찾았다고 시험 점수가 좋아지는 게 아닌데도, 왠지 토모에는 안심했다.

"아, 맞다. 선배도 스마트폰 사."

"뭐?"

"나, 어제 갑자기 돌아갔잖아? 그래서, 저기…… 선배가 그런 나를 어떻게 생각할지 몰라서 불안하더라구."

"사실 정서가 불안한 여자라고 생각했어."

토모에는 그 말을 듣자마자 얼굴을 새빨갛게 붉혔다. 분노가 치솟은 것 같았다.

"그럴 때 빨리 연락을 취하고 싶단 말이야."

토모에는 무뚝뚝한 표정을 짓더니 사쿠타를 힐끔힐끔 노려보았다.

"오늘도 선배가 선생님에게 불려갔다는 이야기를 듣자마자 연락을 하고 싶었어……. 그래서 시험에 집중하시 못했다구."

"나한테 책임을 뒤집어씌우지 마."

토모에는 아직 불만이 가시지 않았는지 뽀로퉁한 얼굴로 사쿠타를 올려다보고 있었다.

"하지만, 저기…… 그게 다야?"

토모에는 약간 주저하면서 사쿠타에게 물었다.

"뭐가 말이야?"

"어제 다른 일은 없었어?"

"딱히 코가를 생각하지는 않았어."

"그런 식으로 말하니 짜증나네. ……아무튼, 그랬구나."

다행이야, 하고 중얼거린 토모에는 안심하는 표정을 지었다. 사쿠타는 그녀의 눈가가 약간 부었다는 사실을 눈치챘다.

"혹시 어제 밤새서 공부한 거야?"

그래서 시험을 망친 거라면 아이러니하기 그지없었다.

"아냐. 그런데 왜 그런 걸 묻는 거야?"

"눈가에 다크서클이 생겼거든."

"말도 안 돼!"

토모에는 거울을 꺼내서 눈가를 살폈다.

"아~, 진짜네. 화장 좀 고치고 올게!"

토모에는 근처에 있는 여자 화장실을 향해 뛰어갔다. 정말 정신없는 애다.

홀로 남겨진 사쿠타는—.

"너무 울어서 부은 것처럼도 보이네."

—하고 혼잣말을 했다.

시험 중반인 수요일에는 교실에서 시험을 칠 수 있었다.

아침에 등교하다 열차 안에서 마에사와 선배를 발견했다

무사히 충격에서 벗어난 것 같았다. 하지만 시선이 마주쳤을 때 혐오감을 마구 드러내는 것으로 보아 반성은 하지 않았으리라.

며칠 전에 큰 소동을 일으킨 두 사람이 탄 열차 안의 공기는 최악이었으며 학생들은 「똥」이라는 단어를 입에 담고 있었다. 사쿠타를 향해 그 말을 할 때도 있었지만, 마에사와 선배를 향해 그 말을 할 때도 있었다. 그 외에는 「동정 샤우팅」이라는 말도 들렸다. 그것은 사쿠타를 웃음거리로 삼기 위한 단어였다. 하지만 그 말을 들어도 별로 부끄럽지는 않았다.

일단 그 소동의 영향은 그 정도였다.

소동의 크기를 생각하면 더 떠들썩해도 이상할 게 없었지만 시험기간 중이라서 그런지 주위의 반응은 비교적 약했다. 다들 자기 앞가림을 하느라 정신이 없는 것이리라.

하지만 딱 하나 확실하게 느껴지는 것은 사쿠타와 토모에의 관계가 그들에게 뿌리 깊이 기억되었다는 점이다. 사쿠타가 토모에를 감싸기 위해 마에사와 선배와 다퉜다는 인식이 퍼지면서, 다들 두 사람을 애인 사이로 보고 있었다. 이제 『선배 이상 애인 미만』이라는 달콤쌉싸름한 사이는 인성뇌시 않았다.

이렇게 되면 여름 방학 동안 자연 소멸되었습니다…… 같은 결말은 신빙성이 떨어질지도 모른다. 좀 더 구체적이면서 명확한 『헤어진 이유』가 필요할 것 같았다.

사쿠타는 시험 문제를 다 풀고 남는 시간 동안, 창밖에 펼쳐진 바다를 보면서 그런 생각을 했다.

목요일은 아침부터 날씨가 좋지 않았다. 비가 내렸다 그쳤다를 반복하고 있었다.

오후가 됐는데도 하늘은 맑아지지 않았으며, 방 안에 널어둔 세탁물은 잘 마르지 않았다.

"정말, 한 눈 좀 팔지 마."

그렇게 세탁물이 널려있는 사쿠타의 방에는 어찌된 영문인지 마이가 있었다.

카에데와 느긋하게 점심을 먹은 사쿠타가 빨래를 끝냈을 즈음, 마이가 집으로 찾아온 것이다. 그리고—.

"시험공부 하자."

—하고 위압적인 목소리로 말한 후 현재에 이르렀다.

방 한가운데에 접이식 테이블을 펼치고 사쿠타와 마이는 마주보고 앉았다. 사쿠타가 힐끔 보니 마이는 언짢은 표정을 짓고 있었다.

"마이 씨, 혹시 화났어요?"

"왜 그런 걸 묻는 거야?"

"느닷없이 나한테 공부를 시키니까요."

"내일까지 시험이니까 공부를 가르쳐주려는 것뿐이야. 자, 이 문제를 풀어봐."

마이는 물리 문제를 손가락으로 가리켰다.

도플러 효과[#3]에 관한 문제였다.

"5분 안에 풀어."

마이의 지도방침은 스파르타식이었다.

"낙제점만 피하면 되는데요."

"사쿠타는 장래를 진지하게 생각해본 적 있어?"

"마이 씨와 결혼해서 백년해로 하고 싶어요."

"……."

마이는 아무 말 없이 샤프의 버튼을 찰칵찰칵 소리가 나게 눌렀다. 마이 앞에는 공책이 없으니 필기 이외의 용도로 쓸 생각이리라. 예를 든다면 사쿠타를 찌르는 용도로 말이다.

농담은 그만 하는 게 좋을 것 같은 느낌이 들었다.

"대학에 갈까 해요."

그러기 위해서는 해결해야만 하는 조건이 두 개 있었다. 하나는 단순한 학력 문제다. 입시를 통과하지 않으면 들어갈 수가 없는 것이다. 다른 하나는 가정 사정에서 비롯된 경제적인 이유다. 예전에 아버지가 사립대학에 보내주는 것은 힘들다는 말을 돌려가면서 한 적이 있었다.

"마이 씨는요?"

"진학할 생각이야."

"일에 전념하는 게 아니라요?"

#3 도플러 효과 상대 속도를 가진 관측자에게 파동의 진동수와 파원에서 나온 수치가 다르게 관측되는 현상. 파동을 일으키는 물체와 관측자가 가까워질수록 커지고, 멀어질수록 작아진다.

"일하면서도 다닐 수 있잖아. 지금까지도 그래왔어."

지금도 그렇다.

"요코하마에 있는 공립 대학에 갈까 해."

국립인지 사립인지는 모르겠지만 들어가기 힘든 대학인 것은 분명했다.

"마이 씨는 공부를 잘하니까 충분히 들어갈 수 있을 거예요."

지난번에 마이는 자신의 성적표에 8보다 낮은 점수는 적힌 적이 없었다고 말했었다.

"……."

턱을 괸 마이는 사쿠타의 얼굴을 쳐다보았다.

"고개 돌리지 마."

마이가 일부러 쳐다보는 느낌이 든 사쿠타가 고개를 돌리자 마이는 화를 냈다.

"사쿠타는 나와 같은 대학에 다니고 싶지?"

마이는 사쿠타가 생각한 것과 똑같은 발언을 했다.

"딱히 그렇지는 않은데요?"

"다니고 싶지?"

마이는 미소를 지으면서 샤프 끝을 사쿠타에게 겨눴다.

"가능하다면요."

"그럼 공부도 열심히 하고 싶겠네?"

"……."

"공립이라면 부모님의 경제적 부담도 줄 테고, 요코하마라면 여기서도 충분히 다닐 수 있어."

마이의 말은 옳다. 도망칠 구멍은 그 어디에도 없었다. 완벽한 사면초가 상태였다.

"아니, 그게, 저기……."

"정말, 왜 계속 대답을 피하는 거야?"

"근본적인 문제점인 학력 문제가 해결되지 않았기 때문입니다."

사쿠타의 성적은 평범했다. 딱 평균인 『6』인 것이다.

"그건 사쿠타가 공부를 열심히 하면 해결될 문제잖아."

"그 공부가 하기 싫어서 저항하고 있는 거라고요."

"내가 이런 소리까지 했는데도?"

"무슨 소리를 하는 거예요. 마이 씨가 뭘 원하는지는 듣지도 못했다고요."

턱을 괴고 있던 마이는 그 말을 듣고 몸을 일으켰다. 그리고 사쿠타를 지그시 쳐다보았다.

"사쿠타와 같은 대학에 다니고 싶다고 말하면, 열심히 할 거지?"

"……."

마이의 볼이 희미하게 붉은 색으로 물들었다. 연기를 하는 걸지도 모르지만 마이의 말은 화살이 되어 사쿠타의 심장을 꿰뚫었다.

"왜, 왜 그래?"

"지금 바로 마이 씨를 덮치고 싶어요."

"진짜로 찔러버릴 거야."

사쿠타는 양손을 들며 항복의 뜻을 내비쳤다. 그리고 그대로 바닥을 굴러다녔다.

"거기, 농땡이 피우지 마."

"역시 의욕이 생기지 않아요."

"그럼 바니걸 의상을 입고 가르쳐준다면 어쩔 거야?"

"여러 가지 의욕이 마구마구 샘솟을 것 같아요."

대체 뭘 가르쳐주려는 것일까. 가슴이 기대로 가득 찼다. 하지만 어차피 농담일 거라고 사쿠타는 생각했다.

"공부를 제대로 한다면 입어줄게."

"정말요?"

사쿠타는 벌떡 일어났다.

이미 마이는 벽장을 멋대로 열었다. 그리고 벽장 아래쪽에 놓인 종이봉투에서 바니걸 의상을 꺼냈다.

"갈아입을 테니까 나가 있어."

아무래도 진심인 것 같았다.

바라마지 않던 기회다. 차려진 밥상도 못 먹는 건 남자에게 수치다.

사쿠타는 군말 않고 방을 나갔다.

"훔쳐보면 죽여 버릴 거야."

마이는 단단히 못을 박은 후, 문을 닫았다.

사쿠타는 마이의 말에 따라 복도에서 순순히 대기했다.

문 너머에 존재하는 사쿠타의 방에서는 마이가 현재 옷을 갈아입고 있었다. 아무렇지도 않은 얼굴로 문을 열고 싶다는 마음이 들었지만, 그 욕망을 꾹 눌러 참았다.

그런 위험을 감수하지 않더라도 잠시만 기다리면 바니걸 복장을 입은 마이를 감상할 수 있다. 한 순간의 알몸인가, 장시간의 바니걸인가……. 사쿠타는 후자를 선택했다. 이것이 올바른 선택이라고 믿어 의심치 않았다.

카에데가 미심쩍은 눈으로 쳐다봤지만, 나스노가 배고픈 것 같다고 말해서 그녀의 관심을 다른 곳으로 돌렸다.

"다 갈아입었어."

15분 정도 진득하게 기다렸을 즈음, 방 안에 있는 마이가 말했다.

"열게요."

사쿠타는 일단 확인 삼아 그렇게 말했다.

"응."

대답을 듣고 사쿠타는 문을 열었다.

마이는 아까와 마찬가지로 접이식 테이블 앞에 편한 자세로 앉아 있었다.

그런 그녀가 입은 것은 몸에 찰싹 달라붙는 검은색 레오타드였다. 늘씬하고 긴 다리는 검은색 스타킹에 감싸여 있었고

목에는 나비넥타이를 매고 있었다. 손목에는 흰색 커프스를 차고 있었으며 머리에는 토끼 귀 모양 머리띠를 쓰고 있었다. 실내라서 신지 않은 하이힐은 옆에 놓여 있었다.

마이의 복장이 달라지자 실내의 분위기마저 달라졌다.

"자아, 빨리 앉아."

마이가 말을 하니 토끼 귀가 흔들렸다.

사쿠타는 테이블을 사이에 두고 마이의 맞은편에 앉았다. 테이블 아래에 있는 두 사람의 무릎이 닿았다. 마이는 몸을 빼지 않았다. 이 정도 스킨십은 허용해주는 것 같았다.

"그럼 공부해."

사쿠타는 약속대로 공책을 펼치더니 교과서에 실린 예상 문제를 읽었다.

하지만 정신을 차리고 보니 사쿠타의 시선은 마이를 향하고 있었다. 감촉이 끝내줄 것 같은 어깨. 새하얀 가슴 언저리. 부드러워 보이는 동그란 가슴 계곡. 허리 또한 날씬했으며 엉덩이와 허벅지의 곡선도 예술적일 만큼 아름다웠다. 영원히 쳐다보고 싶었다.

"손이 멈춰 있네."

마이는 손을 뻗어 사쿠타의 코를 톡톡 두드렸다.

"내가 아니라 교과서를 봐."

사쿠타는 마이가 화났다고 생각했지만, 곧 그렇지 않다는 사실을 눈치챘다. 마이는 자신에게 시선이 못 박힌 사쿠타를

보며 즐거워하는 것 같았다.

"마이 씨, 어떻게 된 거예요?"

"뭐가 말이야?"

"별로 화를 내지 않잖아요."

"그건 또 무슨 소리야?"

"무슨 일 있었어요?"

"그냥…… 때로는 당근을 주는 편이 좋겠다고 생각했을 뿐이야."

마이는 고개를 돌리더니 작은 목소리로 뭐라고 말했다.

"예?"

"그 애를 위해 싸움까지 할 줄은 몰랐다고 말했어."

"혹시 월요일의 소동을 본 거예요?"

"중간부터 말이야. 아, 맞다. 신발 씻어."

"아, 그건 거짓말이에요. 실은 안 밟았다고요."

"아, 그랬구나. 하아~ 재미없어."

마이는 불합리하기 그지없는 소리를 했다. 변덕꾸러기인 여왕님의 기분을 맞춰주는 것은 쉽지 않았다. 질투하는 것은 아니지만 다른 여자를 위해 사쿠타가 그렇게까지 한 게 마음에 들지 않는 태도였다.

테이블에 엎드린 마이는 사쿠타를 올려다보았다. 테이블과 몸 사이에 눌린 마이의 가슴이 강조되었다.

"아, 가슴 쳐다보지 마."

"즉, 자기도 신경써달라는 거죠?"

"확 때린다?"

"얼굴은 때리지 마요."

사쿠타는 장난스럽게 얼굴을 가렸다. 마이는 사쿠타의 어깨를 향해 힘이 전혀 실리지 않은 펀치를 날렸다.

"하아."

그리고 마이는 땅이 꺼져라 한숨을 내쉬었다.

"자아, 빨리 내 비위를 맞춰봐."

마이는 엄청난 소리를 해댔다. 하지만 그것조차도 어울리니 문제였다.

"마이 씨, 여름방학 때 스케줄이 어떻게 돼요?"

"절반 정도는 일을 해야 해. 사쿠타는?"

"아르바이트로 가득 찼지만 남는 시간은 전부 마이 씨와 보내고 싶어요. 여름이니까요."

"바다나 수영장에 가는 건 무리야."

"맙소사~."

"어쩔 수 없잖아. 나는 연예인이란 말이야."

게다가 단순한 연예인이 아니다. 국민적인 지녕도를 지랑하는 인기 여배우인 것이다. 바다나 수영장에서 수영복 차림으로 돌아다녔다간 그 주변의 사람들이 패닉 상태에 빠질 것이다.

"바다나 수영장은 귀여운 여친과 같이 가."

마이가 흥미 없다는 듯 한 말이 사쿠타의 마음에 깊숙이

박혔다.

"마이 씨."

"왜?"

"좋아해요."

마이는 손을 뻗더니 사쿠타의 볼을 꼬집었다.

"아야야야야얏!"

"대놓고 바람피우지 마. 지금은 그 1학년의 남친이잖아?"

"엄청난 미인이 눈앞에 있기에 무심코……."

"무심코 고백하지도 마."

마이는 꾸짖는 말투로 그렇게 말하면서도 입가에 미소를 머금고 있었다. 기분은 좋아보였다. 사쿠타를 곤란하게 만드는 걸 즐기고 있었다.

"자아, 공부나 해."

"너무해요~."

"이 문제를 다 풀 때까지는 재우지 않을 거야."

마이가 펼친 문제집의 페이지에는 물리 과목의 응용문제가 가득 적혀 있었다. 바니걸 차림의 대가는 지나치게 컸다. 하지만, 약속을 한 이상 지켜야만 한다…….

3

닷새에 걸친 기말시험이 끝난 금요일 방과 후, 사쿠타는 진에 약속했던 대로 토모에와 함께 쇼핑을 하러 갔다.

두 사람은 후지사와 역에서 JR도카이도선 열차를 탔다.

승차 시간은 약 20분이다.

가방에서 꺼낸 패션 잡지를 진지한 표정으로 체크하고 있는 토모에의 얼굴을 사쿠타가 쳐다보는 사이, 열차는 요코하마 역에 도착했다.

두 사람은 항상 공사 중인 그 커다란 역에서 네기시선 열차로 갈아탔다.

그리고 역 하나만 이동한 후 도착한 곳이 바로 사쿠라기쵸다.

얼마 전에 일본에서 두 번째로 높은 빌딩이 된 랜드마크 타워와 거대한 관람차, 그리고 시치리가하마와는 다른 항구마을의 바다가 동시에 눈에 들어왔다.

아마 일반적인 요코하마의 이미지를 응축한 광경이리라. 다른 곳에서는 이 분위기를 맛볼 수 없을 것이다.

"선배는 원래 요코하마에서 살았지? 그것도 잘못된 소문이야?"

"사실이야. 바다가 전혀 보이지 않을 만큼 육지 쪽이지만 말이야. 요코하마 시는 꽤 넓다고."

질문을 던졌던 토모에는 대답에는 관심이 없다는 듯, 카메라 모드인 스마트폰으로 관람차를 멀찍이서 찍어대고 있었다. 가짜라고는 해도 1학기 동안은 커플 행세를 하기로 한 만큼 추억을 만드느라 여념이 없었다.

사쿠타와 토모에는 우선 역에서 걸어서 7, 8분 정도 거리에 있는 대형 쇼핑몰로 향했다. 오픈한 후 약 1년 정도 지난 그 건물의 내부는 깨끗하기 그지없었다.

　이곳에 온 목적인 쇼핑 자체는 30분 만에 끝났다. 토모에는 사쿠타가 제시한 7, 8천 엔이라는 예산 안에서 카에데에게 어울릴 만한 옷 한 벌을 코디네이트해줬다. 그야말로 요즘 유행하는 느낌의 옷이었다. 그리고 생각했던 것만큼 비싸지도 않았다.

　지갑에 다소 여유가 있었기에 겉옷 이외의 것에도 신경을 쓸 수 있을 것 같았다.

　"저기, 코가."

　"왜?"

　"너 지금 어떤 팬티를 입고 있어?"

　"……."

　"……."

　"뭐?"

　토모에는 어안이 벙벙한 표정을 지었다.

　"안 입은 거야?"

　"입었어! 평범한…… 잠깐만, 나 지금 무슨 소리를 하는 거야?! 아니, 그것보다 왜 그딴 걸 묻는 건데?!"

　"아니, 열다섯 살 여자애에게 어울릴 만한 속옷도 살까 싶어서 말이야."

"그런 건 선배 동생이 직접 사면 되잖아."

"아~, 저번에 네가 우리 집에 왔을 때 말 안 했는데, 사실 카에데는 엄청난 집 애호가야."

"집 애호가?"

토모에는 영문을 모르겠다는 표정을 지었다.

"은둔형 외톨이라는 거지. 중학교 때 집단 괴롭힘을 당하고 그렇게 됐어."

"뭐? 그럼 어머니는?"

"여동생 때문에 여러모로 충격을 받은 탓에 지금은 같이 살고 있지 않아. 아버지는 어머니 곁을 지키고 있어."

"……."

토모에는 사쿠타의 얼굴을 지그시 쳐다보았다.

"이제 알겠어."

"뭘 말이야?"

"그래서 선배는 나를 도와준 거구나."

"코가는 분위기 파악을 정말 잘하네."

이제 와서 부정을 해봤자 소용없다고 생각한 사쿠타는 순순히 인정했다.

"선배도 마찬가지야. 분위기 파악 같은 걸 못해서 고립되어 있는 줄 알았는데…… 알면서 일부러 모르는 척 하는 거잖아."

"그래?"

"응."

토모에는 웃으면서 그렇게 말한 후, 왼쪽으로 고개를 돌렸다.

"잠깐만 기다려."

"왜?"

"이, 이유는 묻지 마! 아무튼 꼼짝하지 말고 여기 있으라구!"

토모에는 일방적으로 그렇게 말하고 근처에 있는 에스컬레이터를 이용해 위층으로 올라갔다.

약 10분 후에 돌아온 토모에는 한 손에 내용물이 보이지 않는 조그마한 비닐 봉투를 들고 있었다.

"받아."

사쿠타는 토모에가 내민 그 봉투를 받았다. 그리고 내용물을 보려고 하자 토모에가 허둥지둥 말렸다.

"보, 보면 안 돼!"

"왜?"

"그, 그게, 지금 내가 입고 있는 것과 똑같은 거란 말이야."

토모에는 치맛자락을 손으로 누르면서 몸을 배배 꼬았다. 사쿠타는 그런 토모에와 자신이 들고 있는 비닐 봉투를 번갈아 쳐다보았다.

"그 말을 들으니 더 보고 싶네."

그리고 다짜고짜 내용물을 보려고 했다.

"안 돼! 절대 안 돼! 정말~, 선배. 변태 발언만 해대다간 ㅅ

쿠라지마 선배에게 미움 받을 거야."

"뭐?"

왜 이 상황에서 마이가 튀어나오는 걸까.

"겨우 유명한 인기 여배우의 마음에 들었잖아. 나중에 후회해도 나는 모른다구."

"그건 내 착각일 거라고 전에 네가 주장하지 않았어?"

분명 그랬다. 마이에게서 「좋아한다」는 말을 들었냐고 토모에는 사쿠타에게 물었던 것이다. 그건 토모에가 감기에 걸려 양호실에서 쉴 때 있었던 일이다.

"그렇지만 얼마 전에 그 사람이 선배 집에 가는 걸 봤단 말이야."

"아, 여행 선물을 주러왔을 때 말이구나."

함께 공부를 하려고 사쿠타의 집에 왔던 토모에는 돌아가는 길에 엘리베이터 앞에서 마이와 마주쳤다.

"나, 선배가 사쿠라지마 선배와 잘 될 수 있도록 도와줄게."

"누구 때문에 사귀지 못하고 있는지 알기는 하는 거야?"

"으……. 그, 그러니까 응원하겠다는 거라구."

"그래그래. 알았어. 마음만 받아둘게……. 그런데 이제 어떻게 할 거야? 코가는 살 거 없어?"

"뭐? 아, 응. 뭐 하나만 보고 가도 돼?"

토모에와 함께 위층으로 올라간 사쿠타의 눈앞에는 화려하고 컬러풀한 공간이 펼쳐졌다. 수영복 매장이다. 다양한 색상과 형태의 수영복이 줄지어 놓여 있었다.

"친구들과 같이 바다에 가기로 약속했어. 그런데 나는 학교 수영복 밖에 없거든……. 다들 어떤 걸 입을까?"

"학교 수영복으로 괜찮지 않아?"

"괜찮지 않단 말이야. 아, 이건 어떨까?"

토모에가 약간 부끄러워하면서 쥔 것은 부드러운 느낌의 핑크색 비키니였다.

토모에는 그것을 자신의 몸에 대어봤다.

"나는 패드를 왕창 집어넣은 가슴을 보며 기뻐하는 취미는 없어."

"선배한테 보여줄 게 아니라구."

"그런 수영복은……."

사쿠타는 토모에에게 주제를 알려주기 위해 몸매가 끝내주는 마네킹을 쳐다보았다. 하지만 그 마네킹보다 더 설득력이 있는 금발 미녀가 눈에 들어왔다. 입을 벌린 채 뚫어져라 쳐다볼 만큼 끝내주는 외국 여성이었다. 매우 글래머러스했다.

아름다운 푸른 눈동자, 색기가 느껴지는 도톰한 입술. 옷 위로도 알 수 있을 만큼 가슴이 크고 허리 또한 잘록했다. 키는 마이와 비슷해 보였다. 여성 치고는 키가 큰 편이었다. 나이는 20대 초반에서 중반 정도로 보였다. 수영복 매장 한편에서 같이 있는 흑발 롱헤어의 날씬한 여성에게 「이건 어떤가요?

그럼 이건요?,라고 유창한 일본어로 즐겁게 말하고 있었다.

아니, 유심히 보니 흑발 롱헤어의 여성은 여성이 아니었다. 선이 가는 중성적 외모를 지닌 남성 같았다. 잘 생겼다기보다 예쁘게 생겼다는 말이 어울릴 것 같았다. 나이는 금발 여성과 비슷해 보였다.

사쿠타와 토모에만이 아니라, 가게 안에 있는 다른 손님들도 이 미남미녀 국제 커플에게 관심을 가지고 있는 것 같았다.

"이건 어때요?"

"아무거나 사."

남친 쪽은 기분이 나쁜 것 같았다.

"그렇게 부끄러워할 필요는 없잖아요. 아무도 쳐다보고 있지 않다고요."

아니, 사실 엄청 주목받고 있었다. 게다가 남친 쪽은 부끄러워하는 게 아니라 귀찮아하고 있는 것 같았다. 대체 어떤 사이인 걸까.

"전부 다 비슷해."

"그 말은 전부 다 저에게 어울린다는 의미인가요?"

금발벽안의 여친은 장난기 섞인 웃음을 흘렸다.

그녀의 분위기는 어딘가 마이를 연상케 했다. 자신의 미모를 제대로 이해하고 있는 여성 특유의 자신감이었다. 그녀의 말은 농담이 분명하지만 농담처럼 들리지 않는다.

"그래."

남친은 여친의 말을 순순히 인정했다. 그게 의외였는지 여친은 살짝 어리둥절했다. 하지만 곧 진심에서 우러난 미소를 지었다. 주위에 화사한 꽃이 핀 듯한 멋진 미소였다.

"웬일로 칭찬을 다 해주는 거죠?"

"나는 사실을 말했을 뿐이야."

남친은 더는 어울려주지 못하겠다는 듯 매장에서 나갔다.

"아, 기다려주세요."

여친은 통통 튀는 발걸음으로 남친을 쫓아갔다. 그리고 남친과 억지로 팔짱을 꼈다.

"영국으로 돌아갔으면서 왜 또 일본에 온 거야?"

"이쪽 미술전에 작품을 전시하게 되어서라고 말했잖아요. 아, 그리고 이번에는 부모님도 오셨으니 오늘 밤에 만나 주세요."

"자, 잠깐만. 나는 그런 말 못 들었다고!"

"그래서 지금 말하는 거예요."

아무래도 재미있는 상황이 벌어진 것 같았다. 하지만 에스컬레이터를 탄 두 사람이 아래층으로 내려갔기에 그 후에 어떻게 되었는지는 알 길이 없었다.

"뭐, 코가. 봤지?"

사쿠타는 다시 마음을 다잡으면서 토모에를 향해 돌아섰다.

"비키니는 저 금발 미녀만큼 성장한 후에 입어."

"그건 평생 무리야~."

"너한테는 이런 게 어울릴 것 같은데?"

사쿠타는 근처에 있는 수영복을 토모에에게 보여줬다.

상의는 가슴과 허리를 가리는 캐미솔 타입이며 하의는 반바지 같은 느낌이었다. 유심히 보니 상하의 둘 다 이중으로 되어 있었다.

"좀 더 생각해보고 다음 기회에 살래."

토모에는 잠시 동안 수영복과 눈싸움을 벌인 후, 그 수영복을 원래 있던 장소에 돌려놓았다.

쇼핑을 끝낸 사쿠타와 토모에는 산책 삼아 야마시타 공원으로 향했다. 그곳은 바닷가에 있는 넓은 공원이다. 스마트폰으로 사진을 찍던 토모에는 때때로 사쿠타와 커플 사진도 찍었다.

해가 기울어갈 즈음, 토모에는 「마지막으로 저거 타자」라고 말하면서 거대한 관람차를 손가락으로 가리켰다.

조명이 마을을 비추고 있었다.

두 사람을 태운 곤돌라가 천천히 상승했다. 석양에 비친 항구마을의 경치가 한눈에 들어왔다. 토모에는 곤돌라 안에서도 스마트폰으로 사진을 찍으며 기록을 남겼다.

그게 일단락되었을 때, 사쿠타는 전부터 문제라고 생각했던 점에 대해 이야기하기로 했다.

"저기, 코가."

"왜?"

토모에는 유리창에 붙어서 경치 감상에 빠져 있었다.

"어떤 식으로 헤어질지 생각해두는 편이 좋지 않을까?"

"뭐? 아, 응. 나도 알아."

토모에는 사쿠타를 향해 고개를 돌리더니 아무렇지도 않은 듯 그렇게 말했다. 그 태도를 보아하니 토모에도 같은 생각을 전부터 해왔던 것 같았다.

두 사람의 관계는 교내에 널리 퍼졌다. 게다가 상급생과 싸워버려서 두 사람이 서로에게 진심이라고 교내에 알려지고 말았다.

이래서는 여름방학 동안에 자연 소멸됐다고 하는 것은 어려웠다. 헤어진 원인을 구체적으로 생각해두는 편이 좋을 것이다.

"선배가 나한테 차인 이유는 생각해뒀으니까 안심해."

토모에는 방금 생각난 새로운 놀이를 제안하는 것처럼 즐거운 목소리로 말했다.

"잠깐, 내가 차이는 거야?"

"여전히 사쿠라지마 선배에게 미련이 남아있는 선배를 내가 차버렸다는 설정이야."

"꽤 리얼한 설정이네."

"『선배 따위 필요 없어』라고 말하면서 따귀를 날려줄게."

"진짜로 그러려는 건 아니지?"

"리얼리티가 중요하잖아?"

"할 거구나……."

"선배, 종업식 날 시간 비워둬. 바다에서 데이트를 하고 돌아오는 길에 싸웠다는 설정이거든."

토모에는 끝까지 웃는 얼굴로 사쿠타에게 따귀를 날리는 계획을 이야기했다.

관람차는 수많은 커플들을 태운 채 돌아가고 있었다.

하지만 사쿠타와 토모에 사이에는 커플 특유의 달콤한 분위기가 존재하지 않았다. 가짜 커플간의 억지스러운 느낌도 전혀 없었다.

두 사람의 관계를 말로 표현하자면 사이좋은 선후배다. 서로에게 장난을 치며 즐거워하는 자연스러운 거리감이 어느새 형성되었다.

그래서 저번에 한 약속은 이미 지켜진 느낌이 들었다.

―이 거짓말이 끝난 후에, 내 친구가 되어줘.

요즘 들어 사쿠타와 토모에의 관계는 그야말로 친구 사이였다.

"선배, 왜 히죽거리는 거야?"

"아무 것도 아냐."

"에이~, 가르쳐줘~."

그것은, 사쿠타에게 기분 좋은 관계였다.

4

기말시험이 끝나자, 학교 안은 여름방학이 이미 시작된 분위기가 되었다. 시험 점수를 확인하며 기쁨과 슬픔을 번갈아 느끼면서도, 누구나 「이번 주만 느끼면 돼」라고 생각하고 있었다.

　인근 해수욕장이 개장된 이런 때에 교실에서 시험 답안이나 맞춰보고 있을 수는 없었다.

　코앞에 있는 시치리가하마가 거센 파도 때문에 수영 금지라서 그나마 다행이었다. 코앞에서 관광객들이 해수욕을 즐기고 있었다면 폭동이 일어났을지도 모른다. 하지만 교실 창문을 통해서는 왼쪽에 있는 유이가하마 해수욕장, 오른쪽에 있는 에노시마 히가시하마 해수욕장을 볼 수 있었다.

　그곳에서 놀고 있는 해수욕객, 그리고 관련 시설의 지붕을 매일 같이 보고 있으려니 공부 따위나 하는 게 바보 같다는 생각이 들었다.

　교사도 마찬가지인지 수업에서 열의가 느껴지지 않았다.

　그래도 어쩔 수 없다는 분위기가 느껴졌다.

　학생들 중에는 방과 후에 수영을 하러 가는 이들도 잔뜩 있었다. 그들은 피부가 새빨개졌기 때문에 한 눈에 알아볼 수 있었다.

　바닷가 학교 특유의 여름 시즌 풍경이다.

　그런 나날이 느긋하게 지나갔다.

　토모에와의 가짜 커플 관계도 순조롭게 유지되고 있었다. 아무도 두 사람을 의심하지 않았다. 토모에는 친구와 사이좋게 지내고 있으며, 지난 주 일요일에는 레나, 히나코, 아야와 함께 수영복을 사러 갔었다고 아르바이트 도중에 말해줬다.

"선배, 내 수영복 보고 싶어?"

"딱히 보고 싶진 않아. 그딴 것보다 코가."

"그딴 거라니, 너무해~."

"저번에 골라준 옷 말인데, 여동생이 정말 기뻐했어. 고마워."

"아, 응. 다행이야."

"하지만 코가가 그런 팬티를 입는 줄은 몰랐어."

"뭐?! 선배, 본 거야?!"

"의외로 치마 안은 엄청나구나."

"펴, 평범하거든?!"

토모에와 그런 식으로 즐겁게 지내다 보니 1학기 마지막 일주일이 끝을 맞이했다. 그리고 1학기 마지막 날인 7월 18일은 너무나도 허무하게, 그리고 너무나도 간단히 찾아왔다.

종업식 당일, 사쿠타는 평소와 마찬가지로 카에데가 깨워 준 덕분에 눈을 떴다.

"좋은 아침이야, 카에데."

"좋은 아침이에요."

거실에 간 사쿠타는 아침 식사를 준비했다. 토스트가 구워지길 기다리면서 텔레비전을 켜보니, 어제 야간에 치러진 프로야구 2군 올스타 팀 경기의 다이제스트가 나오고 있었다.

젊은 선수로 구성된 2군 리그의 유망선수들이 나가사키의 야구장을 뜨겁게 달궜다.

사쿠타는 그 영상을 멍하니 보면서 카에데와 함께 아침을 먹었다. 발치에는 애완고양이인 나스노가 캣푸드를 열심히 먹고 있었다.

"내일부터 여름방학이네요."

"여름하면 뭐가 생각나?"

"수박이에요."

"그럼 다음에 사올까?"

"한 통을 통째로 사왔으면 좋겠어요."

한 통을 사면 다 먹지 못할 것 같았다. 마이 선배에게 좀 나눠주면 되겠지, 하고 생각하면서 사쿠타는 학교에 갈 준비를 한 후 집을 나섰다.

"다녀오세요, 오빠."

오늘도 카에데가 배웅을 해줬다.

학교로 향하는 열차 안에서 유마와 마주쳤다. 두 사람은 나란히 서서 손잡이를 잡았다.

"사쿠타, 여름에 뭘 할 거야?"

"아르바이트."

"하긴, 코가 양도 같은 데서 아르바이트하지."

유마가 놀리는 시선으로 쳐다봤지만 사쿠타는 무시했다.

처음에는 유마도 토모에와 사쿠타의 관계를 의심했지만, 두 사람을 계속 지켜본 끝에 「진짠가 본데?」 하고 판단한 것 같았다.

"쿠니미는?"

"아르바이트, 부활동, 데이트."

"이 청춘부자 자식."

"남 말 할 처지는 아닐 텐데?"

유마는 장난치듯 사쿠타와 어깨를 부딪쳤다.

그 후에도 두 사람은 별 것 아닌 이야기를 나누면서 등교했다.

조례가 끝난 후, 전교생은 체육관에 모여 종업식에 참가했다. 교장 선생님의 감사하기 그지없는 말씀도 더위 때문에 귀에 들어오지 않았다. 부채질을 하고 있는 학생도 있었다. 교사가 화를 내지 않는 것은 그들도 덥기 때문이었다.

교실에 돌아온 사쿠타를 기다리고 있었던 것은 1학기 마지막 종례였다. 담임교사에게 이름을 불린 학생들은 앞으로 나가 성적표를 직접 받았다.

성이 『아즈사가와』인 사쿠타는 가장 먼저 불려나가기 때문에 긴장할 시간도 없었다. 10단계 평가의 숫자가 현실이 되어 사쿠타의 눈앞에 나타났다.

성적 자체는 평소와 크게 다르지 않았다. 마이의 바니걸 수업 덕분에 물리 성적은 『8』이지만, 평균을 내보면 『6』 정도였다.

구석에 있는 담임의 코멘트 란에는 마에사와 선배와 싸운 것에 대해 완곡하게 주의를 주는 내용이 적혀 있었다. 그 외에는 특별한 점이 없었다.

"여름이라고 들뜨다 다치지 마라."

종례는 담임의 충고로 끝났다. 종업식 종례 마지막에 듣는 말은 초등학생 때나 고등학생 때나 크게 다르지 않았다.

당번이 「차렷, 경례」하고 말했다. 그 순간, 교실은 환성으로 가득 찼다. 끝났다, 만세, 드디어 방학이다. 각양각색의 감정이 뒤섞인 채 술렁거리고 있었다.

사쿠타는 그 환성을 들으면서 서둘러 교실을 빠져 나왔다.

복도에는 작별을 아쉬워하는 학생들이 잔뜩 있었다. 장기 휴가라고 해도 스마트폰으로 언제든지 연락을 취할 수 있으니, 이렇게 뭉그적거릴 필요는 없지 않을까 하는 생각이 들었다. 그럴 수 없는 이유라도 있는 걸까.

학교에 남아있는 학생이 많기 때문인지 교문에서 역으로 이어지는 길은 평소보다 한적했다. 그것은 시치리가하마 역도 마찬가지였다. 사쿠타가 와보니 열 명 정도밖에 없었다.

후지사와 방면의 선두 쪽으로 걸어간 사쿠타는 열차를 기다렸다. 이제 6분 정도 기다리면 열차가 올 것이다.

하지만 열차가 오기 전에 토모에가 종종걸음으로 뛰어왔다.

"아, 선배가 빨랐네."

오늘은 방과 후에 바다에 가기로 약속을 했다.

마지막 데이트.

두 사람은 역에서 만나기로 약속했던 것이다.

토모에는 옷매무새가 흐트러졌는지 치마의 허리 부분을 계속 신경 쓰고 있었다.

"학교 탈의실에서 수영복을 입고 왔어."

사쿠타의 시선을 눈치챈 토모에가 질문을 하기 전에 가르쳐 줬다.

바닷가 학교에서만 가능한 방법이다. 부활동을 하는 이들 중에는 바닷가에서 다 논 후, 학교에 가서 샤워실을 이용하는 철면피도 있다고 한다. 유마도 작년에 그랬다고 말했었다.

"선배, 눈빛이 야해."

"알아."

교복 블라우스 아래로 핑크색 수영복이 보였다.

"너무 쳐다보지 말라는 소리야."

토모에는 마린 토트백으로 가슴을 가렸다.

그러는 사이, 열차가 천천히 플랫폼에 들어왔다.

에노전의 에노시마 역에서 내린 사쿠타와 토모에는 걸어서 10분 정도 거리에 있는 히가시하마 해수욕장으로 향했다. 크게 포물선을 그리고 있는 이 모래사장은 매년 이 시기가 되면 수많은 해수욕객으로 붐빈다.

오늘은 아직 평일이라서 그런지 이 지방 사람들만 있어서 한산했다.

바닷가 매점 앞에서 토모에와 헤어진 사쿠타는 탈의실에 가서 수영복으로 갈아입었다. 가슴 상처를 드러내는 건 거부감이 들어서 티셔츠도 입었다.

짐을 로커에 넣고 밖에 나와 보니 토모에도 마침 밖에 나와 있었다. 학교에서 수영복을 입고 와서 그런지 꽤 빨랐다.

"좋아. 수영하자."

"응? 감상은 말 안 하는 거야?"

"내가 쳐다보는 게 싫잖아?"

사쿠타는 토모에가 입은 수영복이 눈에 익었다. 지난주에 같이 쇼핑을 하러 갔을 때 사쿠타가 골라줬던 수영복이다. 그때는 사지 않았으면서, 나중에 친구들과 같이 갔을 때 똑같은 걸 찾아서 산 것 같았다.

"뭐, 귀엽긴 하네."

"귀, 귀엽다는 소리 하지 마."

"그럼 무슨 말이 듣고 싶은데?"

"……."

토모에는 잠시 생각에 잠겼다.

"으음, 귀엽다?"

"토모에는 오늘도 정서불안인가 보네."

"여자 마음이란 건 원래 그런 거야."

"전혀 모르겠어."

"선배, 정말 짜증나~."

"그럼 나는 군옥수수라도 먹어야겠네."

뒤돌아선 사쿠타는 매점으로 향했다.

"같이 가."

토모에도 허둥지둥 사쿠타의 옆에 섰다.

한여름의 햇볕을 쬐면서 먹는 군옥수수의 맛은 각별했다.

도중에 느닷없이 여우비가 내리기도 했지만, 어차피 바다에 들어갈 거니까 문제될 것은 없었다.

점심때는 매점에서 야키소바를 먹었다. 그리고 소화도 시킬 겸 토모에를 물에 빠뜨리면서 놀았다. 그리고 좀 피곤해지자 모래사장에서 성을 만들었다.

"누구 성이 파도에 더 버티는 지로 승부하자."

"진 사람이 빙수 쏘는 거야."

"나중에 울상이나 짓지 말라고."

"선배나 그러지 마."

결과는 사쿠타의 패배였다.

승패를 가른 것은 토모에의 성 앞에 있는 구덩이였다. 토모에가 앉아서 작업을 한 곳에 엉덩이 자국이 크게 남았고 그게 수로 역할을 한 것이다.

"엉덩이 덕 좀 봤구나, 코가."

"시, 시끄러워. 빨리 빙수나 쏘라구."

엉덩이에 손을 댄 토모에는 얼굴을 새빨갛게 붉혔다.

패배한 사쿠타는 순순히 빙수를 사줬다. 토모에는 딸기 맛으로 주문했고, 사쿠타는 멜론 맛으로 주문했다.

해가 기울기 시작했을 즈음, 사쿠타와 토모에는 모래사장에 앉았다. 그리고 공놀이를 하고 있는 대여섯 살 정도 된 남자애와 여자애를 멍하니 쳐다보았다.

여자애의 강렬한 공격 탓에 남자애는 쩔쩔맸다. 몇 번이나 얼굴로 공을 받아낸 것이다.

"저기, 선배."

"또 배고픈 거야?"

"오늘까지 고마웠어."

"……."

"자."

토모에는 그렇게 말하면서 손을 내밀었다.

"악수하자."

"왜?"

"작별의 악수야."

사쿠타는 티셔츠로 손을 닦은 후, 토모에의 조그마한 손을 잡았다.

"선배가 여전히 사쿠라지마 선배를 좋아한다는 사실을 알고 정나미가 떨어진 저는 선배를 차버렸답니다."

토모에는 이야기책이라도 읽는 어조로 바다를 바라보며 그렇게 말했다.

"따귀는 안 때릴 거야?"

"때린 걸로 해둘게. 따귀까지 때리면 나는 완전 은혜도 모르는 여자잖아."

"그래? 뭐, 알았어. 너도 수고했어."

사쿠타는 이런 상황을 처음 겪어보기에 뭐라고 말하면 좋을지 알 수 없었다.

"응."

"여름방학 잘 보내."

"선배가…… 사쿠라지마 선배와 사귈 수 있기를 빌게."

"뭐, 느긋하게 노력해볼 거야."

토모에는 손을 흔들면서 몸을 일으켰다.

"슬슬 돌아가자."

그리고 그녀는 미소를 지으면서 말했다.

"그래. 바다에서 놀았더니 피곤하네."

사쿠타도 몸을 일으켰다.

"아저씨 같아."

사쿠타는 그렇게 말하면서 웃는 토모에와 함께 짐을 찾으러 갔다.

옷을 갈아입은 사쿠타와 토모에는 에노전 열차를 타고 후지사와 역으로 돌아왔다.

"선배는 여름방학 동안 뭘 할 거야?"

"마구 농땡이 부릴 거야."

그런 별 것 아닌 이야기를 나누고—.

커플 같은 짓은 전혀 하지 않으면서—.

사이좋게, 즐겁기만 한 시간을 마지막까지 만끽했다.

서로의 마음을 잘 아는 친구와 노는 것 같아서 정말 기분 좋은 하루였다.

이렇게, 사쿠타와 토모에가 전교생에게 한 거짓말은 누구에게도 들키지 않은 채 무사히 끝을 맞이했다.

그와 동시에 즐거운 여름방학이 찾아올 것이다.

선배 덕분에 전부 잘 풀렸다.

이제, 괜찮아.

분명, 괜찮아.

하지만…….

선배가 있었기 때문에, 나는 이 단 하나의 실수를 저지른 걸지도 모른다.

제5장

라플라스의 소악마

1

몸이 흔들리고 있다. 아니, 누군가가 내 몸을 흔들어대고 있다.

"오빠, 아침이에요."

여동생의 열의에 부응하기 위해 오빠인 사쿠타는 몸을 일으켰다.

"좋은 아침."

"좋은 아침이에요."

사쿠타는 졸린 눈을 비볐다.

"저기, 카에데."

"예."

"이 세상에는 여름방학이라는 게 있거든?"

그러니 오늘은 얼마든지 늦잠을 자도 된다. 여름방학 첫날부터 힘차게 활동하는 사람은 아침 체조를 하러 가는 초등학생만으로 충분하다.

"하지만 여름방학은 내일부터잖아요?"

카에데는 몸을 기울이면서 의문을 입에 담았다.

"……."

방금 카에데가 뭐라고 했지.

"아니, 오늘이잖아."

"아뇨, 내일이에요."

사쿠타는 시계를 쥐었다. 눈에 익은 디지털시계의 액정화면
에는 『7월 18일』이라고 표시되어 있었다. 금요일. 사쿠타의 기
억이 옳다면 이것은 어제…….

카에데의 말대로, 7월 18일은 여름방학이 아니다.

1학기 마지막 날이다.

"……."

한 동안 잠잠하던 그게 또 발생한 것 같았다. 같은 날이 반
복된 것이다. 6월 27일 이후로 처음이었다.

하지만 사쿠타는 놀라지 않았다.

마음 한편으로 이 일을 예감하고 있었던 걸지도 모른다.

토모에와 함께 보낸 나날에는 위화감이 존재했다.

어제, 토모에는 바다에서 즐겁게 놀았다. 헤어질 때도 미소
를 머금고 있었으며 고민 같은 것은 전혀 없어 보였다.

하지만 그것이 바로 이 위화감의 정체였다.

고민이 너무 없었던 것이다.

"……."

침대에서 나온 사쿠타는 거실로 향했다. 텔레비전을 켜보니
어제 야간 경기로 치러진 프로야구 2군 올스타 팀 경기의 결
과가 방송되고 있었다.

어제…… 즉, 첫 번째 7월 18일에 본 것과 같은 내용이었다.

기묘한 감각이 느껴졌다. 하지만 이 감각이 반갑게 느껴졌다.

"오빠?"

"카에데, 수박 먹고 싶어?"

"예? 먹고 싶어요."

"다음에 한 통 통째로 사올게."

그 후, 카에데와 아침을 먹은 사쿠타는 학교에 가려고 준비를 했다.

"다녀오세요, 오빠."

사쿠타는 손을 흔드는 카에데에게 마중을 받으며, 두 번째 7월 18일을 향해 걸음을 내디뎠다.

에노전 열차 안에서 유마와 만났다.

옆에 선 유마는 사쿠타와 마찬가지로 손잡이를 잡았다.

"사쿠타, 여름에 뭘 할 거야?"

"아르바이트."

"하긴, 코가 양도 같은 데서 아르바이트하지."

사쿠타는 이 대화를 기억하고 있었다. 유마의 놀리는 미소도 똑같았다.

"쿠니미는?"

"아르바이트, 부활동, 데이트."

"이 청춘부자 자식."

"남 말 할 처지는 아닐 텐데?"

지난번과 마찬가지로 유마는 가볍게 사쿠타와 어깨를 부딪쳤다.

전부 다 첫 번째 7월 18일과 똑같았다.

신발장에서 유마와 헤어진 사쿠타는 2학년 교실이 아니라 1학년 4반 교실로 향했다. 토모에가 소속된 반이었다.

입구에서 교실 안을 쳐다본 사쿠타는 금방 토모에를 발견했다. 레나, 히나코, 아야와 교탁 주위에 모여서 즐겁게 이야기를 나누고 있었다.

사쿠타를 발견한 히나코가 토모에에게 알려줬다.

한 순간 깜짝 놀란 표정을 지은 토모에는 곧 주위를 신경 쓰면서 복도로 나왔다.

"갑자기 교실로 찾아오면 곤란하다구."

토모에는 부끄러워하면서 자신을 향한 시선을 신경 썼다.

"미안하기는 하지만, 어쩔 수가 없잖아."

상황이 상황인 만큼, 빨리 확인해두고 싶은 게 있었다.

"혹시 골치 아픈 일이라도 생긴 거야?"

사쿠타가 알기로는 딱히 별일은 없었다. 전부 계획대로, 예정대로 진행됐다. 무사히 주위를 속인 후, 여름방학을 맞이했다. 그리고 때를 봐서 토모에가 사쿠타를 찬 사실을 가까운 친구들에게 이야기하면 된다. 그 정보는 순식간에 퍼질 것이다. 그걸로 전부 깔끔하게 끝난다.

"왜 그런 걸 묻는 거야?"

토모에는 고개를 갸웃거렸다. 그녀는 영문을 모르겠다는 표정을 짓고 있었다.

"뭐……."

사쿠타는 그제야 대화의 핀트가 어긋나 있다는 사실을 눈치챘다. 토모에에게서는 위기감은 고사하고 긴박감 같은 것이 전혀 느껴지지 않았다.

"그러니까, 또 루프했잖아."

"뭐?"

토모에는 눈을 동그랗게 떴다.

그 반응이 결정타였다. 그녀는 영문을 모르겠다는 표정을 짓고 있었다.

소름과 비슷한 감각이 발치에서부터 스멀스멀 기어 올라왔다.

"오늘, 두 번째 맞지?"

"……아냐."

토모에는 사쿠타를 배려하는지 주저하면서 부정했다.

"잠깐만. 그럼 코가는 첫 번째인 거야?!"

"응."

토모에는 사쿠타의 얼굴을 쳐다보면서 고개를 살며시 끄덕였다.

바로 그때, 조례 시작을 알리는 벨이 울렸다.

"알았어. 일단 내가 한 말은 잊어줘."

"방과 후는?"

"예정대로 하자."

"으, 응."

"나중에 봐."

불안한 표정을 지은 토모에는 그렇게 말한 후 돌아가는 사쿠타를 향해 손을 흔들었다.

종업식이 끝난 후, 1학기 마지막 종례 시간에 사쿠타는 담임으로부터 내용을 알고 있는 성적표를 받았다. 지난번과 같은 성적이었다. 마에사와 선배와 싸운 것에 대해 주의를 주는 담임의 코멘트도 똑같았다.

"여름이라고 들뜨다 다치지 마라."

사쿠타는 담임의 감사하기 그지없는 충고를 들으며 2학년 1반 교실을 나섰다. 옆 반인 2반은 먼저 종례가 끝났는지 학생이 몇 명밖에 없었다.

후타바 리오의 모습은 보이지 않았다. 아마 평소처럼 물리실험실에 있을 것이다.

그렇게 생각하면서 물리실험실에 가보니, 아니나 다를까 리오가 있었다. 리오는 칠판에 수식을 적고 있었다.

그런 리오의 등을 쳐다보며 일방적으로 말을 건 사쿠타는 또 루프 현상이 발생했다는 사실을 전했다.

"어떻게 생각해?"

사쿠타는 설명을 끝낸 후, 리오에게 의견을 물었다.

"아즈사가와, 머리는 괜찮은 거야?"

뒤를 돌아본 리오는 책상을 사이에 두고 사쿠타와 마주보며 앉았다.

"그 질문의 의도는 뭐야?"

"질문에 질문으로 답하는 걸 보니 괜찮지 않은 것 같네."

"그렇게 판단한 이유를 자세하게 말해주겠어?"

"초등학생도 답을 알 만한 질문을 했기 때문이야."

"……"

요즘 초등학생은 우수한 것 같다. 이 나라의 미래는 밝다.

"아즈사가와의 생각대로, 그 1학년……."

"코가 토모에야."

"그 애가 라플라스의 악마라면, 답은 간단해."

"간단하다고?"

"7월 18일과 7월 19일 사이에 뭔가 결정적인 차이가 있는 것 아닐까? 예를 들어, 아즈사가와와의 관계가 달라진다, 같은 것 말이야."

"……"

리오의 통찰력은 대단했다. 토모에와의 가짜 애인 계약에 대해서는 한 마디도 말하지 않았는데도 리오는 이미 뭐가 어떻게 된 것인지 눈치챈 것 같았다.

"아즈사가와가 기한도 정해두지 않고 그런 짓을 할 리가 없거든."

사쿠타의 성격도 파악하고 있는 것 같았다.

"실은 아즈사가와도 눈치챈 거 아냐?"

"뭘 말이야?"

"그녀가 다시 주사위를 굴린 이유 말이야."

사쿠타는 리오의 시선을 피하듯 천장을 올려다보았다.

"……"

잠작 가는 데가 없는 것은 아니었다. 있는지 없는지 누군가가 묻는다면 있다고 대답할 것이다. 그 정도의 확신이라면 가지고 있었다.

"하지만 코가는 오늘이 두 번째라는 걸 눈치채지 못했어."

그 점만은 납득이 되지 않았다.

오늘 아침에 토모에가 보였던 어리둥절한 반응을 떠올리기만 해도 오싹했다. 간담이 서늘해졌다.

"그렇구나……. 그럼 처음에 내가 말했던 것처럼 아즈사가와가 악마인 걸지도 몰라."

리오는 흥미가 없는 것 같았다. 그 뿐만 아니라 남을 악마라고 불러놓고, 그런 자신의 발언 자체를 믿지 않았다. 그저 입에서 나오는 대로 말해본 분위기였다.

"나는 아냐."

"그럼 가능성은 하나뿐이네."

"하나 뿐……."

"그래. 그녀는…… 거짓말을 하고 있어."

사쿠타는 리오의 그 말을 부정하지 못했다.

물리실험실에서 나온 사쿠타는 약속 장소에서 토모에와 만난 후, 바다로 향했다. 지난번과 마찬가지로 매점에서 군옥수수를 사먹고 야키소바를 먹었다. 그리고 모래사장에서 성을 만들고 빙수를 먹었으며 바다에 들어가 놀았다.

토모에는 처음부터 끝까지 즐거워 보였다.

집에 돌아갈 때, 토모에는 오늘까지 고마웠다고 사쿠타에게 말했다. 마지막으로 작별의 악수를 한 것 또한, 첫 번째 7월 18일과 똑같았다.

딱히 별다른 일은 없었다.

이제 내일만 무사히 오면 되는 상황이었다.

하지만 다음날, 사쿠타가 눈을 떠보니, 또 7월 18일 금요일이었다.

이걸로 1학기 마지막 날을 세 번이나 맞이했다.

사쿠타의 여름방학은 좀처럼 오지 않았다.

6월 27일은 세 번으로 끝났다.

그 경험을 떠올려서 사쿠타는 이 날도 전날과 똑같이 행동했다. 어쩌면 횟수 제한이 있는 걸지도 모른다고 생각했기 때문이다.

루프하고 있다는 사실을 모르는 토모에는 오늘도 바다에서 즐겁게 놀았다.

2

사쿠타의 무른 기대를 짓뭉개듯, 네 번째 7월 18일의 아침이 밝았다.

역시 라플라스의 악마를 퇴치하지 않고서는 이 상황에서 빠져나갈 수 없을 것 같았다.

평소와 같은 시간에 열차를 타자, 이번에도 유마와 마주쳤다.

"안녕."

"그래."

유마가 시원시원한 미소를 지으면서 인사를 하자 사쿠타는 무뚝뚝한 목소리로 대답했다.

유마는 그런 사쿠타의 곁으로 다가오더니 손잡이를 움켜쥐었다.

사쿠타는 창문 밖에 펼쳐진 느긋한 바닷가 마을을 보면서 입을 열었다.

"어이, 쿠니미."

"응?"

"너는 애인이 있지?"

"감사하게도 말이야."

"그런 너를 좋아하는 다른 여자가 있다면 어떻게 할 거야?"

"……"

유마의 눈에 희미하게 경계의 빛이 어렸다.

"그 애의 마음을 눈치챈다면, 쿠니미는 어떻게 하겠어?"

"그거, 누구 이야기야?"

유마는 사쿠타의 진의를 알아내려는 것처럼 그의 얼굴을 쳐다보았다.

"만약 그렇게 되면 어쩔 건지 궁금해서 물어보는 것뿐이야."

"만약, 이라."

핵심적인 이야기는 전혀 하지 않았다. 그런데도 진지한 유마를 본 사쿠타는 어떤 사실을 눈치챘다.

유마는 리오의 마음을 알고 있다.

그래서 사쿠타의 뜻이 깊은 발언을 흘려듣지 않고 귀를 기울이는 것이다.

"내가 눈치챘다는 걸…… 들켰을까?"

"아직은 눈치채지 못했어."

두 사람 다 누구 이야기인지는 밝히지 않은 채 대화를 나눴다.

"아직은, 이라."

유마는 난처하다는 듯 쓴웃음을 지었다.

"당사자가 가슴속에 품고 있는 마음을 억지로 끄집어내는 건 좀 그럴 것 같네."

유마는 혼잣말을 하듯 그렇게 중얼거렸다. 그의 눈은 정면에 펼쳐져 있는 바다를 향하고 있었다. 눈부신 것처럼 눈을 감고 있었다.

"자의식과잉인 것 같기도 하고, 잘난 척 하는 것 같기도 하거든."

유마는 말을 골라가면서 이야기를 이어나갔다.

"하지만 이대로가 좋다고 생각하는 것도 아니야. 어떻게 하는 게 정답일까?"

"물어본 사람은 나야."

결국 답이 나오기도 전에 열차는 시치리가하마 역에 도착했다.

전교생이 체육관에 모여 종업식을 했다. 사쿠타에게 있어서는 네 번째 종업식이다. 물론 교장의 이야기도 네 번째이기에 사쿠타는 이야기에 귀를 기울이지 않은 채 딴 생각을 했다.

사쿠타는 토모에에 관해 생각하고 있었다.

1학년 쪽을 향해 돌아본 사쿠타는 그 안에서 토모에를 찾아냈다.

시선을 느낀 토모에는 사쿠타를 힐끔 쳐다보았다.

시선이 마주치자, 토모에는 약간 놀란 표정을 지었다. 하지만 곧 입가에 미소를 머금었다.

그 표정을 본 순간, 사쿠타는 모든 의문이 풀린 느낌이 들었다.

—그래. 그녀는…… 거짓말을 하고 있어.

그 말이 정답이었던 것이다.

방과 후, 시치리가하마 역에서 만나 열차를 탄 사쿠타와 토모에는 서로의 성적에 관해 이야기를 하면서 역 세 개를 지나, 에노시마 역에서 내렸다.

돌을 깔아 만든 길인 스바나 도오리를 통과한 두 사람은 바닷가로 이동했다. 134호선은 지하통로를 통해 지났다.

그리고 그대로 에노시마를 향해 직진했다.

"선배? 바닷가는 저쪽이야."

토모에는 손가락으로 왼쪽을 가리켰다. 해수욕장 관련 시설이 줄지어 늘어서 있는 히가시하마 해수욕장이 그곳에 있었다. 참고로 오른편에는 니시하마 해수욕장이 있다.

"나는 오늘이 네 번째거든."

"바다는 질렸다는 거야?"

"코가는 분위기 파악을 정말 잘하네."

두 사람은 그런 대화를 나누면서 에노시마로 이어지는 벤텐 다리를 건넜다.

"에노시마에 갈 거야?"

통통 뛰는 걸음으로 쫓아온 토모에는 사쿠타의 옆에서 얼굴을 쑥 내밀었다.

"첫 데이트 때 못 가봤잖아."

"아, 그랬지."

그때는 다리를 절반 쯤 건넜을 즈음, 토모에가 난처한 상황에 처한 반 친구를 발견했다. 사실 그 애…… 요네야마 나나는 친구들과 함께 샀던 스트랩을 잃어버렸다.

"섬, 하늘, 바다."

두 사람이 나아가고 있는 방향에는 에노시마와 푸른 하늘, 그리고 넓은 바다 밖에 없었다.

토모에는 하늘을 잡으려는 것처럼 두 손을 뻗었다.

하늘에서는 솔개가 우아하게 날고 있었다. 솔개는 바다에 놀러 온 사람들의 점심거리를 자주 빼앗아 간다고 들었다.

길이가 400미터 정도 되는 다리를 건너자 관광지답게 여행 선물을 파는 가게, 그리고 이 지역의 해산물을 취급하는 상점이 사쿠타와 토모에를 맞이했다. 바다의 계절인 여름답게 활기로 가득 차 있었다.

도리이#4를 지나자, 도저히 완만하다고는 할 수 없는 언덕이 나타났다. 길이 좁아지면서 그리운 느낌이 더욱 강해졌다. 길 양옆에는 이 지역의 특산물인 치어(稚魚)를 취급하는 가게와 물림쇠가 달린 화려한 색상의 지갑이 진열된 가게 등이 눈길을 끌었다.

두 사람의 옆을 스쳐지나간 대학생 커플은 문어가 들어간 커다란 전병을 둘이서 나눠먹고 있었다.

옆에서 뭔가를 요구하는 시선이 느껴졌다.

"군것질하면 살쪄."

사쿠타는 그렇게 말하면서도 전병을 파는 가게의 아주머니

#4 도리이(鳥居) 전통적인 일본의 문. 보통 신사 입구에서 볼 수 있다.

에게 돈을 건넸다.

"내일부터 다이어트할 거야."

"흐음."

사쿠타는 토모에의 말에 대충 맞장구를 치면서 갓 구운 문어 전병을 받았다.

"와아, 크다."

그 전병은 두 사람의 얼굴보다 컸다.

그들은 그 전병을 조금씩 쪼개먹으면서 언덕에 난 길을 올라갔다.

그러자 올려다봐야할 만큼 기나긴 계단이 눈에 들어왔다. 중간에는 빨간 도리이가 있었다. 이 위에는 세 개의 궁(宮)으로 이뤄진 에노시마 신사가 있었다.

도리이 앞에서 전병을 전부 먹어치운 사쿠타와 토모에는 한 계단씩 올라갔다.

묵묵히 걸음을 옮긴 끝에 두 사람이 도착한 곳은 가장 가까운 곳에 있는 헤츠미야다. 참고로 둘 다 숨이 턱까지 차있었다.

"다리가 퉁퉁 부었어."

"1학년 주제에 말이야."

"그게 무슨 소리야?"

"나보다 젊다는 거야."

두 사람은 숨을 고르면서 참배를 했다.

"코가, 저건 인연을 이어주는 그림 액자래."

근처에 있는 나무에는 그림 액자가 잔뜩 걸려 있었다.

"우리도 쓸까?"

"뭐? 신한테 거짓말을 할 거야?"

토모에가 깜짝 놀란 사이, 사쿠타는 무녀 누나에게서 그림 액자를 샀다.

"서, 선배."

당황한 토모에를 보고 부끄러워하는 거라고 생각했는지, 그 무녀 누나는 환한 미소를 지으며 그림 액자를 내밀었다.

사쿠타는 빌린 펜으로 하트 마크 안에 『아즈사가와 사쿠타』라고 적었다.

"자."

"이러다 천벌 받을 거야."

"남들을 속이기로 결심한 순간, 지옥에 떨어질 각오도 했을 거 아냐."

"나는 괜찮지만…… 선배까지 휘말리게 하고 시지는 않아."

토모에는 망설이는 반응을 보이면서 그림 액자를 뒤집어봤다. 거기에는 어떤 사람을 위한 그림 액자인지가 적혀 있었다. 가장 첫머리에 적혀 있는 것은 짝사랑이었다.

그것을 본 토모에는 작은 목소리로 「아」 하고 말했다.

잠시 고민한 후, 토모에는 펜을 놀렸다. 『아즈사가와 사쿠타』 옆에 『코가 토모에』라고 동글동글한 글씨로 적은 것이다.

사쿠타는 토모에에게서 그것을 빼앗더니 나무에 달았다.

"선배! 다른 사람들의 진짜 소원 안에 거짓말을 섞으면 천벌 받을 거야! 내가 가지고 갈게!"

토모에는 사쿠타의 팔을 잡아당기면서 필사적으로 말렸다. 「거짓말」이라는 단어를 무녀 누나가 듣지 않았을지 신경 쓰였다.

"나만 거짓말을 했으니까 괜찮을 거야."

"뭐?"

토모에의 팔에서 힘이 빠졌다. 사쿠타는 그 틈에 그림 액자를 꽉 묶었다. 이러면 쉽게는 떼어낼 수 없을 것이다.

또 수행이라도 하듯 묵묵히 계단을 올라간 두 사람은 붉은 기둥이 인상적인 나카츠미야에서 참배를 했다. 그리고 계속 걸음을 옮긴 그들이 도착한 곳은 멀찍이서도 보이던 전망대의 아랫부분이었다.

그 전망대의 옆을 지난 사쿠타와 토모에는 가장 안쪽에 있는 오쿠츠미야로 향했다.

돌로 된 낡은 길의 폭은 좁고 분위기가 있었다. 잠시 걷자 계단이 모습을 드러냈다. 그리고 그 주변에는 토산물 판매점과 전통 카페, 그리고 식당 같은 것이 줄지어 있었다.

오래된 영화에 나올 법한, 사람의 온기가 느껴지는 풍경이었다. 근처에 사는 사람들을 전부 알기에 성립하는 상냥한 분위기가 이곳에는 존재했다. 때때로 두 사람 앞을 고양이가 지나갔다. 토모에는 그때마다 고양이를 만지려 했고, 그때마다 고양이는 도망쳤다.

"선배, 아까……."

"응?"

"아까 나무에 그림 액자를 걸 때……."

"……."

"아무 것도 아니니까 신경 쓰지 마."

"……."

토모에는 무슨 말을 하려다 말았다.

아까 사쿠타는 나무 액자를 걸면서 이렇게 말했다.

―나만 거짓말을 했으니까 괜찮을 거야.

옆에서 걷고 있는 토모에는 그 말의 진위를 확인하고 싶은 것 같았다. 하지만 토모에가 입을 열기도 전에 두 사람은 오쿠츠미야에 도착했다.

두 사람은 아무 말 없이 참배를 했다. 손을 모은 토모에의 얼굴은 진지했다. 대체 무슨 소원을 빌고 있는 걸까.

거기서 또 길을 따라 나아가보니 길의 폭이 더욱 좁아졌다. 좁은 계단을 따라 내려간 곳에는 에노시마의 서쪽 끝인…… 치고가후치에 도착했다.

폭이 50미터 정도 되는 해변의 바위 밭이다. 해수에 침식된 바위는 표면이 깎여나가 부드러워진다. 이 장소는 간토 대지

진 때 땅이 높아져 지금 같은 모습이 되었다고 한다.

날씨가 좋은 오늘은 후지 산이 잘 보였다. 보는 이들을 기분 좋게 해주는 전망이었다.

바닷바람이 지친 몸을 감싸줬다. 자연이 만들어낸 불가사의한 지형을 본 다른 커플들도 걸음을 멈췄다.

"히나코 말이, 여기서 보는 석양이 정말 아름답대."

난간에 양손을 얹은 토모에는 혼잣말을 하듯 중얼거렸다.

아마 토모에는 눈치챘을 것이다.

사쿠타가 에노시마에 가자고 한 이유를―.

아까 사쿠타가 했던 말의 의미를―.

눈치챘으면서도, 눈치채지 못한 척 하고 있는 것이다.

"갈까?"

"응."

두 사람이 서로에게 하는 말은 점점 짧아지고 있었다.

두 사람은 묵묵히 왔던 길로 되돌아갔다.

사쿠타와 토모에는 기의 대화를 나누지 않았다.

고생고생해가면서 올라갔던 계단을 천천히 내려간 두 사람은 입구에 있는 도리이를 지났다. 활기 넘치는 상점의 직원들이 호객 행위를 하고 있었다. 사쿠타와 토모에는 그들의 목소리를 들으면서 에노시마를 빠져나갔다.

벤텐 다리에서는 좌우에 펼쳐진 해수욕장이 한 눈에 보였다.

아까와는 반대로 왼편이 니시하마 해수욕장이고, 오른편이 히가시하마 해수욕장이었다. 태양 또한 남쪽 하늘에 높이 떠 있었으며 바다는 활기로 가득 차 있었다. 미네가하라 고등학교의 학생들 중에는 종업식이 끝나자마자 바다로 직행한 이들도 있을 것이다. 사쿠타와 토모에도 원래는 그럴 예정이었다.

"저기, 선배. 이제라도 바다에 안 갈래?"

해수욕장 쪽을 쳐다보던 토모에가 그렇게 말했다.

"나, 교복 안에 수영복 입었다구."

토모에의 목소리는 밝고 활기찼다. 예전과 다름없는, 그리고 평소와 다름없는 토모에였다.

그 모습을 보고 결심을 한 사쿠타는 다리 중간에서 갑자기 멈춰 섰다.

뒤늦게 그 사실을 눈치챈 토모에는 3미터 정도 더 나아간 후 영문을 모르겠다는 표정을 지으며 뒤를 돌아보았다. 두 사람은 벤텐 다리의 한가운데에서 멈춰 섰다. 다리의 좌우에는 바다가 펼쳐져 있었다.

"선배?"

"코가, 이제 거짓말은 끝내자."

"뭐? 아, 응. 오늘로 끝내기로 했잖아."

"그게 아냐."

"……선배? 왜 그렇게 무서운 표정을 짓는 거야?"

토모에는 영문을 모르겠다는 표정을 지었다.

"……."

하지만 사쿠타는 굳은 표정을 풀지 않았다.

"왜 그래? 무슨 일이야?"

"내가 눈치채지 못할 거라고 생각했어?"

"그러니까, 무슨 이야기를 하는 거냐구."

"가짜라고는 해도 약 3주 동안 네 애인 역할을 했다고."

"……."

"코가가 전에 말했지? 나는 분위기를 파악하고 있으면서도 일부러 모르는 척 한다고 말이야."

"선배, 왜 그래? 좀 이상해."

토모에는 당혹스러운 표정을 지었다. 하지만 사쿠타는 말을 계속 이었다.

"코가가 계속 시치미를 떼도, 나는 말할 거야."

"……."

"괜찮지?"

사쿠타에게서 시선을 떼지 않던 토모에가 희미하게 고개를 돌렸다.

"코가가 제아무리 주사위를 다시 굴려도, 사람의 마음은 변하지 않아."

"……."

"거짓은 진짜가 되지 않고, 진짜는 거짓이 되지 않는다고."

토모에는 그 말에 반응하듯 교복 자락을 움켜쥐었다. 뭔가를 참듯······.

"······백 번을 해도?"

토모에가 고개를 숙인 채 쥐어짜내듯 한 말이 바닷바람에 휩쓸렸다.

"응."

"······천 번을 해도?"

토모에의 목소리는 떨리고 있었다.

"그래."

"만 번을 해도?"

"억 번을 해도 변하지 않아. 내가 좋아하는 사람은 마이 씨야."

"······."

"몇 번을 되풀이하든, 코가의 마음도 변치 않을 거야."

"······."

"······."

무거운 침묵이 두 사람 사이에 쌓였다.

하늘에서 갑자기 빗방울이 쏟아지기 시작했다. 그 비는 메말라있던 지면을 금세 촉촉이 적셨다.

하늘을 올려다보니 여전히 맑았다. 아무래도 여우비 같았다.

"선배는 거짓말쟁이야······."

토모에의 희미한 목소리가 빗소리에 가렸다.

"······마음은 변해."

맞으면 아플 만큼 굵은 빗줄기는 시간이 갈수록 더욱 거서

어졌다.

"반복하면 할수록 쌓여가……. 쌓여갔다구……."

토모에의 희미한 목소리는 자신이 거짓말을 했다는 사실을 인정했다. 토모에는 오늘이 반복되고 있다는 사실을 자각하고 있었다. 자각하고 있으면서, 오늘도 처음인 것처럼 행동했다. 두 번째와 세 번째 7월 18일에는 아무 것도 모르는 척 하면서 바다에서 놀았다. 그런 연기를 한 것이다.

전부 다, 어떤 감정을 숨기기 위해서였다.

"잊기로 결심했어……. 하지만, 잊을 수가 없었어. 이번에야 말로 잊으려고 했는데…… 무리였어. 이 마음과 작별하기로 결심했는데!"

토모에의 떨리는 마음이 사쿠타의 가슴에 사정없이 꽂혔다.

토모에가 마음속으로 억누르고 있던 강한 감정이 슬며시 고개를 내밀었다. 그것은 매우 인간적인 감정이었다. 악마가 가졌을 리가 없는 감정인 것이다.

"오늘은 말이야. 선배와 즐겁게 데이트를 한 후…… 가짜 연인 관계를 웃으면서 끝내야만 해. 나와 헤어진 선배는 사쿠라지마 선배와 잘 되고, 2학기가 되면 나는 『잘 됐네』라고 말하면서 선배를 놀려줘야 한다구."

"코가……."

"그리고 선배와 친구 사이가 될 거야. 무슨 이야기든 다 할 수 있는 친구 말이야. 선배는 말이야. 내가 어리광을 좀 부려도 되는 연상의 친구야. 선배도 싫지만은 않은 눈치일 테고…… 지금까지의 일도 『가짜 커플 놀이도 꽤 재미있었어』라고 말할 수 있는 추억으로 삼는 거야. 그리고 앞으로도 계속 사이좋게 지낼 거라구!"

고개를 치켜든 토모에는 빙긋 웃으려다 실패했다.

"그렇게 될 거란 말이야……."

토모에의 표정에는 비통함이 깃들어 있었다. 그 표정을 보자 사쿠타는 가슴이 옥죄어 들었다.

"내가 원하는 건 그게 다야……. 특별한 뭔가를 원하는 건 아니라구. 억지를 부리려는 것도 아냐. 아무한테도 폐를 끼치지 않는단 말이야. 그런데…… 그런데 왜 내일이 되지 않는 거야!"

"……."

"이 마음에 마침표를 찍기로 결심했는데, 왜 아침에 일어나 보면 어제보다도 이 마음이 더 커져 있는 거야?!"

그건 당연했다. 가슴 깊은 곳에 숨겨둔다고 해서 그 마음이 없어지는 것은 아니다. 사라져버리는 것은 아니다. 그 마음은 가슴 깊은 곳에서 숨 쉬고 있다.

아니라고 부정을 하면 할수록, 거꾸로 그 마음을 더욱 의식하게 되는 것이다.

"너무해……."

사람의 기억과 감정은 디지털이 아니다. 스위치 하나로 없앨 수 있는 것이 아니다. 스마트폰에 등록된 번호나 메일 주소, 메신저 ID와는 달랐다. 지울 수, 아니, 작별할 수 없다. 사람과 사람의 관계란 그런 것이다. 그리고 이 3주 동안, 사쿠타와 토모에는 그런 관계가 되고 말았다.

"잊기로 결심했어……. 결심했단 말이야!"

"그러지 않아도 돼."

"그렇게 해야만 해!"

토모에는 자신이 정한 삶의 방식을 한결같이 따르고 있었다. 그래서 괴로워하고 있는 것이다.

"선배는 사쿠라지마 선배를 좋아하잖아. 나 같은 건 방해밖에 안 돼. 그리고 친구는 이런 마음을 갖지 않아. 친구에게는 필요 없는 감정이라구!"

그것은 사쿠타가 토모에에게 원한 것이다.

—이 거짓말이 끝난 후에, 내 친구가 되어줘.

그 부탁을 들어주기 위해, 토모에는 자신의 마음을 억누르기로 결심했다. 억눌러야만 한다. 사쿠타에게 부담을 주지 않기 위해서는 그래야만 했다.

그렇기 때문에 자신의 마음을 밝히지도 않은 채 포기하기로 했다. 자신의 마음을 억누르려 했다. 처음부터 그런 마음이 존재하지 않았다고 여기려 했다. 그리고 사쿠타의 친구가 되기로 마음먹은 것이다.

한 살 적은 연하 친구. 조금 건방진 후배로서 곁에 있어주려

했다.

하지만 마음이라는 것은 그렇게 자신의 생각대로, 뜻대로 정리할 수 있는 것이 아니다.

제어할 수 없을 만큼 강한 감정 또한 존재한다. 자기 스스로는 이해할 수 없는 감정 또한 존재한다.

토모에는 이번에 처음으로 그런 감정과 마주한 것일지도 모른다.

두 사람의 관계는 거짓으로 시작되었다.

하지만 어느새 마음은 진짜가 되었다. 진심이 되어버리고 만 것이다.

하지만 거짓이었기에 작별의 날은 점점 다가왔고…… 진짜가 되어버린 토모에의 마음만이 남겨지고 말았다. 토모에는 그 강한 감정을 마음속 깊은 곳에 숨겨뒀다. 하지만 털어놓지 못한 그 마음은, 깊은 어둠 속에서 계속 밖으로 내보내달라고 토모에에게 호소했다.

하지만 토모에의 이성은 그것을 용납하지 않았다. 밖으로 내보낸다면 누군가가 곤란해질 테니까. 사쿠타가 난처해질 테니까. 사쿠타가 원하는 『코가 토모에』이기 위해 토모에는 그 진실 된 감정을 억누를 수밖에 없었다. 참고 또 참을 수밖에 없었다.

그것이 괴롭고, 쓸쓸하고, 힘든 나머지, 결국 잠들어있던 악마가 다시 깨어난 것이다.

그것이 악마의 정체였다. 바로 토모에가 마음속에 억눌러둔 토모에 자신인 것이다. 그녀의 본심은 이대로 여름방학이 시작되는 것을 거부했다. 설령 거짓일지라도, 오늘까지는 사쿠타와 토모에가 애인 사이니까…….내일이 오지 않았으면 좋겠다고 생각한 것이리라.

　　그런데도 토모에는 그 마음을 숨긴 채 사쿠타를 잊으려 했다. 처음부터 이런 감정이 존재하지 않은 것으로 여기려 했다. 그래서 거짓말을 한 것이다.

　　"코가."

　　"윽!"

　　사쿠타가 말을 걸자 토모에는 겁먹은 듯한 반응을 보였다.

　　설령 상처를 입히게 될 지라도, 말해야만 하는 것이 있다.

　　"내가 언제 방해가 된다고 했는데?"

　　"선배는 정말 너무해…….."

　　"이제야 눈치챈 거야?"

　　"선배 따위 싫어! 정말 싫다구! 다 선배 탓이란 말이야! 나한테 너무 잘해주니까…….."

　　"맞아. 그러니까 나 같은 녀석을 배려할 필요 없어."

　　"이런 나도 싫어. 정말 싫다구……. 이딴 애는 내가 아냐!"

　　"아니, 코가가 맞아. 이런 너도 코가야."

　　"아냐! 이딴 애는 내가 아냐! 나는 여름방학이 왔으면 해. 빨리 선배와 친구 사이가 되어서 즐겁게 웃고 싶어! 내가 바라는 건 그게 다야!"

　이런 상황에서도 토모에는 눈물 한 방울 흘리지 않았다. 눈물을 흘리면 전부 끝나버리고 말 것이라는 사실을 아는 것처럼, 젖은 눈동자로 사쿠타를 쳐다보고 있었다.

　"이제 자기 자신에게 거짓말을 하지 마."

　"……."

　"너는 정의의 여고생이잖아?"

　"이 상황에서 그런 소리…… 정말 약았어……."

　"코가에게 불가능한 건 없어."

　"약았어. 선배는 너무 약았다구……."

　"그러니까 이제 참지 않아도 돼."

　"선배는 바보! 멍청이! 싫어! 진짜 싫어! 하지만……."

　토모에의 목소리는 비통함에 물들어 있었다.

　"하지만…… 좋아해……."

　토모에의 눈동자에 눈물이 맺혔다.

　"나, 선배를 좋아해……."

　토모에는 코를 훌쩍이면서 숨을 크게 들이마셨다.

　"정말 좋아해——!"

　오랫동안 참아왔던 마음이 토모에의 몸에서 단숨에 쏟아져 나왔다.

　그 순수함은 하늘 높이 날아올랐다.

　"코가."

사쿠타는 토모에에게 말을 걸었다. 자신의 상냥함을 총동원하면서…….

토모에는 한 순간 눈물을 참으려 했다. 하지만 사쿠타의 말은 그것을 용납하지 않았다.

"잘했어."

"흑…….

토모에의 얼굴이 일그러졌다. 흘러나온 눈물이 토모에의 얼굴을 타고 흘러내리며 반짝였다.

"정말 잘했어."

"흐흑…… 우에에에에엥…….

토모에의 입에서 흘러나온 오열이 하늘로 퍼져나갔다. 엉엉 울고 있는 토모에의 발치를 눈물의 비가 적시고 있었다. 뚝뚝, 뚝뚝 하는 소리를 내면서…….

두 사람을 내려다보고 있는 하늘은 푸르렀다. 높고, 멀며, 투명하기 그지없었다.

어느새, 여우비는 그쳤다.

종 장

네가 선택한 이 세계

눈꺼풀 너머가 희미하게 밝았다. 그 사실을 알아차린 사쿠타는 자신이 눈을 떴다는 사실을 깨달았다.

커튼 사이로 스며들어온 아침 햇살은 눈에 익은 천장에 구름 같은 그림자를 드리웠다. 등을 통해 느껴지는 침대의 익숙한 감촉이, 이곳이 자신의 방이라는 사실을 알려줬다.

사쿠타는 자연스럽게 디지털 자명종 시계를 향해 손을 뻗었다.

반복 현상이 발생하지 않았다면 오늘은 7월 19일일 것이다. 즉, 여름방학 첫날이다.

사쿠타는 머릿속으로 그렇게 생각하면서 시계를 쳐다보았다.

"……."

사쿠타는 액정에 표시된 숫자를 바로 인식하지 못했다. 7월 19일, 혹은 반복 현상이 발생해서 7월 18일일 거라고 생각하고 있었다. 하지만 시계에는 전혀 다른 날짜가 표시되어 있었다.

"어?"

침대에서 나온 사쿠타는 거실로 가서 텔레비전을 켰다.

"일본 대표 팀이 해냈습니다!"

왠지 반가운 느낌마저 드는 말이었다. 흥분한 남성 캐스터는 기쁨을 여실 없이 드러내고 있었다.

"안녕하십니까. 6월 27일. 금요일인 오늘은 축구 이야기로 시작해볼까 합니다!"

그 뒤를 이어 텔레비전 화면에 나온 것은 지구 반대편에서

벌어지고 있는 월드컵 그룹 리그 2차전의 다이제스트 영상이
었다.

전반전 종료 직전, 1점 뒤지고 있는 일본 대표 팀의 등번호
10번 선수가 과감한 드리블로 적진에 파고들다 상대 선수의 거
친 수비에 막혀 쓰러졌다. 그 순간, 휘슬 소리가 울려 퍼졌다.

페널티 에어리어를 약간 벗어난 지점에서의 프리킥 찬스를
얻은 것이다. 프리킥은 등번호 4번 선수가 찼다. 약간 도움닫
기를 한 후 날린 슛은 상대팀 키퍼의 예측과는 반대 방향으
로 날아가더니 그대로 골네트를 흔들었다. 등번호 4번은 함성
을 질렀고 환희에 찬 일본 대표 팀 선수들이 그를 향해 뛰어
갔다.

이 득점으로 기세가 오른 일본은 후반에 추가점을 냈고, 결
국 2대 1로 승리했다.

사쿠타는 아직도 그 시합을 다루고 있는 뉴스를 보면서 어
떤 인물에 대해 생각했다.

코가 토모에.

한 학년 후배이자, 라플라스의 악마.

"그 녀석, 정말 대단하네……."

사쿠타는 무심결에 그렇게 중얼거렸다.

"애초부터 미래의 시뮬레이션이었던 거냐……."

그 날, 리오가 말했던 대로다. 같은 날이 되풀이되는 현상
은 시간이 되돌아가고 있는 게 아니라, 어느 시간대에서 계산

한 미래에서 비롯된 것이었다.

그리고 이번 경우의 그 시간대는 바로 6월 27일이다.

당치도 않은 상황과 마주한 사쿠타는 그저 웃을 수밖에 없었다.

카에데와 아침을 먹은 후, 평소처럼 학교에 갈 준비를 마친 사쿠타는 집을 나섰다.

아직 장마가 끝나지 않은 6월 말은 어제까지 경험한 7월보다 햇볕이 약했지만, 그 대신 습도가 높아서 눅눅했다.

아무 일 없이 학교에 도착한 사쿠타는 신발장 근처에서 유마와 마주쳤다.

"안녕, 사쿠타. 오늘도 머리카락이 엉망이네."

"이건 자다 눌린 게 아니라, 원래 이런 헤어스타일이라고."

"참신한걸."

유마는 그렇게 말하면서 웃었다. 기억 속에 남아있는 대화였다. 예전에 체험한 『6월 27일』과 똑같았다.

"……"

"사쿠타, 왜 그래'?"

"……그게 말이야."

"응?"

"쿠니미는 짜증날 정도로 미남이네."

"뭐? 무슨 소리를 하는 거야?"

"아~, 정말 짜증나."

오전 수업은 수학, 물리, 영어, 현대 국어, 이렇게 네 과목
이었다. 수학 시간에 「여기는 기말 고사에 나올 거다」라는 말
을 들었다. 물리 교사의 썰렁한 개그도 건재했다. 3교시인 영
어 시간에는 멍하니 있다가 영어교사에게 「미스터 아즈사가
와, 리슨 투 미~」라는 말을 들은 후 교과서를 읽어야 했다.
당연히 현대국어 교사의 와이셔츠 옷깃에는 립스틱이 묻어
있었다.

그리고 점심시간이 되었다.

3층에 있는 빈 교실에는 사쿠타와 마이, 둘 뿐이었다.

약간 열린 창문을 통해 눅눅한 바닷바람이 흘러들어오자
커튼이 흔들렸다. 그런 이 교실에는 온화한 시간이 존재했다.

두 사람이 사이에 있는 책상 위에는 마이가 사쿠타를 위해
만들어온 도시락이 놓여 있었다. 닭 간장 튀김과 달걀말이,
감자샐러드 위에는 미니 토마토가 토핑되어 있고 톳과 콩을
넣어서 만든 조림도 있었다. 사쿠타는 그것들을 하나하나 맛
보면서 「맛있다」는 말을 연발했다.

마이는 요리 실력을 뽐내고 만족한 것 같았다.

도시락을 다 먹은 후, 사쿠타는 마이에게 말을 걸었다.

"마이 씨."

"좋아해요. 나와 사귀어주세요."

"⋯⋯."

마이는 고개를 휙 돌리더니, 자신의 도시락에 든 달걀말이를 젓가락으로 집어서 입에 넣었다.

"⋯⋯."

마이는 달걀말이를 우물우물 씹고 있었다.

"⋯⋯."

입안의 음식을 삼킬 때까지 기다렸는데도, 그녀는 대답하지 않았다.

"어? 무시하는 거예요?"

"왠지, 가슴이 뛰지 않아."

마이는 재미없다는 듯 한숨을 내쉬었다.

"한 달 동안 매일 같이 그 말을 들었더니 아무런 느낌도 들지 않아."

"아아⋯⋯ 차였구나. 그럼 새로운 사랑을 찾아봐야겠네."

"잠깐⋯⋯."

"지금까지 고마웠어요."

그렇게 말하면서 고개를 꾸벅 숙인 사쿠타는 「하아~」 하고 실연의 아픔으로 가득 찬 깊은 한숨을 내쉬었다.

"시, 싫다고는 말 안했는데⋯⋯ 왜, 왜 포기해버리는 거야!"

마이는 삐친 눈빛으로 사쿠타를 노려보았다.

"그럼 내 고백을 받아주는 거예요?"

"으······ 사쿠타 주제에 정말 건방지네."

"받아주는 거죠?"

사쿠타는 한 번 더 물었다.

"······응."

그러자 마이는 작게 고개를 끄덕이더니······.

"좋아."

······하고 작은 목소리로 중얼거렸다.

마이는 부끄러움을 감추려는 것처럼 달걀말이를 아무 말 없이 먹었다. 그런 그녀는 정말 귀여웠다. 그래서 이참에 중요한 점을 확인해보기로 했다.

"저기 말이죠."

"응?"

"마이 씨는 나를 어떻게 생각해요?"

"뭐? 그야······."

마이는 젓가락으로 집은 미니 토마토를 쳐다보면서 말을 이었다.

"그야?"

"그런 건 아무래도 상관없잖아."

"상관없지 않으니까 묻는 거라고요."

"사쿠타, 너무 끈질겨."

"그야 중요한 거니까요."

"꼭 알고 싶어?"

"마이 씨가 직접 말해줘요."

마이의 입술 사이로 미니 토마토가 빨려 들어갔다. 그녀는 천천히 그 토마토를 씹은 후 삼켰다.

"딱 한 번만 말할 거야."

"예."

"……."

"……."

잠시 동안 침묵이 이어졌다. 마이가 조용히 숨을 삼키는 게 느껴졌다.

그 직후, 창밖에 있는 무언가를 발견한 마이가 「앗」 하고 말했다.

"응?"

그러자 사쿠타도 창밖을 쳐다보았다. 그러자 시치리가하마의 바다와 하늘이 눈에 들어왔다. 그 외에는 별다른 것이 없었다. 굳이 찾자면 하늘에 떠있는 커다란 구름 정도였다.

바로 그때, 달콤한 향기가 사쿠타의 코끝을 스쳤다. 시야가 잠시 동안 어두워졌다. 정신을 차려보니 볼에서 부드럽고 따뜻한 감촉이 느껴졌다.

사쿠타는 깜짝 놀라면서 정면을 쳐다보았다.

"이제 알았지?"

마이는 약간 부끄러워하면서 장난기 섞인 미소를 지었다.

사쿠타는 무심코 자신의 볼에 손을 댔다. 방금 느낀 것은

분명 마이의 입술 감촉이었다.

"마우스 투 마우스가 더 좋은데 말이죠."

"우쭐대지 마."

마이가 사쿠타의 발을 밟았다. 하지만 전혀 아프지 않았다.

"히죽거리지 마."

"이게 다 마이 씨 때문이라고요."

사쿠타는 마이와 보내는 행복한 시간을 곱씹고 있었다.

벨이 울리자 마이와의 점심 데이트가 아쉽게도 끝났다. 그리고 사쿠타는 2학년 교실로 돌아가기 위해 혼자서 복도를 걷고 있었다.

도중에 계단 층계참에서 눈에 익은 인물을 발견했다.

코가 토모에였다.

함께 있는 사람은 3학년인 마에사와 선배다.

분위기가 범상치 않은 것 같았기에 사쿠타는 복도 벽 뒤에 숨었다.

"죄송해요. 저는 마에사와 선배와 사귈 수 없어요."

사쿠타가 상황을 살펴보고 있는 가운데, 토모에는 마에사와 선배를 향해 고개를 꾸벅 숙였다.

"아직 애인은 없지?"

"예."

"좋아하는 사람은 있어?"

"예."

토모에는 주저 없이 고개를 끄덕였다.

"그 녀석, 농구부야?"

"아뇨."

"그럼……."

"그 사람은 요즘 같은 시대에 스마트폰도 없는 원시인이에요."

그렇게 말하는 토모에의 표정에는 환한 미소가 맺혀 있었다.

"뭐?"

마에사와 선배는 영문을 모르겠다는 표정을 지었다. 하지만 「그래? 그럼 다음에 또 봐」라고 말한 후, 계단을 올라가려 했다. 대체 왜 또 보자는 건지 모르겠다.

사쿠타는 태연자약한 표정으로 마에사와 선배의 옆을 지나간 후, 계단을 내려갔다.

사쿠타를 발견한 토모에는 그를 쳐다보더니 불평을 했다.

"훔쳐보는 건 범죄야."

그 말을 들은 순간, 사쿠타는 토모에가 모든 것을 기억하고 있다는 확신을 가졌다.

"우연히 지나가던 길이었어."

"흐음."

"그리고 누가 원시인이라는 거야?"

"내가 좋아하는 사람이 선배라고는 말한 적 없거든?"

토모에는 볼을 부풀렸다.

"자의식 과잉이야? 정말 꼴사납네."

사쿠타가 토모에를 찬 것은 체감 상으로는 어제 일이다. 겨우 하루밖에 지나지 않았는데도 토모에가 사쿠타를 이렇게 대할 수 있는 것은 그녀가 강하기 때문이다. 이 상황 자체를 토모에가 허용하고 있는 것이다.

"선배, 책임질 거지?"

"응?"

"이 일로 인해 레나에게 미움 받게 된 나는 반 안에서 있을 곳이 없어질 거란 말이야."

"왜 내가 책임을 져야 하는 건데?"

"그야 선배 때문에 이렇게 된 거잖아."

"이유나 한 번 들어보자."

"선배가 나를 어른으로 만들었다구."

"왠지 음란한 발언이네."

"선배는 다 알아들었으면서 항상 그런 소리를 하더라. 혹시 부끄러워서 그러는 거야?"

토모에는 다 알고 있다는 듯 히죽거렸다. 토모에의 건방진 태도를 보고 짜증이 치솟았지만, 이 상황에서 반격을 하면 토모에의 말을 인정하는 것이나 다름없다. 그렇기 때문에 이야기를 돌렸다.

"뭐, 코가에게 무슨 일이 생기든, 나는 평생 네 친구가 되어줄게."

사쿠타는 그렇게 말하면서 토모에의 머리에 손을 얹었다.

"그러니까 외톨이가 될 일은 없어."

"어디까지나 내가 선배를 절친으로 삼아주는 거야."

토모에가 더 건방진 소리를 하자, 사쿠타는 그녀가 아침 여섯 시에 일어나서 세팅했을 머리카락을 헝클어뜨렸다.

"아~, 그만해!"

점심시간 종료를 알리는 벨이 울릴 때까지, 사쿠타는 계속했다.

그 후, 여름방학이 시작될 때까지 놀라운 일이 연속해서 벌어졌다.

사쿠타와 토모에가 체험했던 나날이 현실이 된 것이다.

일본 축구 대표 팀은 그룹 리그를 돌파했다. 토너먼트에서도 승리를 거둔 그들은 8강에 진출했다. 그 후 아쉽게도 패배했지만, 오랫동안 염원해온 일본의 우승 또한 꿈이 아니라는 사실을 전 세계에 알릴 수 있었다.

학교생활 안에서 놀라웠던 일을 꼽자면 기말시험의 내용이 완전히 똑같았다는 점이다. 모든 과목의 시험 문제가 전부 똑같았다. 답안 체크도 했었기 때문에 시험에서는 높은 점수를 받을 수 있었다.

약간 죄의식이 느껴지기는 했지만, 사춘기 증후군 때문에 고생한 걸 생각하면 이 정도 득은 봐도 될 것이다.

그리고 토모에는 사쿠타가 아르바이트를 하는 패밀리 레스토랑에 후배로 들어왔다.

어느 토요일에는 카미사토 사키가 사쿠타를 옥상으로 불러냈다.

마이와 관련된 일도 마찬가지였다. 카에데에게 옷을 선물했고, 드라마 촬영을 하러 일주일 동안 가고시마에 갔으며, 그곳에서 사쿠타에게 전화를 했다. 그리고 느닷없이 찾아와 공부를 시켰고 바니걸 의상을 입어주는 이벤트도 발생했다.

토모에와 『가짜 커플 행세』를 하지 않은 만큼 미묘한 부분에서 차이가 났지만, 단 하나의 예외도 없이 비슷한 일이 전부 발생했던 것이다.

토모에와 함께 경험한 6월 27일부터 7월 18일까지의 날들은 단순한 꿈이 아니라 진짜 미래 예측이었다고, 사쿠타가 생각하기에 충분한 상황이었다.

어느 날 방과 후, 사쿠타는 물리실험실에서 리오에게 그 일들을 이야기했다.

"진짜라면 놀라운 일이네."

"내가 거짓말을 하고 있다는 거야?"

"그 미래 예측 속에서, 1학년 여자애의 가짜 애인이 되어줬던 아즈사가와라면 그 정도 거짓말은 하고도 남을 것 같은데?"

리오가 그렇게 말하자 사쿠타는 반론을 할 수가 없었다.

"하지만…… 주위에 맞추기 위해 필사적으로 분위기 파악을 하던 소녀는 어느새 미래까지 파악할 수 있게 된 거네."

리오는 홀로 납득한 것처럼 그렇게 중얼거렸다.

하지만 딱 하나 걸리는 부분이 있었다. 왜 사쿠타만은 토모에가 일으킨 사춘기 증후군에 휘말린 것일까. 그 외 70억 명의 인류는 그 상황을 인식하지 못했다. 같은 날이 반복되고 있다는 사실조차 눈치채지 못한 것이다.

사쿠타가 그 점에 대해 리오에게 묻자—.

"양자 얽힘 아냐?"

—하고, 당연한 소리를 하듯 말했다.

"양자가 얽히기도 하는구나."

"그래. 이해했어?"

"아니, 완전 꽝이야."

"그게 무슨 소리야?"

"전혀 모르겠다는 거야."

"흐음."

리오는 그 말에 약간 관심이 생겼는지 칠판에 『완전 꽝』이라고 썼다.

"그런데 양자 얽힘이 뭐야?"

"떨어진 곳에 있는 두 입자가 그 어떤 매개체도 필요 없이 순식간에 정보를 공유해 움직이는 기묘한 현상이야."

"입자도 핸드폰으로 연락을 취하고 있다는 거야?"

"그 어떤 매개체도 필요 없다고 방금 말했잖아."

"그럼 입자가 텔레파시라도 사용한 거야?"

"감이 좋네."

"뭐? 진짜?"

농담 삼아 한 말인데…….

"실은, 양자 얽힘 현상을 응용해서 텔레파시를 실현할 수 있지 않을까, 하는 연구를 전 세계의 유명 대학 교수들도 하고 있어."

"그거야말로 진짜야?"

"양자 얽힘 자체는 확인된 현상이거든."

"즉, 네 말은 나와 코가가 양자처럼 얽혀서 동기화되었다는 소리야?"

리오는 천천히 고개를 끄덕였다.

"하지만 어쩌다 얽힌 건데?"

"양자 얽힘은 입자 간의 충돌 후에 발생해. 최근 들어 그 1학년과 네가 서로에게 충격을 준 적이 있지는 않아?"

짐작 가는 일이라면 있었다.

"서로의 엉덩이를 걷어찼어."

"……"

"……"

"아즈사가와."

"왜?"

"재현 실험을 하고 싶어. 엉덩이를 내밀어봐."

"싫어."

"잔말 말고 내밀어. 이 돼지 꿀꿀이야."

"그게 남에게 뭔가를 부탁하는 사람의 태도냐?!"

그때, 리오는 유감스러운 표정을 짓고 있었다. 어쩌면 진심으로 한 말일지도 모른다.

마에사와 선배를 찬 토모에는…… 예전에 그녀가 말했던 대로 레나의 그룹에서 쫓겨났다.

다음 주 수요일. 사쿠타는 옥상으로 이어지는 계단에 앉아 혼자서 도시락을 먹고 있는 토모에를 목격했다.

그 날 사쿠타는 토모에의 옆에 앉아 함께 점심을 먹었다.

"화장실도 같이 가줄까?"

"그게 더 부끄러울 것 같아."

"사양할 필요 없어."

"진짜로 싫어. 계속 그딴 소리하면 경찰에 신고할 거야."

그런 일이 목요일, 금요일에도 계속됐지만, 기말시험 첫 날…… 등교를 하던 사쿠타는 열차 안에서 같은 반 여자애오 이야기를 나누고 있는 토모에를 발견했다. 레나도 아니고, ㅎ 나코나 아야도 아니었다. 그런데도 그 애가 토모에와 같은 반 이라는 사실을 안 것은 미래 예지의 세계에서 사쿠타가 만난 적이 있는 인물이기 때문이다.

토모에와 첫 데이트를 한 날, 친구와 다 함께 산 스트랩을 잃어버리고 곤란해 하던 안경 쓴 1학년이다. 이름은 요네야마 나나다.

나나가 호주머니에서 꺼낸 스마트폰에는 그때 토모에가 바닷물에 흠뻑 젖으면서 주운 해파리 스트랩이 달려 있었다.

아마 토모에는 한 번 더 같이 찾아준 것이리라. 그 사실을 증명하듯, 토모에는 같은 시기에 감기에 걸렸다.

기말시험이 끝났을 즈음, 토모에가 아르바이트 도중에 알려 줬다.

"나, 친구가 생겼어."

"스트랩을 잃어버렸던 그 애야?"

"응. 나나가 자기 그룹에 받아줬어."

"잘 됐네."

"응."

토모에는 약간 멋쩍어하면서도 매우 기뻐하고 있었다.

"선배 덕분이야."

"나는 아무 것도 안했다고."

토모에의 평소 행실이 그녀 자신을 구한 것에 지나지 않았다.

그녀의 성격이라면 머지않아 레나와도 화해할 수 있지 않을 까. 그런 생각이 들었다.

"선배 덕분에 이번에는 거짓말을 하지 않아도 됐잖아……. 고마워."

그 말은 두 가지 의미를 지니고 있는 것 같았다. 하나는 말 그대로의 의미다. 주위에 거짓말을 하지 않아도 됐다. 또 하나는, 자기 자신에게 했던 거짓말을 가리키고 있는 느낌이 들었다.

걱정거리가 사라진 후, 하루하루가 느긋하게 흘러갔다.

사쿠타는 곧 1학기 종업식을 맞이했다.

교장 선생님의 감사한 말씀을 듣고 담임교사에게서 성적표도 받았다.

종례가 끝난 후, 신발장 앞에서 마이와 만나기로 한 사쿠타는 그녀와 함께 하교했다. 최근 1, 2주 동안 마이는 일 때문에 학교에 오지 않은 날이 많았다. 그래서 이렇게 함께 돌아가는 건 사실 2주 만이었다.

마이는 시치리가마하 역에서 열차를 타자마자…….

"자."

……하고 뭔가를 요구하듯 손을 내밀었다.

사쿠타가 그 손을 잡으려 하자 마이는 그의 손을 피했다.

"성적표를 내놓으라는 거야."

"그런 소리는 안 했잖아요?"

"쓸데없는 소리 하지 말고 빨리 내놔."

"저기, 싫은데요."

"왜?"

"마이 씨야말로 왜 보려는 건데요?"

"사쿠타는 나와 같은 대학에 갈 거지?"

"진로조사 때는 그렇게 썼지만……."

"쓸데없는 소리 하지 말고 빨리 내놔."

마이는 물러설 기미가 없었다. 사쿠타가 당연히 성적표를 내놓을 거라고 생각하는 것 같았다.

"상상했던 것보다 성적이 좋으면 상이라도 줄 거예요?"

"평균 7 이상이면 사쿠타의 소원을 하나 들어줄게."

미네가하라 고등학교의 성적은 10단계로 평가된다. 그리고 평균 7이면 꽤 우수한 성적이다.

"허들이 너무 높네요."

사쿠타는 투덜거리면서 마이에게 성적표를 내밀었다.

성적표를 펼쳐본 순간, 마이의 표정이 놀라움으로 가득 찼다.

"어? 말도 안 돼."

계산을 해보지는 않았지만 아마 평균 7 이상은 될 것이다. 이건 전부 라플라스의 악마 덕분이다. 다음에 토모에에게 점심이라도 사줄까 하는 생각마저 들었다. 그것도 그럴 것이 그녀 덕분에 마이가 사쿠타의 소원을 하나 들어주게 된 것이다.

"으음~, 뭘 해달라고 할까."

"이상한 소리를 하면 확 헤어져버릴 거야."

마이는 성적표를 돌려주면서 사쿠타를 견제했다.

"그럼 오늘 저녁에 우리 집에 와서 밥을 해주는 건 어때요?"

"그걸로 되겠어?"

자신의 집에서 애인이 만들어주는 밥을 먹는 것은 꽤 높은 레벨의 이벤트다. 게다가 상대가 사쿠라지마 마이라면 더욱 그렇다. 하지만 그녀는 그걸 자각하지 못한 것 같았다.

"앞치마를 걸친 마이 씨의 모습이 기대되네요."

"나, 요리 할 때 앞치마 안 걸치는데?"

"맙소사~."

"하아, 알았어. 입어줄게."

"기왕이면 알몸 앞치마를……."

"음식에 설사약이라도 넣어버릴까?"

"농담이에요."

"진심이었잖아."

마이가 꿰뚫어보는 시선으로 쳐다보자 사쿠타는 웃음으로 얼버무렸다.

"역에 도착하면 슈퍼에 들를까 하는데, 그래도 되지?"

"물론이죠."

"쇼핑 데이트까지 할 수 있게 되자 사쿠타는 날아갈 것만 같은 기분을 맛봤다.

후지사와 역의 슈퍼에서 쇼핑을 마친 사쿠타와 마이가 밖으로 나와 보니, 하늘에서는 빗방울이 떨어지고 있었다. 맑은 하늘에서 억수처럼 비가 내리고 있었다. 완벽한 여우비였다.

"사쿠타, 우산 있어?"

"예."

사쿠타는 가방에서 꺼낸 우산을 펼쳤다. 그러자 마이는 당연하다는 듯이 우산 안으로 들어왔다.

"짐 들어줄게."

사쿠타는 오른손으로 우산을 들고 왼쪽 어깨에 가방을 메며, 왼손으로 기다란 파가 튀어나와 있는 비닐봉지를 쥐고 있었다.

"괜찮아요."

"그래?"

사쿠타는 마이가 비를 맞지 않도록 그녀를 향해 우산을 기울인 채 걸었다.

"마이 씨, 뭘 만들 건가요?"

"비밀이야. 지금 말해주면 재미없잖아."

"뭐, 그것도 그래요."

그런 대화를 나누다보니 두 사람이 사는 맨션으로부터 걸어서 2, 3분 거리에 있는 공원이 보이기 시작했다.

그 앞을 지나가던 마이는 갑자기 걸음을 멈췄다.

"저 애…… 무슨 일 있는 걸까?"

사쿠타가 덩달아 마이와 같은 곳을 쳐다보았다.

공원 입구 부근에 있는 녹색 수풀 앞에, 붉은색 우산을 쓴 소녀가 멍하니 서있었다. 그 소녀는 새 옷 느낌이 남아있는 중학교 교복을 입고 있었다. 1학년일까.

오랫동안 거기에 서있었는지 어깨와 발치가 젖어 있었다.

유심히 보니 수풀 사이에 종이 상자가 놓여 있었다.

사쿠타는 먼저 걸음을 옮기기 시작한 마이와 함께 그 소녀에게 다가갔다.

"왜 그러니?"

마이가 그 아이에게 말을 걸었다.

우산에 가려져 있던 얼굴이 두 사람을 향했다.

소녀의 가라앉은 표정을 본 순간, 사쿠타는 위화감을 느꼈다. 아니, 정확하게 말하자면 위화감이 아니었다. 왠지 붉은 우산을 쓴 이 소녀와 전에 만난 적이 있는 느낌이 들었다. 인상이 아는 사람과 많이 닮은 것이다.

"아, 이 애가……."

가녀린 목소리로 그렇게 말한 그 소녀는 종이 상자를 쳐다보았다. 그 안에는 힘이 없어 보이는 새끼 고양이가 몸을 웅크리고 있었다. 비에 젖어서 추운지 몸을 떨고 있었다.

그녀는 이 새끼 고양이가 걱정되지만 어떻게 해야 할지 모르기에 이렇게 멍하니 서있는 것 같았다.

"마이 씨, 우산 좀 들어줄래요?"

"응."

마이가 바로 우산을 들어줬다.

사쿠타는 몸을 숙이더니 한 손으로 새끼 고양이를 안아 들었다.

"일단 우리 집으로 데리고 가서 보살펴 볼게. 건강을 찾지 못한다면 병원에 데리고 가겠어."

"예. 아, 저기……."

"응?"

"이 애, 제가 키우고 싶어요."

"아, 그럼……."

사쿠타는 그 후, 자신의 집 전화번호를 그 소녀에게 말해줬다. 그 소녀는 스마트폰에 사쿠타가 불러주는 전화번호를 등록한 후—

"이 번호가 맞나요?"

—라고 말하면서 화면을 보여줬다.

"그래. 내 이름은 아즈사가와 사쿠타야. 아즈사가와 서비스 에어리어의 『아즈사가와』에 하나사쿠타로의 『사쿠타』지."

그 소녀는 이번에는 이름을 등록했다.

등록을 끝낸 그 소녀는 사쿠타의 얼굴을 지그시 쳐다보았다.

"제 이름은 마키노하라 쇼코예요."

그 이름을 들은 순간, 사쿠타의 심장이 고통을 호소할 만큼 격렬하게 뛰었다. 하지만 사쿠타는 자신이 방금 무슨 말을 들었는지 바로 이해하지 못했다.

사쿠타는 눈을 몇 번 깜빡였다. 그러는 사이 아까부터 사쿠타의 마음속에 존재하던 위화감의 정체가 드러났다. 들어본 적 있는 이름이었다. 전에 만난 적 있는 느낌이 드는 것도 무리는 아니었다. 하지만 마음이 납득한 것과 달리 사쿠타의 머릿속에서는 더욱 커다란 의문이 생겨나고 있었다.

"방금, 뭐라고 했어?"

"제 이름은 마키노하라 쇼코예요."

눈앞에 있는 중학생은, 사쿠타의 첫사랑 상대인 여고생과 이름이 똑같았다.

■작가 후기

  이 책은 『청춘 돼지』 시리즈의 제2권입니다.

  제1권은 『청춘 돼지는 바니걸 선배의 꿈을 꾸지 않는다』라는 제목이며, 혹시 이 책에 흥미를 가지신 분께서는 1권도 같이 구매해주시면 감사하겠습니다.

  이번에는 번호를 붙이지 않고 제목을 조금씩 변화시킨다고 하는 난폭한 짓을 저질러 봤습니다.

  몇 권인지 알기 힘들게 만들어서 죄송합니다.

  하지만 담당 편집자이신 아라키 씨가 띠지 같은 것을 이용해 알아보기 쉽게 만들어주실 겁니다.

  어쩌면 미조구치 케이지 씨가 표지만 봐도 몇 권인지 알 수 있는 미러클한 일러스트를 그려주실지도 모릅니다.

  감사합니다.

  그런 고로, 제3권의 제목도 『청춘 돼지는 ○×△□의 꿈을 꾸지 않는다』가 될 듯 합니다만, 과연 『○×△□』에는 무엇이 들어갈까요?!

독자 여러분들께서 나름대로 예상을 해보면서 기다려주시면 감사하겠습니다.

미조구치 씨, 아라키 씨, 이번에도 신세 많이 졌습니다. 다음에도 잘 부탁드립니다.

이 책을 끝까지 읽어주신 독자 여러분께도 진심으로 감사드립니다.
제3권은 추운 계절이 지나가기 전에…… 낼 수 있으면 좋겠습니다.

카모시다 하지메

안녕하십니까. 근로청년 번역가 이승원입니다.
『청춘 돼지는 소악마 후배의 꿈을 꾸지 않는다』를 구매해주
셔서 진심으로 감사드립니다.

라면 섭취량이 너무 많은 것 같아 요즘은 음식점 아르바이
트 경험을 살려 간단히 만들어 먹는 편입니다.

그 중 가장 편한 게 김치찌개더군요. 돼지고기와 김치 넣고
끓여서, 고춧가루로 색깔 내고, 청양고추로 매운 맛을 살린
후, 집에 있는 채소 잔뜩 넣으면 끝!

한 끼 먹고 남으면 다음 식사 때 소시지와 라면사리를 넣어
부대찌개 느낌으로 먹고, 국물만 남으면 거기에 김치와 고기
를 더 넣고 재탕을 해서 먹으며, 그리고 남으면 소시지와 라
면 사리를…… 탈출구 없는 김치찌개 스파이럴에 빠진 채 살
아가고 있습니다, AHAHA.

그래도 하루 세끼 라면만 먹다가 한 끼 정도는 저렇게 먹으
니 입맛이 살아납니다. 여러분도 식사 맛있게 챙겨 드시길!

그럼 작품에 대해 조금 이야기해볼까 합니다.

스포일러가 포함되어 있을 수도 있으니 본편을 읽지 않으
분들은 유의해주시길!

『청춘 돼지』 시리즈의 2권은 1권에서 등장했던 정의의 여
생, 코가 토모에를 중심으로 전개되고 있습니다.

1권 마지막에서 같은 날이 반복되는 현상이 시작하고,
현상의 중심에 존재하는 이가 바로 코가 토모에입니다.

반에서 고립되는 것이 싫어 타인에게 맞추며 살고 있는
모에가 이러지도 저러지도 못하는 상황에 처한 순간, 루프
상이 발생하는 것입니다.

그저 고립되는 미래에서 벗어나기 위해 발생한 루프 현
속에서, 토모에는 사쿠타에게 도움을 청하고, 토모에와 자
의 여동생을 겹쳐본 사쿠타는 그녀를 도와주기로 합니다.
리고 두 사람은 힘을 합쳐 상황을 타개하려 합니다. 그 끝
무엇이 존재하는지는 모르면서…….

그럼 이만 줄이겠습니다.

L노벨 편집부 여러분. 항상 재미있는 작품을 맡겨주셔서
사합니다. 올해도 잘 부탁드립니다!

식사 때만 되면 밥 얻어먹으러 오는 악우들이여. 너희들
는 밥이 아까운 건 아니거든? 그래도 술까지 들고 와서 술

을 벌이는 건 너무하잖아ㅠㅜ

  그럼 여사친(X2)의 매력이 물씬 드러나는(^^;;;) 다음 권의
역자 후기 코너에서 다시 뵙겠습니다!

2016년 1월 중순

역자 이승원 올림

청춘 돼지는 소악마 후배의 꿈을 꾸지 않는다 2

1판 1쇄 발행 2016년 2월 10일
1판 11쇄 발행 2023년 10월 20일

지은이_ Hajime Kamoshida
일러스트_ Keji Mizoguchi
옮긴이_ 이승원

발행인_ 최원영
편집장_ 김승신
편집진행_ 권세라 · 최혁수 · 김경민 · 최정민
편집디자인_ 양우연
관리 · 영업_ 김민원

펴낸곳_ (주)디앤씨미디어
등록_ 2002년 4월 25일 제20-260호
주소_ 서울시 구로구 디지털로 26길 111 JnK 디지털타워 503호
전화_ 02-333-2513(대표)
팩시밀리_ 02-333-2514
이메일_ lnovel.admin@gmail.com
홈페이지_ www.lnovel.co.kr

SEISHUN BUTA YARO WA PETIT DEVIL KOUHAI NO YUME WO MINAI 2

© HAJIME KAMOSHIDA 2014
Edited by ASCII MEDIA WORKS
First published in 2014 by KADOKAWA CORPORATION, Tokyo.
Korean translation rights arranged with KADOKAWA CORPORATION, Tokyo,
through KCC.

ISBN 979-11-86906-37-8 04830
ISBN 979-11-86906-06-4 (세트)

값 7,000원

©2014 Yo Mitsuoka
Illustration:Cosmic
First published by KADOKAWA CORPORATION ENTERBRAIN

용사님의 스승님 1권

미츠오카 요 지음 | 코즈믹 일러스트 | 김보미 옮김

저주받은 마법 실력에도 불구하고
기사를 꿈꾸며 하루하루 수련에 임히는【만년 기사 후보생】소년 인.
어느 날, 그의 앞에 나타난 이는 마왕 토벌에서 승리하고 돌아온
소꿉친구【미소녀 용사】레티시아.
제국의 영웅인 그녀가 외친 한마디가,
만년 기사 후보생 윈의 인생을 송두리째 바꿔놓는다―.
"그가 바로 용사의 스승, 윈 버드다."

주고받은 약속, 이어지는 인연
두 개의 칼날이 겹치는 순간― 새로운 전설이 시작된다!

이 멋진 세계에 폭염을! 1

아카츠키 나츠메 지음 | 미시마 쿠로네 일러스트 | 이승원 옮김

카즈마와 잉여신 님이 이세계로 넘어오기 1년 전.
홍마의 마을에 사는『홍마족 제일의 천재 마법사』메구밍은
마을의 금기인『폭렬마법』을 습득하기 위해
수행과 학교생활로 바쁜 나날을 보내고 있었다.
여동생인 코멧코가 처음 보는 검은 고양이를 잡아온 어느 날,
마을 외곽에 있는『사신의 무덤』의 봉인이 풀리는데?!

**『소설가가 되자』출신,
왁자지껄 이세계 코미디『이 멋진 세계에 축복을!』에서
메구밍 시점으로 그려지는 스핀오프가 등장**